文學閱讀與專業知識所交會的小說文本詮釋

透過故事現象分析與敘事方法的抽絲剝繭

小說文本不只是一個「故事」

既是小說家對生命中無可比擬的捕捉

也是對小說敘事的技藝本事

更是專業文學評論者的初心所在

敘事與探究

現代華文小說評論集

Narrative and Inquiry:
A collection of Review on Modern Chinese Fiction

陳康芬 著

允華文創

自　序

　　「小說」的語彙可以追溯到東漢班固《漢書・藝文志》：「小說家者流，蓋出於稗官，街談巷語，道聽途說者之所造也。」與現代所指涉的文學類型與意義並不相同；但從構成「小說」內容的「街談巷語、道聽塗說」──相對於真實發生於過去的「史」或「歷史」──「小說」本身就帶有一種無中生有的言說性質，則相當接近現代小說（Fiction）對「虛構」的指涉意義。雖然，「小說」在中西文學脈絡都各有悠久的發展歷史，但在漢語語彙中，原本不足以道、姑且聽之的「小」說，為何來到現代，搖身一變，就可以晉升成為萬所矚目的主流文類？

　　從古典中國各種文類所投射的性質來說，大抵可以分為敘事與抒情。敘事書寫形式宗於散文，抒情則主以韻文；發展過程，雖偶有交互重疊、兩相應備的特殊文學類型，如：楚辭、駢文，但基本上，仍各有其司的抒情或敘事之專好。然而，當時代列車高矗著民族國家的旗幟，轟轟開向著未來之時，不管是獨傲天地、壯志高歌的「詩」、或是一字褒貶、丹青漢心的「史」，都難以回應西方世界以帝國主義之名、夾船堅炮利之實，以及背後所承載的歐洲啟蒙理性、英國工業革命與法國大革命以來所進入的「現代」歷史進程。

在中國，文化與知識份子不得不轉向以革命啟蒙的激烈方式，突破古老中國輪轉於周而復始的改朝換代的前現代困境。中國國民黨與中國共產黨作為現當代中國的兩大革命政黨，各自以訴諸正統中國的文化民族主義、建設新中國的馬克斯社會主義，爭奪現代中國的領導權，歷史最後選擇了中國共產黨。1949 年，中國共產黨正式在中國大陸建立「中華人民共和國」；而落敗的一方，歷史也沒有完全捨棄之，突發的韓戰、美國主導美蘇冷戰軍事武力布局而二分為自由與共產國家陣營的全球結構，則以「自由中國」續命於「中華民國在臺灣」。

「反共文學」則是繼臺灣日治時期殖民地「皇民文學」以來，又再出現國家發動文學動員的「國家文學」體例。所不同的是，皇民文學的政治目的是要求臺灣人作為日本帝國殖民地的國民、為天皇獻身戰爭，反共文學則是要求文學書寫投入反共、同赴（匪竊大陸）之國難時艱。我的博士論文《政治意識形態、文學歷史與文學敘事──臺灣五○年代反共文學研究》則是從文學的歷史脈絡與社會體制兩大脈絡來處理以國家之名動員文學的意識形態與影響。小說敘事則是其中最為重要的核心概念，也是交會場域。

歷史學家史景遷（Jonathan Dermot Spence）在《天安門：中國的知識份子與革命》一書提到：1890 年代到 1980 年代，只有極少數的中國人感受書寫鼎故革新的迫切性，他們所生存的世界，「意識形態眾聲喧嘩，政治阢隉不安，經濟民窮國敝。」在這樣的時代，若不願隨波逐流，而想要創

造性地圖存於天地，需要適應力與勇氣。發展淵源長久的
「小說」，在這個驚心動魄的時代中，以「故事」啟迪人心
耳目，故事不再只是故事，小說不再只是「小」說，不僅能
將書寫者的鼎故革新大業暗渡陳倉，也能寄託教化人心、立
興批判之微言大義，更能攝納所見所聞所思所想，即使情動
於中，亦未嘗有不可言者。

　　小說從古典跨越到現代，無疑是眾家文學類型中，最能
因「故事」遊走於紀實與虛構之間，既可保丹心史判，亦能
子虛烏有；故事中的微言大義可等量觀之，也可一笑鄙夷；
出入故事的人、事、時、地、物更是不被規範，任憑故事情
節形成線索，指向小說人物隨蕩在故事因果邏輯而造就可觀
的命運，有為天地立心、為生民立命、往聖繼絕學、為萬世
開太平的豪儒風範，亦有放蕩於聲色犬馬、感官欲望，探究
於歷史隱蔽人心幽微的現代自我。

　　現代小說的敘事總是在最能堅守敘事典範之處，任憑小
說家的心事與本事，各自樹立自家抒情之姿或召喚屬於小說
敘事才能建立的抒情傳統。這是小說與小說家從國家文學體
例解放之後的眾聲喧嘩與風華創造。敘事與探究是我自碩士
生、博士生、獨立學者等身份一路走來，個人對小說文類的
興趣所在，也是私心研究之始。這個過程中，我作為一個讀
者，也作為一個專業的評論者，我的工作就是在每一位小說
家所不得不說、汲汲營營書寫的「故事」中，嘗試說清楚講
明白小說家的敘事布局與意義指涉之間的關係及各種因果敘
事探究而成就的啟發價值。各家小說的書寫者心事與本事，

不僅是考驗我的學術養成訓練的試金石，也再再透露出這些小說家是如何點石成金，讓故事不只是故事，而成為一則則啟迪人心、警示人性的現代寓言。

我們在這些故事中，自由進出小說人物與小說世界，展開一段又一段既驚心動魄又安全不已的閱讀旅程；當故事說完了，該面對的生活又漫無天際、排山倒海地淹沒了生命的各種可能真相；該如何理解小說與我們的距離呢？這是一個見仁見智的問題。但是，如果我們的眼與心曾被小說關於生命與人性真相的敘事啟迪過，那人類文明始於語言命名、終於文字書寫的古老力量，也許會因此再一次與我們相遇 —— 召喚我們曾經走過的童真歲月、召喚我們在年輕時代所殷切眺望卻不曾走到的遠方，給予我們在長大後不得不置身的成人世故、社會媚俗與權力誘惑中，仍有繼續直面生命本質與人性真相的勇氣，並為自我保有一方淨土。這是我個人僅能為小說敘事之所以尚存有研究價值與意義的自我辯護。這些真實與真誠的辯解，以論文書寫的形式展開，夾雜著私心偏愛某些小說家與小說文本些許微不足道的看見，雖然無法充分細數現代華文小說的時代風華與眾聲喧嘩，但每一篇都是我與小說文本真誠相遇後的心智生命刻痕，一筆一筆地註記那些我曾駐足流連的文學專業與評論知識。

最後，謝謝本書學術審查委員所給予的修改意見與建議，並謹以本書《敘事與探究 —— 現代華文小說評論集》獻給那些曾經陪我走過生命中最美好流金歲月、一起見證屬於我們這個世代青春的朋友們。因為你們的出現與相遇，讓現

在的我不管在哪裡，不管能不能等到歲月靜好，都能擁有
「即使風起，也要好好活下去！」的真誠初心。

陳康芬

目　次

總論篇

　　小說不只是說故事，小說的核心在於敘事，敘事不只驅動故事中的人物與事件的發展，也是故事布局與因果關係的指涉所在，更是意有所指或寓意言外的意義伏筆之處。小說之精彩與敘事的巧妙高明是直接關係在一起。對於敘事的探究，也是小說評論需認真以對的大事。奇斯洛夫斯基曾說：「每一個人的生命都值得仔細審視，都有屬於自己的秘密與夢想。」小說家說故事，敘事靈動之處盡是故事人物的生命痕跡，也含蘊著小說家對於故事意義的揣度與探詢。不管是故事人物的生命痕跡，或小說家對於故事意義的揣度與探詢，彼彼皆有屬於故事自身的秘密與夢想。敘事與探究之間所存著的各種或隱或顯的意義，也總是關係著小說故事所能到達的最幽微、或最高遠的彼岸之處。

　　現代華文小說自二十世紀初期以來，上至家國政治的奮臂疾呼，下至個人情欲的熙熙攘攘，記述了不同時代、不同地域華人的情境故事，優秀名家的跌宕輩出，也造就小說敘事的精采絕倫與敘事探究的眾聲喧嘩。本書以敘事與探究等兩大主題結構，各自收錄張愛玲、蔣渭水、吳濁流與陳千武、鍾肇政、鄭煥、蘇童、阮慶岳、蘇偉貞等名家之作，透過論評，既發現小說敘事形成的旨趣所在，也論析小說敘事之所能探究的多元意義。

敘事篇的第一篇〈走向沒有光的所在〉，探究張愛玲〈金鎖記〉中女性命運佈局與禁錮身體情節在小說敘事時間的弔詭現象。本篇旨在探討〈金鎖記〉以「說書人」所展開的故事時間敘事與結構佈局，作者巧妙地利用說書人介入故事時間與讀者同步接收故事進行的時間差，一步步展演七巧如何走入瘋狂。

張愛玲的巧妙在於：一反同一時間點有不同平行事件發生的現代小說敘事形式，而是利用傳統說書人自由進出故事的全知全能敘事，以及來自紅樓夢「以景喻情」的象徵手法，創造出故事內與故事外的多層次時間位差與空間間隙，書寫七巧禁錮在愛情想像與母親身份的身體欲望、以及不得不以歇斯底里的精神變態為發洩出口，讓身邊的人同在地獄。

故事敘事最大弔詭現象就是：不管七巧有多瘋狂，也不管她用她的金鎖劈死或傷害多少人，張愛玲的敘事始終保持讀者之於故事的內、外時間敘事的美感距離；這個美感距離顯露了說書人張愛玲對這個故事所預設的初衷──明月夜空、琴聲迴盪，人事流轉，終究故事。張愛玲的敘事從來無關道德，而關乎生命在線性時間中、終將抵達終點的蒼涼，所能留下的不過是一個故事、一份美感。

第二篇〈醫療敘事與救國想像〉，探究蔣渭水〈臨床講義〉中的醫療隱喻與主體再現。本篇主要是考察蔣渭水〈臨床講義〉的醫療敘事在殖民語境中，所彰顯的反殖民論述的話語力量如何而可能。

〈臨床講義〉以臨床醫學語言形式與醫病關係的政治性隱喻內涵，展演了臺灣日治時期知識份子在殖民統治之下的主體欲望與救國想像。醫師的蔣渭水以臺灣病人的遺傳素質為起點，通過洋溢的漢民族情感認同的民族主體性，以及嚴謹的臨床醫學語言的知識主體性，挑戰日本殖民語境的政治主體。

在這個過程中，醫療敘事悄然無聲地展演了醫師、大眾、疾病與死亡在醫療關係中的角力關係，以現代醫療的疾病知識，讓原本無法言說的死亡，具體地被析解，以致病到根除。蔣渭水〈臨床講義〉中的臨床醫療語言形式、醫病關係的隱喻內涵，都再再指涉二〇年代臺灣日治時期知識份子的知識理性主體與漢民族情感主體的獨特樣貌，以及「合法」指向救國實踐想像的現代性論述空間。

第三篇〈歷史個體啟蒙與臺灣主體意識〉探究吳濁流《亞細亞的孤兒》主人翁胡太明的敘事視野與臺灣命運。

吳濁流《亞細亞的孤兒》長期被視為臺灣文學史上重要的國族寓言小說，但是，也忽略胡太明從反殖民、反戰事立場一貫堅持的個體平等與自由價值追求的非國族認同的個體性立場。綜覽全書，太明是以一種客觀的個體性角度，檢視其一生所面臨的客觀歷史現實；臺灣與日本、中國在歷史、政治、社會、文化所形成複雜糾結的多元與矛盾關係，不只是臺灣殖民歷史的時代縮影，也關乎臺灣在未來的抉擇，並非是主觀的國族意志所能決定，而更多被客觀情勢與歷史條件所左右。太明的發瘋，某種程度顯示個體性在臺灣殖民語

境中的選擇困難或無從選擇。

　　雖然，太明的發瘋點出太明從跨語言文化主體追求個體平等與自由價值，在日本宗主國、中國原鄉、新中國的他者脈絡的重重現實困難，但是，太明的個體反殖民敘事，也保留了臺灣人意識在歷史語境中發展個體性平等、優先於國族身份認同或追求的自由意志與普世價值。故事末了，太明未獲證實的失蹤，是一個向著未來開放的臺灣命運敘事，彷彿一則寓言，如同孤兒般的臺灣人意識在未來歷史時間的情感發展與意志選擇。

　　探究篇的第一篇〈真誠的純真（Authentic Innocence）〉，以敘事論析陳千武《活著回來——日治時期臺灣特別志願兵的回憶》中的反殖民思想。本篇主要從被殖民者在人道主義理念中所保有的「真誠的純真」的自覺，討論反殖民的可能性與必要性。

　　在《活著回來》的故事中，主人翁林逸平兵長是日本軍隊的臺灣志願兵，是日本殖民臺灣的被殖民者，但在日軍攻陷的南洋戰爭地，相對於南洋土著，他又因受過現代教育與兵長軍階，成為日本殖民者執行權力的共犯結構者。林逸平遊走在兩者身份之間的矛盾，始終努力堅持自己對同情弱小民族的人道主義，以及對人性的博愛平等理念。林逸平從臺灣人反殖民、到自內殖民省視、到真誠的純真救贖。正如林逸平所預言：「我這一份生命，會忍得住戰火的悲劇，迎接和平與愛的光明時代」。林逸平在殖民權力中，對殖民心理與被殖民記憶的誠實，既見證了日本帝國殖民主義的罪孽，

也顯示一個不再失落歷史悲情後的光明未來。

　　第二篇〈客家身份之於解嚴後的解殖書寫意義〉，以敘事論析鍾肇政《怒濤》中「客家的臺灣人」的歷史主體意識。

　　一九八七年臺灣解嚴，戰後一直遭到壓抑的「臺灣本土」思維，從國民黨右翼中國政治立場解放出來，臺灣人的自我認同與梳理成為重要課題，其中，戰後臺灣從日本政權轉移到國民黨政府的「後殖民」的歷史書寫詮釋，一直佔有主導位置。鍾肇政《怒濤》作為九○年代重要的「後殖民」文本之一，一改過去以原生血緣情感延續對「祖國」的希望想像，轉而重返首度驚覺「恐怖祖國」的「二二八事件」的歷史記憶中。具有客觀寫實基礎的祖國形象的負面描述，成為鍾肇政在政治解嚴之後思考臺灣精神主體何去何從的重要線索。本篇認為這個線索並不限於同為戰後第一代作家的時代同路人葉石濤所說：「臺灣人認同為中國人過程中的抵抗、受辱及挫折」、「把這認同感從高昂刻畫到低落，都用當時曾經在社會上發生過的現象的細微末節予以呈現，認同感的毀滅是基於臺灣人對中國統治者冷靜而仔細的評估所產生的批判」，而可以從鍾肇政始終一如的「客家」身份認知，是如何「有尊嚴」地回應「臺灣人」歷經清帝國簽署馬關條約的「棄民」、日本帝國殖民的「支那人—日本皇民」、國民黨（右翼中國）祖國的「中華民族的中國人」等歷史身份。從這個觀點來看，《怒濤》作為《臺灣人三部曲》第四部曲，反映出鍾肇政在解嚴後建構「臺灣人」的歷

史主體，已漸次從「漢族的客家人」思維轉向為「客家的臺灣人」。這說明鍾肇政文學活動中的歷史書寫，客家身份才是主體認知的起點，並將客家族群的自我辨識性優先於漢族思維。這個現象顯示「客家身份」在不同歷史情境中相對於他者的建構，本身就是自由的，自由提點出《怒濤》作為九〇年「後殖民」文本的真正貢獻不是「抵殖民」，而是預告「解殖民」的可能性。

第三篇〈說故事的人與自然代償正義〉以敘事論析鄭煥短篇小說中的區域土地經驗、城鄉移動與人欲道德敘事。

出身「高山頂」的鄭煥，是戰後第一代作家中最具農民意識與表現的代表作家。日治時代的「高山頂」依現今行政區域劃分，屬於桃園楊梅。本篇援引班雅明「說故事的人」理論，探討鄭煥短篇小說中從「高山頂」所延伸的區域移動經驗、包括城鄉移動後，持續寫實技巧中處理死亡與邁向死亡過程的道德化書寫。班雅明認為在許多天生的故事敘事者身上，都有務實傾向的基本特質，亦不自覺將自己對實際生活中的忠言勸告，轉為故事的敘事，作為一種溝通與智慧回饋；但是，作為一個現代說故事的人的小說家，不再經由口說傳統傳遞經驗，而是封閉在孤立的文字書寫中，其轉異間，小說形成於孤獨個人的內心，而不再知道如何對其所最執著事物做出適合判斷，其自身也已無人給予勸告，更不知如何勸告他人。

鄭煥短篇小說中以素樸寫實技巧所敘述的原客混居的早期山村／農村環境、城鄉移動的「遊歷」經驗，並不訴諸自

然時間或線性時間中的自然死亡，反而大量使用自然神秘力量看似「意外」、實際是敘事「意料」的死亡，收束小說人物與其一生，反映小說家特殊的道德敘事立場。

本篇認為鄭煥小說的道德敘事，反映客家鄉土作家中不為人所注意的自然正義的道德教化立場，其以「寫實」立場所處理的蛇、死亡與人性的敘事結構，除了作為小說家尊重／認同農村與農民對自然敬畏的神秘力量的果報心理，極有可能是來自「高山頂」對人心教化的一種「口語傳聞」，進而被小說家中介、轉化為小說家極特殊的自然化道德敘事。

鄭煥作為桃園楊梅文學的前輩代表作家，其特殊的自然化道德敘事，可以透過班雅明「說故事的人」理論對於現代小說書寫的「孤獨」特質的討論，回溯鄭煥小說敘事的道德化特徵，可能源出於楊梅早期赭紅色高地區域所特有的自然環境的人性經驗理解方式及正義代償心理。

第四篇〈歷史的敗德與終結〉以敘事論析蘇童小說中的死亡意涵。

蘇童的擅說故事，使其成為當代中國先鋒小說家中最有魅力的一位。他營造了一個頹廢、腐敗、瑰麗的「想像南方」，透過種種宿命流轉與死亡表演，辯證了一個又一個南方傳奇歷史，跨越歷史傳統，橫越到共和國人民的生活記實；他虛構的楓揚樹村故鄉家族史中，通過男性與女性長輩的原始生理情慾，言訴了一種生殖與死亡的生命發展歷程，注定楓揚樹村人逃亡、回歸、離鄉與還鄉的宿命模式。種的退化的必然性，成為蘇童小說的歷史詮釋原型，而這樣的先

驗宿命也造成楓揚樹村人逃亡後落腳在城北地帶香椿樹街時，開始種種有關城市的墮落與罪惡。隨著時代的輪轉，蘇童筆下香椿樹街的男性，在種的退化的必然性法則運作下，演繹各種精緻的死亡暴力與墮落的敗德家史。

蘇童在這些敗德與死亡的想像表演中，從窺探歷史到現身揭露事實真相，一再證明南方宿命的歷史軌跡的同時，蘇童以小說書寫歷史，也以傳奇抽空歷史。但蘇童不滿於此，更進一步從楓揚樹村與香椿樹街的家史、地方史朝向國族史邁進，在《我的帝王生涯》裡，他以「自傳」形式虛構一位廢帝的宮廷生活回憶，諷刺了中國傳統帝王史與政治史，並將他的南方歷史宿命軌跡，貫徹到這位廢帝所象徵的歷史傳統，展露出一種更深層的歷史本質與因果宿命的探索，嘲弄了正統歷史中的詮釋視角，在出入稗官野史之間，將歷代宮闈事件有機組合，作了一場場死亡的即興表演，挑戰正史的合理性與合法性同時，也以宿命解構了歷史中史實與史實之間的複雜深度關係。

因此，他更進一步，以《女皇武則天》嘗試顛覆對正史的敘述詮釋，可惜的是，所有女皇的權力欲望對話，都被架空在他宿命歷史軌跡的敘述模式中，失去更積極的意義書寫，在蘇童的小說裡，死亡不是結束，而是一個南方宿命歷史軌跡的重新開始，歷史的力量於焉不再前進，注定了各種敗德與死亡的「華麗」收場，死亡開啟蘇童的想像南方歷史宿命，也成為宿命南方的終極歷史想像。

第五篇〈在神與人之間〉則試以卡爾‧拉納（Karl

Rahner）的神學思想作為探詢阮慶岳《林秀子一家》的起點。

本篇嘗試透過文學與神學的跨界對話與參照辯證的論述，分析阮慶岳《林秀子一家》中故事人物隨著情節敘事所發生的自身命運。在這個辯證過程中，小說以虛構形式所承載的敘事語言、思想以理性邏輯所顯明的真理追求，兩相自證人對信仰之需要、對愛之救贖欲望。

小說家透過小說敘事，讓我們在理解林秀子一家的生命境遇中，見證人對信仰之需要、對愛之救贖之難以言喻的欲望——或許這不僅既是作者阮慶岳的敘事欲望，也是引導我們能解出阮慶岳林秀子一家之所未竟之處的關鍵——人究竟該如何理解自己的生命境遇？並在愛中完成救贖。小說敘事所指向的不只是一個故事的完成，也為我們揭示意義的探尋與未竟的詮釋。

第六篇〈從外在到內在〉則試以郭德曼（Lucien Goldmann）的「世界觀」析論蘇偉貞小說中的「流離」經驗。

郭德曼文學評論所提出的世界觀，不只包括作家在作品中想像世界的敘述樣貌，也包含所指涉現實社會特定群體或階級的對應性結構。從這個理解進路觀察臺灣 1980 年代崛起的重要女作家蘇偉貞的小說，她的外省第二代、眷村成長、政治作戰學校畢業、入軍旅服務八年的個人史，以至於她寫都會男女愛欲，所自成一格的「以愛欲興亡為己任，置個人死生於度外」的蕭颯陽剛之氣與書寫弔詭，提點出第二

代外省族群在出走父輩的家國歷史之後，女性身份自覺的情欲流動與個體現代性。

小說家在小說敘事所觸及到的兩種流離經驗：一是從眷村集體生活的流離失散記憶到世代交替後的個人歷史必然性；一是以都會為場景，從愛情故事情節脈絡分明到指涉自我、內在記憶對話的曖昧性書寫語言。這兩種交互影響的流離經驗，構築了蘇偉貞小說的世界觀，也形成蘇偉貞小說的世界精神與風格。

敘事篇

第一篇　走向沒有光的所在

張愛玲〈金鎖記〉中女性命運佈局與禁錮身體情節在小說敘事時間的弔詭現象

> 你問我愛你值不值得，其實你應該知道，愛就是不問值不值得。
>
> ——張愛玲《半生緣》

一、前言

　　張愛玲〈金鎖記〉中曹七巧的女性悲劇命運，在於：她無法決定自己的命運，也缺乏認知自由意志的機會；她未經涉世之前的良善既不足以對抗她的困境，也無能察覺到對抗困境的生存本能，已讓自己從被害人轉為加害人。張愛玲言說了一個中國市井小民女性嫁入大戶人家後逐漸「變為瘋狂」的縮影故事。但是，曹七巧為何會失去自己年輕時候的良善單純？張愛玲對曹七巧際遇人生的描述，間接地對人性提出了一個深刻的問題：到底是環境逼迫人墮落？還是人必須對自己的墮落完全負責？張愛玲的答案顯然是不包含這類帶有道德意識的提問，而以「故事就只是故事」的角度開始與結束。

13

　　「故事就是故事」是張愛玲進入故事敘事的小說時間敘事立場，也說明小說家——包括小說家所預設的讀者閱讀立場——也是進入故事敘事時間之前的真正小說時間，以月為貫穿意象。月亮帶著我們從「此在」回到三十年前故事發生的「彼在」。曹七巧的不幸，固然與女性無法擁有婚姻自主權有關，但真正的關鍵還是在於她無法在自己的困境中有更好的選擇——她的自主意識只能建立在生存本能的覺醒與發展，但這樣的選擇只能將她引導到「沒有光的所在」的命運。

　　這個命運顯示在曹七巧被命運所禁錮的身體，同時也禁錮她的欲望，以至於她只能陷入一種報復的本能發展——「我得不到，你也別想得到」的精神性的匱乏。這個匱乏會激發報復本能轉向生存欲望發展。在小說中，曹七巧得不到她想要的愛，亦注定成為她的命運基調，包括她不愛身患軟骨症的丈夫，渴望愛她的小叔，但小叔只想藉此騙錢；她變態地掌控兒子與媳婦，殘酷地逼死媳婦、技巧地破壞女兒的幸福，一切都導因於她只能愛看得見、摸得到、可以保障她不被看輕的財富。

　　曹七巧的「失去良善」，看似是環境的受害者，但當她成為變本加厲的迫害無辜人時，我們不得不去追問：她的受害與迫害在中國大戶人家從來就不是一種特例，張愛玲到底想要透過曹七巧表達什麼？張愛玲所關注的既不是一種對人性與道德的探討，而就只是讓七巧在命運安排下，說了一個從身體本能覺醒的負面力量故事，以危險又穩固的變態方式

主導了自己的人生與兒女的人生。

　　張愛玲透過她獨特的美學技巧，讓曹七巧涉世未深之前的人性良善的「墮落」，在小說敘事中取得了一個值得同情的合法位置。美學敘事的欲望讓道德敘事自動隱退，這是張愛玲小說藝術所再再指涉的「真實」心靈世界，也是張愛玲透過古典小說《紅樓夢》藝術敘事所掌握到一種「人性真實」與時間空間化的美學意識。

二、〈金鎖記〉的敘事時間與情節佈局

　　〈金鎖記〉的敘事時間可以分為故事外與故事內，其結構可再分為故事外—故事內—故事外等三個部份。故事外的時間是小說家「真正說故事」的敘事時間，也是讀者的「閱讀所在」時間。故事外的時間不以故事為主，而是為進入故事所預先準備的可理解的現實時間意識，來自於真實世界的線性時間思維。這種時間意識與中國傳統小說演化自說書的敘事模式有關。

　　中國傳統章回小說的敘事模式與說書有關，也保留許多說書人的說話腔調。說書人是唯一的說故事的人，只有他知道故事的細節與發展，也只他可以隨時出入故事之中。傳統章回小說的敘事觀點雖然有限制敘事的處理，但基本上幾乎都還是以全知全能為主。這與傳統章回小說脫胎自說書，並將之文人化發展有關。說書人之於故事的全知全能，就像小

說家之於小說的關係，可類比為上帝之於其受造物一樣，擁有完全掌握、熟稔於心的全方位瞭解。

小說家可自由表述小說人物的內外在狀況，包括對小說人物的動作與心理詮釋。全知全能的敘事觀點使得小說家可以無所不在地隱匿在故事之中，有效並高度控制小說人物在小說情節推動過程中所需要的解釋作用。這也使得小說本身的說故事時間除了有人物所處的自然時間之外，也可因需要而建立在「情節時間」之上。

情節時間與故事佈局息息相關。陳平原在《中國小說敘事模式的轉變》研究中，認為中國小說家對傳統模式的突破，無意中選擇「情節時間」為突破口，這並非偶然。因為中國古典小說大都以情節為結構中心，因此，小說家們所關注的自然是故事的佈局[1]。

可是，從傳統小說家所貫用的敘事全知全能立場與敘事技術來說，小說家在推進小說情節過程中，除了意識情節本身行進所需的線性時間外，也可能會因其全知全能的制高點而獲得一種在人物或情節之外的「自由創造」空間。這個因自由創造的空間，使得小說家的故事時間與小說自身的情節時間，一開始就建立在不必然、也不需要對等的起點上。這個空間關乎創作的自由，使得小說家之於小說世界多了一種屬於小說家自身可擁有的詮釋性時間。這種屬於小說家自身

---

[1] 陳平原：《中國小說敘事模式的轉變》，臺北：九大文化，1990 年 5 月，頁 36。

所擁有的詮釋性時間，在傳統小說中仍大多停留對佈局的本能掌握中，所意識的仍以小說的演述時間為主，並未自覺地發展出像現代小說家可依憑自身感覺方式自由切割、或扭曲小說事件自然行進時間的主觀性時間敘事處理技術。

張愛玲作為一個現代小說家，其敘事啟蒙並不是西方現代小說，而是傳統章回小說的經典代表作《紅樓夢》。這使得多數張愛玲小說中的「說」故事時間與故事自身的情節時間，都被保持在小說整體的敘述時間結構。這個特色形成張愛玲小說普遍具有故事內與故事外的結構性敘事時間。可是，張愛玲的小說敘事畢竟是「現代」，而不屬於傳統，其原因則在於故事內外時間的自由切換與介入詮釋。這也使得張愛玲小說的敘事時間與情節佈局，整體未脫傳統敘事模式，但張愛玲確實由此展現出現代作家處理時間的美學意識。

《紅樓夢》到底提供張愛玲怎樣的啟發技巧？基本上而言，《紅樓夢》的時間敘述意識並未超越傳統小說敘事模式，但是，曹雪芹卻將詩詞「以景佈情」而達情景交融的卓越象徵技巧，高度實踐在他的小說中。以景佈情或情景交融的書寫模式，來自於客觀之景狀擬主觀之情的含蓄表達方式，可以說是中國詩詞抒情傳統的主流。這為詩詞中所要表達的情感，得以超越原本在敘述時間流動的限制性，而以空間意象結構設計的具象化掌握住。敘事詩剛好相反，空間中所發生的一切事件內容都必須在時間中被陳說。時間的空間化與空間的時間化，恰好是傳統文學呈現抒情本質與敘事本

質的基本書寫方法。

「以景佈情」的特殊性並不是直接將作者的心靈直接投射到空間中，而是經由作者的特殊安排，使得空間中的實體景物被對等為作者為小說情節所設計的情感結構。進一步解釋，「以景佈情」的技巧使得小說人物在事件因果發展的自然時敘中，因狀擬人物情感的空間敘事技巧，使得小說敘事在進行中，多了從空間象徵意象所延宕、屬於小說人物內在心理意識的「演述時間」。

演述時間的出現與小說敘述者如何詮釋小說人物的情感、意念等原本是處於流動時間之中的主觀心理狀態有關，但古典文學中的「以景佈情」的觀念技巧，使得原本只能在時序中經驗與表述的情感「合法地」被實體化。這個技巧被運用在小說敘事中，仍不脫佈局範圍，但卻可以使得敘事時間擁有了「多餘」空間。《紅樓夢》將此技巧高度提升到具有演繹小說人物內在、甚至小說情節推動等象徵性功能，使得張愛玲在故事外——作者與閱讀者的實境／故事內——小說人物所在的小說世界之間，透過共同都有的意象聯結，使得小說家在時間的演繹敘述的位置上，不但有時間的共線性，也有敘事空間的位移跳躍，而有了更自由的介入。

因此，《金鎖記》在這個基礎上形成了一篇很弔詭的現代小說。就小說敘事時間來看，張愛玲透過「古今印月」的敘事位置，告訴我們她要說的是什麼樣的一個故事。她說：

三十年前的上海，一個有月亮的上海……我們也許沒趕

上看見三十年前的月亮。年輕的人想著……，陳舊而模糊。老年人回憶中的三十年前的月亮是歡愉的……；然而隔著三十年的心苦路望回看，再好的月色也不免帶點淒涼。月光照到姜公館新取的三奶奶的陪嫁丫頭鳳蕭枕邊……[2]

月光的意象空間納設了小說家／閱讀者／小說故事發生的所有的時間，也暴露出小說家本身的敘事位置——相對於故事內的時間來說，像是月亮一樣，就只是觀看，並作為是一種客觀全覽的背景式的參與其中。小說家的敘事主體基本上是以一種月光的空間性介入的時間意識來表現，反映出張愛玲本身對於故事中曹七巧的女性命運，是一種有距離的觀望——當然她的觀望以月光作為象徵意象，帶出我們閱讀者的解讀位置；這個位置可以是我們對月光的直覺反應，或作為歷史關照情感的鏈結，或文學／美學式的情境想像等等各種自由選擇。

真正進入故事的時間敘事後，我們會發現還有一個屬於小說人物的情節時間，而以曹七巧為主線。正如陳平原引述茲韋坦‧托多洛夫《敘事作為話語》的重要觀念：「從某種意義上來說，敘事的時間是一種線性時間，而故事發生的時間則是立體。在故事中，幾個事件可以同時發生，但是話語

---

[2] 張愛玲：《傾城之戀——張愛玲短篇小說集之一》，臺北：皇冠文學，1995年9月，頁140。

則必須把它一件一件地敘述出來;一個複雜的形象就被投射到一條直線上。[3]」張愛玲基本上很擅長於此運用——從下人、三奶奶蘭仙、玳珍、雲澤、季澤,一步一步地讓我們看到女主角曹七巧在姜家的處境,以及七巧與季澤之間的既曖昧又清楚的關係。

這段情節的重要不僅僅是引入基本故事背景介紹,而是為了帶出季澤與七巧的第一次獨處,以及各自所在的情感或家族位置;分家產之後的第二次獨處,則將兩人的曖昧真正攤在陽光下,也是決定了曹七巧真正走入瘋狂的情節發展的重要關鍵。而鏈結這兩個獨處的情節發展,我們發現這之中有一個隱藏的、關於曹七巧為什麼會走入瘋狂的內在邏輯——曖昧的秘密一旦發現被背叛的時候,就是她不自覺走向一個「沒有光的所在」的起點。張愛玲在小說敘事中所安排的解釋是「黃金的枷鎖」,也是曹七巧回顧自己一生的認知:

> ……三十年來她戴著黃金的枷。她用那沉重的枷角劈殺了幾個人,沒死的也送了半條命。她知道她兒子女兒恨毒了她,她婆家的人恨她,她娘家的人恨她。……那一面的一滴眼淚她就懶怠去揩拭,由它掛在腮上,漸漸自己乾了[4]。

---

[3] 陳平原:《中國小說敘事模式的轉變》,34 頁。
[4] 張愛玲:《傾城之戀——張愛玲短篇小說集之一》,頁 186。

　　這段曹七巧臨死前的感觸敘事，說明了張愛玲對曹七巧的命運布局是用「黃金枷鎖」的狀擬辭彙，解釋了曹七巧在故事中的所作所為，以及她所作所為造成的悲劇。這是故事明確進行的現象發展。但當我們繼續追問：她的「黃金枷鎖」是怎麼開始戴上？我們則會發現這個故事基本上可以分為曹七巧所作所為與曹七巧內心世界兩個結構——前者在故事的線性時間中以事件情節一一被小說家展示，而成為小說家要說的故事；真正精采的是後者，所有現象的發生必有關乎其存有的因果關係。這個關係默默地隱藏在現象背後，但卻是推動曹七巧走向瘋狂的真正原因。

　　〈金鎖記〉的內在邏輯完全隱藏在這兩次的獨處情節中。這兩個情節所要處理的核心正是七巧對季澤的真心與季澤對七巧的真相。第一次獨處，七巧真心與季澤真正想法被包藏在曖昧的關係中，成為多年埋在七巧不能言說的秘密；第二次的真心與真相則正式由季澤處發動，而與七巧直面相對。七巧的試探觸動了屬於七巧的真正秘密——她是真心愛著季澤，但季澤的背叛——就事實來說，完全談不上背叛，因為季澤的真心就只是那第一次獨處的一點點動心，以及完全實際的不能招惹的處理。七巧的真心之愛與季澤的真正世故，正是〈金鎖記〉的真相所在。

　　這個真相隱藏在七巧的金鎖殺人的小說敘事象徵中，但關乎這個故事的存有邏輯發展。曹七巧的人性扭曲與瘋狂，造因於嫁入姜家的命運，季澤只是那最後的一個悶響重擊。就像〈傾城之戀〉等其他短篇小說，可能只是張愛玲聽來或

看到的一個家族故事，她憑著她的天才、以及早熟早慧的天真世故，依循著故事的線條，以直覺方式掌握了人物與事件可供錯綜交替的發展節奏。在〈金鎖記〉中，張愛玲是以說書人立場轉述了整個故事，也因而為這個故事保存了最接近事實的原貌。直到《怨女》的改寫，我們才看到張愛玲從說書人身份轉到、更清楚有了張愛玲意志介入的現代小說家立場——張愛玲個人對七巧的深刻同情。只是因為〈金鎖記〉的說書人敘事立場，張愛玲不得不讓故事自己說出。

三、曹七巧在命運中被禁錮的身體與她的瘋狂

嫁入姜家是七巧的命運，嫁入姜家後漸漸墮入瘋狂才是故事的佈局。這個佈局以「金鎖」象徵七巧嫁入姜家的命運走向。曹七巧的命運與黃金的枷鎖是這個故事的表象，也是七巧嫁入姜家後，從想像到唯一可以擁有的「真實之物」。在此之前，七巧經歷了娘家出身低、教養差而一直被姜家人瞧不起的痛苦，以及最重要的痛苦——死守著一個落地就有骨癆的丈夫。

這些痛苦作為七巧漸漸步入瘋狂的內在心理因素，在小說的敘事時間中被集中在七巧與季澤的兩次獨處中。兩次的獨處在整個故事具有一種潛在的張力。說書人張愛玲藉著這個張力，讓曹七巧的怨以不同的速度節奏，在不同的事件情節中，若隱若現地讓我們掌握到七巧瘋狂的軌跡。張愛玲循

序著「以景佈情」的技法掌握著「情節時間」的節奏，所有故事的自然時序被轉換成情節的空間背景，空間的穩定性讓情節時間可隨時介入，重要事件都在一觸即發、畫龍點睛的提示敘事中，讓說故事的人自由調整與蔓延：

> 風從窗子裡進來，對面掛著的回文雕漆長鏡被吹得搖搖晃晃，磕托磕托敲著牆。七巧雙手按住了鏡子。鏡子裡反映著的翠竹簾子和一副金綠山水屏條依舊在風中來回盪漾著，望久了，便有一種暈船的感覺。再定睛看時，翠竹簾子已經褪了色，金綠山水已經換為一張她丈夫的遺像，鏡子裡的人也老了十年。
>
> 去年她戴了丈夫的孝，今年婆婆又過世了。現在正式挽了叔公九老太爺出來為他們分家，今天是她嫁到姜家來之後一切幻想的集中點。這些年了，她戴著黃金的枷鎖，可是連金子的邊都啃不到，這以後就不同了[5]。

之後所鋪敘的分家事件，細節過程就在情節時間的自由中一一展現，包括：七巧捍衛權益的奮力反擊，甚至爭奪季澤不便充公的母親留下的紀念，但是孤兒寡母終究還是照原訂計畫被欺負。接著，故事的自然時間又雲淡風輕地「隔了幾個月」，情節時間藉著「姜季澤忽然上門來了」的通報事件，將故事帶到「金鎖」背後的真正祕密——七巧對季澤的愛。

---

[5] 張愛玲：《傾城之戀——張愛玲短篇小說選》，頁156。

　　這時候的七巧已非當年單純直率的七巧了，十年以來在姜家的磨鍊，使得七巧也有了自己的世故與生存警覺。這是他們的第二次獨處。第一次是七巧告白，季澤斷然撇下七巧；第二次則換季澤告白，一個遲了十年的告白。七巧的內在心緒敘事相對於季澤的直接言行描述，有了對比性的明顯時差與結構關係：

　　季澤把椅子換了個方向，面朝牆坐著……他低低的一個一個字說道：「你知道我為什麼跟家裡的那個不好，為什麼我拚命的在外頭玩，把產業都敗光了？你知道這都是為了誰？」……七巧低著頭，沐浴在光輝裡，細細的音樂，細細的喜悅……這些年了，她跟他捉迷藏似的，只是近不得身，原來還有今天！可不是，這半輩子已經完了──花一般的年紀已經過去了。人生就是這樣的錯綜複雜，不講理。當初她為什麼嫁到姜家來？為了錢麼？不是的，為了要遇見季澤，為了命中注定她要和季澤相愛。……他也老了十年了，然而人究竟還是那個人呵！他難道是哄她麼？他想她的錢──她賣掉一生換來的幾個錢？僅僅這一轉念便使她暴怒起來……
不行！她不能有把柄落在這廝手裡。姜家的人是屬害的，她的錢只怕保不住。……[6]

---

[6]　張愛玲：《傾城之戀──張愛玲短篇小說集之一》，頁 162-163。

接著，敘事轉到七巧佯裝興趣的細細盤問與又是一觸即發的暴怒。我們發現季澤的時間節奏是屬於故事的自然時序，始終是固定的。但七巧則是在情節時間中——可長可短，由說書人自由介入：

> 季澤脫下他那濕濡的白雲紗長衫，潘媽絞了毛巾來代他揩擦，他理也不理，把衣服夾在手臂上，竟自揚長出門去了，臨行的時候向祥雲道：「等白哥兒下了學，叫他替他母親請個醫生來看看[7]。」

季澤的反應與第一次兩人獨處的後段時序一模一樣——「臨走還抓了一大把核桃仁」。七巧同樣難堪，但反應仍有些不一樣：第一次的恨是單純的難堪，第二次的恨是更難堪的不堪，即使僅僅只是一剎那——七巧的心理時間可以說在這裡停了下來，直到死前最後回到年輕的回憶時間：

> 季澤走了。……酸梅湯沿著桌子一滴一滴朝下滴，像遲遲的夜漏——一滴，一滴……一更，二更……一年，一百年。真長，這寂寂的一剎那。……
>
> 她要在樓上的窗戶再看他一眼……她為什麼要戳穿他？人生在世，還不就是那麼一回事？歸根究底，什麼是真

---

[7] 張愛玲：《傾城之戀——張愛玲短篇小說集之一》，頁 163。

的？什麼是假的？

……

……十八十九歲做姑娘的時候，高高挽起了大鑲大滾的
藍布衫袖，露出一雙雪白的手腕，上街買菜去。喜歡她
的有肉店裏朝錄，她哥哥的結拜兄弟丁玉根、張少泉，
還有沈裁縫的兒子。喜歡她，也許只是喜歡跟她開開玩
笑。然而如果她真的挑中了他們之中的一個，往後日子
久了，生了孩子，男人多少對她有點真心……[8]

　　七巧的命運在嫁入姜家時候就已經決定，但故事中的兩
種時間節奏形成的張力，讓我們看到真正讓七巧步入瘋狂而
不自知的悲劇，不是因為季澤不愛七巧，而是七巧在姜家經
歷世故之後仍想要真心的天真——季澤只是那讓她看清所有
真相的那個人，而那個人始終自我的雲淡風輕，對七巧的殘
酷在於：嫁入姜家之後連那點可瞞己欺心的幻想慾望與愛情
寄託安慰都徹底破碎了。七巧從此只能退守到她實質所能擁
有的兒女與家產的世界。七巧的命運自此從尚有一絲天真的
世故遺孀，轉向一個瘋狂母親的佔有。

　　七巧以一個母親身份所展現的瘋狂佔有，只是故事的表
象。故事表象的底層還有一個七巧之所以會走入瘋狂的真正

---

[8]　張愛玲：《傾城之戀——張愛玲短篇小說集之一》，頁 163-164、186。

原因：對季澤的愛的徹底破滅。這個原因讓我們看到嫁入姜家不過是七巧女性命運之因，有因才有背景，才有漸次讓七巧步入瘋狂的命運佈局。這是張愛玲作為一個說書人小說家汲汲營營之所在。

命運佈局需要事件展開情節敘述。透過七巧的情節時間與季澤的自然時間等不同節奏，我們找到了隱藏在故事之中、但卻關乎七巧正常心理就此崩盤，走入沒有光所在的重要關鍵。那就是七巧的真心始終都處在徹底難堪的狀況——季澤的雲淡風清與七巧的自作多情，以不同的節奏對話，讓我們看到七巧不管是在第一次主動情勢之下的被動收場，或是第二次被動情勢之下的主動反擊，都是失敗者。之所以只能失敗的原因無它：她對季澤而言都是可有可無的存在；但季澤卻是她唯一寄託真心之所在處。

小說對於季澤與七巧之間的不對等敘事，除了藉由不同的時間節奏展現之外，也透過不同事件的轉換，在同一指向七巧走向瘋狂心理的內在邏輯中，向我們揭示出「金鎖」在小說中所指涉的兩種象徵結構與同一的故事意向：物質性的家產與精神性的愛情；當精神性的金鎖徹底無法擁有時，物質性的金鎖就是唯一的出路。

這個觀察思考仍延續著七巧與季澤的獨處，且在兩人破局之後轉換到七巧與兒女的關係——到了後段敘事，七巧的身份也由渴望愛情的情人想像身份，轉到合法絕對佔有的真實母親身份。不管是想像情人或真實母親，我們從小說事件的種種細節去推敲，不管是對長白——對季澤愛情的合法繼

承人、或是對長安——七巧以母親意志再造的小七巧，都可以看到推動七巧悲劇的最大動力不是嫁入姜家的命運，而是在嫁入姜家之後女性本能的慾望發展。

這個扭曲的慾望發展線索在故事中，最先是以下人夜晚閒聊姜家三奶奶與二奶奶的背景氛圍埋下伏筆，然後在七巧與季澤的第一次獨處爆發。七巧一生的委屈始終都繫之在嫁給一個骨癆丈夫——禁錮身體的事實基礎上。這個禁錮的身體是像是七巧對豬肉店中「膩滯的死去的肉體的氣味」、「沒有生命的肉體」。這個委屈卻是包裝在七巧的不滿告白與季澤對七巧本能式的調情事件上：

> 七巧直挺挺的站了起來……用尖細的聲音逼出兩句話道：「你去挨著你二哥坐坐！你去挨著你二哥坐坐！」……「你碰過他的肉沒有？是軟的、重的，就像人的腳有時麻了，摸上去那感覺……」季澤臉上也變了色，然而他仍舊輕挑地笑了一聲，俯下腰，伸手去捏她的腳道：「倒要瞧瞧妳現在的腳麻不麻？」七巧道：「你沒挨著他的肉，你不知道沒病的身子是多好的……多好的……。
>
> ……
>
> ……七巧待要出去，又把背心貼在門下，低聲道：「我就不懂，我有什麼不如人？我有什麼不好……」季澤笑道：「好嫂子，你有什麼不好？」七巧笑了一聲道：「難不成我跟了殘廢的人，就過上了殘廢的氣，沾都沾

不得？」……她睜著眼直勾勾朝前望……鮮豔而悽愴。
季澤看著她，心裡也動了一動。可是那不行，玩儘管
玩，他早就抱定了宗旨不惹自己家裡的人，一時的興致
過去了，躲也躲不掉，踢也踢不開，成天在面前，是個
累贅。……她也許是豁出去，鬧穿了也滿不在乎。他可
是年紀輕輕的，憑什麼要冒這個險……[9]

　　季澤從小在姜家這樣的大家族長大，值得不值得都自有
穩當的盤算，對七巧不過就是這樣滿不在乎、只有調情式的
一時動心，連真心都夠不上。可是，季澤的曖昧一捏，卻成
了七巧慾望的出口、解放禁錮身體的象徵動作。季澤真正的
壞不是那一捏，而是他利用那一捏去盤算孤兒寡母好不容易
掙來的遺產。即便如此，七巧對季澤仍還是有難言的不忍與
最後一點點的眷戀：

　　……──雖然隔了十年，人還是那個人呵！就算他是騙
她的，遲一點兒發現不好麼？即使明知是騙人的，他太
會演戲了，也跟真的差不多罷？[10]

　　因此，對七巧來說，真相的殘酷不是只是對季澤的愛落
空，而是季澤連一點點的真心都沒有，而她還真愛著季澤。

---

[9]　張愛玲：《傾城之戀──張愛玲短篇小說集之一》，頁 150-151。
[10]　張愛玲：《傾城之戀──張愛玲短篇小說集之一》，頁 161-162。

真真假假、假假真真，季澤是七巧生命中最殘酷的事實——
讓她想著他卻得不到他；即使放棄他都還被他狠狠地被羞辱
著——「等白哥兒下了學，叫他替他母親請個醫生來看
看。」

　　七巧作為一個女人，丈夫沒有生命的肉體禁錮了她的身
體欲望，放蕩小叔不經易的隨便調情成為了禁錮身體的唯一
想像出口——不犯法的精神不倫，也是她心中深埋的秘密與
心中最甜蜜的痛苦。如今，這個秘密就這樣輕易地被這個男
人以如此不堪的方式羞辱。七巧的瘋狂不是顯性的瘋癲，而
是精神意識失去意義之後的混亂——就像故事在自然時間節
奏中淡淡進行的客觀敘述：「過了秋天又是冬天，七巧與現
實失去了接觸」；如今的七巧只剩下唯一的真實：兒女與遺
產。

　　七巧在命運中被丈夫禁錮的身體，雖然在現實中不可能
擁有情人，但因季澤而至少有了個想像的出口。與季澤在現
實關係中正式決裂後，想像的出口徹底封閉。如今七巧的身
體只剩下「母親的名位」了，但是，對季澤的慾望空缺並未
因與季澤決裂而消失，反而被轉嫁在控制女兒與兒子身上。

　　七巧的瘋狂至此是變本加厲，非僅僅只是嫁到姜家之後
她的嫂子所觀察到「瘋瘋傻傻，說話有一句沒一句，就沒一
點兒得人心的地方」——而愈發像極了一個處處以為別人要
她財產的迫害妄想症傾向的病人。這些行徑包括：氣急趕走
親姪子春熹、毫無遮攔地讓女兒丟臉、甚至讓女兒自動放棄
就學——然後將女兒塑造成另一個「一顆較嫩的雪裡紅——

鹽醃過的」小七巧。長安的婚姻，也因七巧處處受到阻礙，
最可怕的是，七巧用「一個瘋子的審慎與機智」，破壞了長
安這一生唯一愛過、幸福唾手可及、與童世舫的一段姻緣；
然後將自己的悲慘一生複製成長安不得不選擇的命運。張愛
玲的敘事相當精采：

> ⋯⋯門外日色昏黃，樓梯上鋪著湖綠花格子漆布地衣，
> 一級一級上去，通入沒有光的所在。世舫直覺地感到那
> 是個瘋子——無緣無故的，他只是毛骨悚然，長白介紹
> 道：「這就是家母。」
> ⋯⋯
> 長安悄悄的走下樓來，玄色花繡鞋與白絲襪停留在日色
> 昏黃的樓梯上。停了一會，又上去了，一級一級，走進
> 沒有光的所在[11]。

七巧的命運至此已經走到了完全病態的地步。另一個同
樣指向瘋狂的情節線索線則在兒子長白身上。七巧對長白的
掌握，從縱容兒子跟著季澤逛窯子、到幫兒子找媳婦、到不
正常介入兒子婚姻、到利用鴉片將兒子綁在身邊的病態心
理。在這些描述中，最令人怵目驚心的就是七巧要長白幫她
燒一夜鴉片煙、卻又像情人調情般的談話——每一個動作、
每一小段的對話都是步步驚心——然而，敘事節奏卻是極輕

---

[11] 張愛玲：《傾城之戀——張愛玲短篇小說集之一》，頁 183、184。

鬆自在：

　　……七巧把一隻腳擱在他肩膀上，不住的輕輕踢著他的脖子，低聲道：「我把你這不孝的奴才！打幾時起變得這麼不孝了？」長安在旁答道：「娶了媳婦忘了娘嗎？」七巧道：「少胡說！我們白哥兒倒不是那們樣的人！我也養不出那們樣的兒子！」長白只是笑。七巧斜著眼看定了他，笑道：「你若還是我從前的白哥兒，你今兒替我燒一夜的煙！」長白笑道：「那可難不倒我！」七巧道：「睏著了，看我搥你[12]！」

　　七巧的恐怖還不只如此，要兒子分享與媳婦親密關係中的秘密，藉著牌友共桌同樂時羞辱親家母，徹底斷了媳婦芝壽的娘家後援，接著還要繼續套問兒子，好讓兒子可以「涎著臉到她跟前來」……，對於七巧的種種病態行為，小說敘事以芝壽的角度一一攬到讀者的眼前：

　　芝壽猛然坐起身來，嘩喇揭開了帳子。這是個瘋狂的世界，丈夫不像個丈夫，婆婆也不像個婆婆。不是他們瘋了，就是她瘋了。今天晚上的月亮比哪一天都好，高高的一輪滿月，萬里無雲，像是黑漆的天上一個白太陽……。

---

[12] 張愛玲：《傾城之戀——張愛玲短篇小說集之一》，頁 171。

> ……月光裡，她腳沒有一點血色——青、綠、紫、冷去
> 的屍身的顏色。她想死，她想死。她怕這月亮光，又不
> 敢開燈。……[13]

之後，我們看到的結果是長白與芝壽的幽深積怨，長白
又開始嫖妓、七巧用鴉片讓長白上癮——長白終於收心，留
在母親身邊；但是，長白最後付上的代價是芝壽、姨太太娟
姑娘被逼死——然後，「不敢再娶了，只在妓院走走」。

故事的結局是七巧死了、長安和長白分了家搬出來住
——然後，以一個關於長安用七巧留下來的錢包養男人的謠
言終結。故事時間結束於一個謠言——可是，我們都知道，
謠言不管真或是假，都有其不斷傳播的生命力；反映出故事
的本質。但是，故事一但真正故事了，一切又回到故事外的
時間中——也是進入故事之前的時間——這是小說家與讀者
可共有的時間意識與時間意識中的「此在真實」：「三十年
前的月亮早已沉下去，三十年前的人也死了，然而三十年前
的故事還沒完——完不了。」因此，說故事的人就只是說了
一個故事；故事即使說完了，故事仍會在時間之中悠悠地不
斷被說下去。

---

[13] 張愛玲：《傾城之戀——張愛玲短篇小說集之一》，頁 172-173。

四、小結：無關「墮落」
——一種來自傳統美學啟發的立體敘事時間

〈金鎖記〉的故事以七巧的一生為主要範圍。七巧嫁入姜家的女性命運，以及圍繞在禁錮身體事實所展開的情節敘事，讓我們逐一完整看到七巧漸次走向瘋狂的小說佈局。這一切因著七巧瘋狂而來的悲劇情節，雖然不脫說書人在線性時間思維下對故事完整發生的敘事角度，但是，故事內的兩種時間節奏，可以讓我們清楚看到張愛玲利用傳統文學的抒情技巧所展開的佈局敏銳，以及自然時間與情節時間在不同節奏速度中、所指涉七巧與季澤的「各自真實」——真心與現實世故。故事的真相被包覆在一個殘酷的事實——季澤的壞不是他曖昧的玩世不恭，而是他從來不曾愛過七巧、最終還要以自私的盤算毀掉她心中唯一曾有的愛情想像。

故事外的真正時間，使得說書人擁有的全知全能敘事立場，可隨時進出故事之中，而故事內與外的時間位差，讓故事兀自說出了小說人物之間的存有邏輯。正如陳平原曾引述茲韋坦・托多洛夫的話說明小說敘事經營與時間的關係。茲韋坦・托多洛夫說：「從某種意義上說，敘事的時間是一種線性時間，而故事發生的時間是立體的。在故事中，幾個事件可以同時發生，但是話語則必須把它們一件一件地敘述出

來；一個複雜的形象就被投射到一條直線上[14]。」

　　七巧的瘋狂在〈金鎖記〉中，基本上並沒有發展出同一時間點有不同平行事件的現代小說敘事形式；恰巧相反的，張愛玲在〈金鎖記〉中，是從空間創造出故事外內的不同高度與位階的時間差。除了原本存在於小說敘事的多層次的時間位差之外，經營以月光意象、且穿越故事外與故事內的空間屬性，也確保了說書人與故事敘事之間的美學距離與自由敘事空間。

　　此外，張愛玲借自《紅樓夢》「以景喻情」的象徵書寫技巧，更使得說書人得以空間的間隙延宕、或直接進出於情節時間的自由敘事之中。不管是時間或空間敘事，七巧的瘋狂都被確保在說書人的說故事的安全範圍中——不管曹七巧做了什麼，她都只是一個活在故事中的人；說書人與讀者都在故事之外，而一個可以被述說的故事總是自由的。這是張愛玲從說書人立場，進而發展出一種非平行時間意識的位差敘事的立體性，相當不同於西方現代小說從平行時間意識發展敘事的立體性。

　　張愛玲在〈金鎖記〉中書寫七巧步入瘋狂的女性命種佈局，與其相輔相成的情人想像與實質母親身份的禁錮身體情節，最大的弔詭現象就是：不管七巧有多瘋狂，也不管她用她的金鎖劈死或傷害多少人，她永遠是故事內的人，她活在她的故事時間中，而我們總是在故事外，在我們的時間與空

---

[14] 陳平原：《中國小說敘事模式的轉變》，頁 34。

間意識中看著她。時間的位差讓我們隨時可自由進出小說的時間，但小說人物永遠走不到我們的真實時間與空間之中。敘事距離的美感形式就像是同一月光的穿透性，但卻在不同的時差出現。因為故事內外的時間敘事的美感距離，使我們對七巧的同情，不一定是基於對七巧的女性命運的瞭解，而是一開始就被保障在時間敘事的位差的美感距離中。

這個保障使得〈金鎖記〉的七巧瘋狂是美學書寫的問題，而不是關乎是非對錯判斷的道德敘事。也就是說，七巧的瘋狂僅僅就是一個關於一個女人如何因為命運而「走向沒有光的所在」的故事，我們對七巧的同情是因為她的所作所為都是情有可原。情有可原也許就是說書人張愛玲對這個故事的所預設的初衷——一切的一切都曾在月光之下，可也終究都會在時間之流中變成故事，而我們所能做的就是看完或聽完這個故事。這也是張愛玲小說在敘事中所預設的美學世界觀。

第二篇　醫療敘事與救國想像

蔣渭水〈臨床講義〉的醫療隱喻與主體再現

> 上醫，醫未病之病；中醫，醫欲病之病；下醫，醫
> 已病之病。
>
> ──唐・孫思邈《千金藥方》

一、前言

　　蔣渭水之所以有「臺灣的孫中山」的美喻，主要的原因在於兩人的共通性──既是醫病的醫生，更是終生投入醫國醫民的救國理想實踐家；惟不同的是，孫、蔣兩人因客觀現實條件之不同，分別走向政黨革命之路與政黨政治、文化反殖民的政治社會運動。蔣氏一生尊崇孫中山，尤其佩服其革命人格與三民主義思想。黃煌雄曾讚譽地指出：「在朝野共同致力於臺灣歷史的整理聲中，如果提及日據時代的臺灣近代抗日運動史，就不能不提到蔣渭水。因為蔣氏不僅是臺灣同胞非武裝抗日運動最具影響力、最能刺痛日據當局，並最能喚醒寂靜的民族與社會良知的運動家，也是日據時代臺灣同胞之中最能堅持民族運動路線……從歷史觀點比較，蔣渭水在領導臺灣近代非武裝抗日運動史上所享的地位，也如孫

中山在領導中國近代革命所享有的地位一樣，是崇高的、不朽的、不容抹殺的，尤其不容歪曲的[1]。」

蔣渭水雖然只有享年四十年六個月的短暫一生（1891.2-1931.8.5），但卻為臺灣近代民族運動留下深刻的歷史印跡。這些印跡包括：1921 年春參加議會請願運動開始，與蔡培火等人磋商成立「臺灣議會期成同盟會」（1923），要求日本正視臺灣自決法權；歷經「治警事件」兩次入獄；與林獻堂合組「臺灣文化協會」，積極推動開發民智與啟蒙建設工作，文協分裂後組織「臺灣自治會」，繼續臺灣自治實現與社會制度進步改革政策；應時勢之需要而開辦「文化書局」，間接助益於臺灣新文學的發展；透過《臺灣雜誌》、《臺灣民報》等公共空間立論臺灣與世界時勢，樹立知識份子論述典範；創籌「臺灣民眾黨」，「以確立民本政治建設合理的經濟組織以及改除社會制度之缺陷為綱領」，以及「臺灣工友總聯盟」。

回顧蔣渭水的一生，文學並不是他的旨趣，作品亦不算多，除了仿古文的〈快來入辭〉、〈送王君入監獄序〉、〈春日集監獄署序〉、〈入獄賦〉、〈獄歌行〉、〈牢舍銘〉等，還有〈獄中日記〉、〈入獄感想〉、〈獄中隨筆〉、〈北署遊記〉、〈再遊北署〉、〈三遊北署〉等獄中報導散文，以及可以說明他為何獻身臺灣政治社會運動熱情

---

[1] 黃煌雄：〈初版序〉，《蔣渭水傳──臺灣的孫中山》，臺北：時報文化，2006 年，頁 12-13。

與使命感的代表作品〈臨床講義〉。

　　〈臨床講義〉以日文發表於《臺灣文化協會第一期會報》，有別於一般文學性的散文書寫格式，全篇以醫療的臨床診斷書形式寫作。蔣渭水以主治醫生的身份為患者臺灣進行臨床上的病理診斷。疾病身體與民族命運因之被聯繫起來，正式為臺灣知識份子提供一個不必處理清廷政府因馬關條約將臺灣割讓給日本的殖民歷史傷痛、而能直接訴諸知識主體的論述空間。疾病與醫療之間的隱喻關係為臺灣進步知識份子形塑出一個政治文化言說的潘朵拉之盒，直接或間接地開啟了知識份子對政治行動的想像正當性，並付諸實踐。

　　從這個角度分析蔣渭水〈臨床講義〉透過疾病與醫療隱喻所開展的救國想像論述，並探討這個隱喻所引出臺灣知識份子在日本殖民處境中走向民族自決的政治主體意識，以及蔣渭水以「醫生之名」所啟動「未竟的國族想像」的個體化公共空間論述的曖昧性，對應在現代中國國族想像的「身體與國家」隱喻關係中，其不可言喻、但又隱而不彰地漸沉漸浮於想像間隙的「臺灣人」身份認同，擺蕩在殖民語境的漢民族文化主體認同與臺灣漢民族所自決的政治主體之間。而〈臨床講義〉的現代性言說形式，在主訴病癥與醫療所進行的過程中，一再透露出知識份子主體意志對大眾教育開發的欲望，以及指向足以完成建構臺灣民族自決的希望想像。知識份子之「腦」如何完成臺灣民族之健康強壯的「政治身體」，因之成為〈臨床講義〉中最理所當然、也最弔詭存在的主體建構的「啟蒙」隱喻。

二、〈臨床講義〉中的「再現」臺灣的修辭策略

從文學語言形式的創新角度來說,〈臨床講義〉以擬人化的筆法將臺灣視為一個男性病人,接著作者以醫生的身份,從建立病人臺灣的基本資料開始,詳細地描述病人所患的諸多病症,並就病理推判其病灶之形成的前因後果,以及所需要的合適治療處方。全文以文化思想為病理之推敲與觀察線索,簡單地勾勒出臺灣的殖民社會歷史的歷史演變與目前現況,並推敲這兩者之間的延變與病人的病癥之間的共構關係。

〈臨床講義〉透過醫生診察病患並開立病歷紀錄與處方的醫療行為的散文虛構方式,確實是臺灣文學史上絕無僅有的行文原創性。但〈臨床講義〉最重要的文本價值並不是行文形式的原創性,而是以醫療之名的隱喻所承載殖民語境不能言說的知識份子的主體意志建構與欲望實踐。

王德威曾針對蔣渭水的〈臨床講義〉指出:「疾病與醫療,頹敗與批判,壓迫與抗爭;臺灣的現代性論述是以身體缺陷的修辭為起點,開出主體建構的欲望[2]。」但是,為何是從身體缺陷的修辭為起點?回到中國現代文學的脈絡,身體與救國的修辭想像一直是現代中國想像重要的一環,也是左翼與右翼政治文學中的知識份子以革命欲望獻身於國族寓

---

[2] 王德威:〈大病文人醫──兩位大夫的故事〉,《中國時報‧副刊》2004.4.12。

言的起點；唯不同的是，左翼知識份子走的是身體自主解放的想像路線，而右翼知識份子要求的是回歸儒家倫理秩序的規範身體[3]。現代文學、特別是小說以虛構的語言形式所指向的本質真實探討，是現代文學極精彩的一個建構面向，也讓文學語言在「現代」之名的承載下，更自覺地揭發「我」或「我們」在現實中不可言喻的真實欲望；但是，散文卻是現代文學中與傳統最為接近的文類──從明清文言小品文到白話的美文，散文文類的作者個體性書寫特質與直指真實的寫作倫理，使得散文的本質基本上是傾向真實的自由。因之，蔣渭水〈臨床講義〉以醫療診斷書格式化的散文虛構的行文方式，既有形式散文的真實、也有跨小說虛構性質的內容，進而又更顯得曖昧。

　　這個曖昧性使得〈臨床講義〉形成文本的醫療現象敘述與意義實指的殖民政治語境敘述兩個層次的解讀空間。這兩個層次的解讀空間加入文本原存的醫病隱喻關係，則又可有更多元指涉的探討路徑：一、臨床診斷敘述的醫生與病人；二、臨床診斷敘述的醫療紀錄與病理分析；三、殖民政治語境敘述的知識份子主體與社會大眾客體；四、殖民政治語境敘述的知識份子主體再現與社會大眾主體建構；五、反殖民論述的未竟想像──臺灣島的身份認同。這些多元指涉探討路徑將說明〈臨床講義〉以醫療語境隱喻殖民政治語境所開

---

[3] 陳康芬：《政治意識形態、文學歷史與文學敘事──臺灣五○年代反共文學研究》，臺北：花木蘭出版社，2014 年，頁 148-152。

啟的臺灣主體想像欲望，也將指出臺灣現代知識份子在現代性論述中隱而未現的知識意志，為何必然以身體缺陷的修辭作為啟蒙實踐的起點？這在殖民語境中又具有什麼樣的意義開展？與蔣渭水的書寫策略之間的關聯性又是什麼？

首先回到〈臨床講義〉的書寫形式，就像所有的病歷紀錄一樣，蔣渭水醫生有條不紊地將這姓名為「臺灣島」的男性病人的基本資料羅列出來。從這些基本資料中，我們清楚看到臺灣所經歷的殖民地歷史演變與現狀，以及這些演變現況所造成臺灣在自我認知上的多重角度。包括「原籍」與「現住所」的政治角度；「番地」以地理經緯所投涉的世界角度；「遺傳」、「素質」代表的文化角度。這些不同角度的多重認知勾勒出蔣渭水「再現」臺灣的複雜性。

從歷史現實來說，臺灣自 1895 年馬關條約割讓給日本、成為日本在亞洲的第一個殖民地，但在日本殖民的二十七年中，孫中山領導國民革命，推翻清廷，創立以「中華民國」為名的現代民族國家，對應於日本殖民統治之下的臺灣，孫中山率先實踐了一次世界大戰美國總統威爾遜所倡議的民族自決，也成為蔣渭水一生掛念的「祖國」；「祖國」之下作為對應日本殖民地的臺灣，無疑是激勵蔣渭水不只從事文化抗日運動，也致力以議會請願與組織政黨的政治形式追求臺灣的民族自治與社會民主；因之，在日本帝國殖民強權下，臺灣如何走出民族自治與社會民主之路，也就促使臺灣有了「世界和平第一關門的守衛」的職業。

然而，這個原本應該擔任「世界和平第一關門的守衛」

的臺灣卻生病了。醫生蔣渭水以「現症」描述：道德頹廢，人心澆漓，物欲旺盛，精神生活貧瘠，風俗醜陋，迷信深固，頹迷不悟，罔顧衛生，智慮淺薄，不知永久大計，只圖眼前小利，墮落怠惰，腐敗，卑屈，怠慢，虛榮，寡廉鮮恥，四肢倦怠，惰氣滿滿，意氣消沉，了無生氣[4]。臺灣的「現症」讓我們看到了兩個蔣渭水對臺灣病癥研判的思維線索：道德精神的頹廢與文化智識的蒙昧。前者來自傳統知識份子的儒家政治道德化思維模式；後者則與現代知識份子要求現代化與理性思維相關。值得留意的是：這兩種思維模式雖然都是以訴諸個體的精神性塑造為起點，但是不管在傳統儒家思維的繼承脈絡或是現代理性思維的改造脈絡，「臺灣島」的病人始終都不在「個體」的脈絡下進行思考，而是理所當然地以「群體」之名為主要想像路徑。

　　這可以看到：知識份子的救國欲望與文化啟蒙理想之間一直存有一種如何改造與型塑他者的權力意志的合理化。在〈臨床講義〉中，蔣渭水的醫生身份與臺灣的病人身份的隱喻關係，不言而喻了知識份子救國想像中透過「道德」與「知識」兩種進路所啟動的言說意志與正當權力。因此，醫生蔣渭水對病人臺灣島的治療，不只以疾病的修辭想像開啟知識份子救國如救人的主體欲望，也以醫療正當性保障知識份子改造大眾的權力意志——畢竟，醫生對病人的身體在醫

---

[4] 蔣渭水：〈臨床講義〉，收錄於黃煌雄：《蔣渭水傳——臺灣的孫中山》，臺北：時報文化，2006 年，頁 24。

療行為中是擁有絕對的主導權；疾病的身體修辭所合理展現的是醫生的主體性與病人身體的客體性，以及兩者心照不宣所進行的醫生主控—病人配合的「合作」默契。因此，明明是道德頹廢與智識蒙昧的「抽象」問題，一但被具體描述為「四肢倦怠、惰氣滿滿、意氣消沉、了無生氣」的病癥現象，接下來的必然就是正當的醫療診斷。〈臨床講義〉以「頭痛、眩暈、腹內飢餓感」的「主訴」敘述進行。蔣渭水清楚地透過對病癥現象的描述語言，展開對臺灣島病人在文化思想程度的推斷：

> 最初診察患者時，以其頭較身大，理應富於思考力，但以二、三常識問題試加詢問，其回答卻不得要領，可想像患者是個低能兒，頭骨雖大，內容空虛，腦髓並不充實及稍微深入的哲學數學科學及世界大勢，便目暈頭痛[5]。

而導致「腹內飢餓感」的原因有二，一是過度勞動，在身體顯現的證據是「手足頑陳發達」；另一身體的病癥跡象就是「腹部纖細凹陷，一如已產婦人，腹壁發皺，留有白線」——這是不正常的身體現象，因為病人是男性，正常的男性腹部不可能有產後的妊娠紋，因此，合理的推論是病人的腹部曾經膨脹肥大而急速萎縮，但為什麼會產生這樣的現象呢？蔣渭水針對臺灣在日本殖民處境以及世界局勢，作出

---

5 蔣渭水：〈臨床講義〉，頁 247。

了以下的推論：

> 這大概是大正五年歐洲大戰以來，因一時僥倖，腹部頓
> 形肥大，但自去夏吹起講和之風，腸部即染感冒，又在
> 嚴重的下痢摧殘下，使原本極為擴張的腹壁急遽縮小所
> 引起的[6]。

　　從上述等醫療診斷語言指涉文化思想作為病人之所以會
有頭痛、暈眩、腹內飢餓感等身體病癥的病理原因，前後貫
串臺灣病人「道德頹廢、智識蒙昧的現症」與「慢性中毒達
三百年之久的既往症」，使得蔣渭水迅速作出「世界文化的
低能兒」的診斷。值得注意的是，「慢性中毒」所指涉長達
三百年之久的臺灣漢民族的殖民歷史，以及身心變化情況：

> 幼年時（即鄭成功時代），身體頗為強壯，頭腦明晰，
> 意志堅強，品行高尚，身手矯健。自入清朝，因受政策
> 毒害，身體逐漸衰弱，意志薄弱，品行卑劣，節操低
> 下。轉日本帝國後，接受不完整的治療，稍見恢復[7]。

　　這段敘述有趣的地方在於：為什麼鄭明統治就是身強體
壯腦明？到了清廷統治就開始日漸出現身體與道德病癥？因

---

[6] 蔣渭水：〈臨床講義〉，頁 246。
[7] 蔣渭水：〈臨床講義〉，頁 246。

為鄭明與清廷除了政權上漢族與非漢族的女真族之別，以及清廷多了以漢制漢的奴化政策之外，兩者在中國帝王政治歷史只是改朝換代，本質差異並不大；除了點出蔣渭水的漢民族主義者的身份認同之外，其實說服力不強。再來，蔣氏的漢民族身份認同並不是來自儒家傳統知識價值的人文理性，而是一種來自傳統漢文教育所累積的文化情感認同與自我表述方式——特別是傳統知識份子在不遇語境下的自我排遣與言志肯定。

根據他的〈入獄日記〉所述：能誦的古文有〈楚辭〉二篇、〈春夜宴桃李園序〉、〈送李愿歸盤谷序〉、〈顏先生祠堂記〉、〈前赤壁賦〉、〈短歌行〉、〈陋室銘〉、〈愛蓮說〉、〈蘭亭記〉（即〈蘭亭集序〉）、〈送董紹南序〉、〈歸去來辭〉；他個人也以上述仿作了〈快入來辭〉、〈送王君入監獄〉、〈入獄賦〉、〈春日集監獄署序〉、〈牢舍銘〉、〈獄歌行〉等古文[8]。可以看出蔣渭水對漢民族與漢傳統文化的情感認同程度是很深的。

然而真正值得關注的重點是：蔣氏對接受日文現代化教育啟蒙而來的「不完整的治療」敘述——他用「不完整的治療」作為「轉入日本帝國」主謂語的述語補充。這相當耐人尋味——所謂的治療是什麼？為什麼不完整？與日本帝國統治臺灣的政治現實有什麼樣的關聯？

---

[8] 蔣渭水：〈入獄日記〉。這些古文除了曹操〈短歌行〉是一種面對歷史的壯志豪情的言志之作外，其他都與傳統知識份子如何處理際遇（特別是不遇）的自我價值定向有關。

　　蔣渭水寫〈臨床講義〉時，正值文化協會初成立之時，而日本殖民統治臺灣也已經長達二十七年之久。日本對臺灣的殖民統治到了這階段，基本上在噍吧年事件之後已不採取軍事武力的血腥鎮壓手段，而致力以系統性的國家現代化管理思維，透過客觀科學與憲政法治的制度形式，促使臺灣的政治、經濟、文化、社會、教育等各方面也開始現代化。但是，「殖民」的事實本質卻根本暴露出日本對臺灣的現代化「啟蒙」的最大病癥：法治僅只於是日本政府單方對臺灣施行強權管理的「合法」工具，而無關乎真正法治施行基礎的自由平等思維與精神價值。

　　臺灣人民在日本的警察與地方保正形成的嚴密監控系統，雖然也養成守法習慣，但日本政府有法治之形式而無公平法治之實質的「殖民」統治，卻造成日本警察任意以法之名欺壓剝削臺人的現象發生，臺灣新文學之父賴和的〈一根秤桿〉即以此諷刺日本殖民法治的荒謬[9]。

　　然而對接受日文現代化教育啟蒙的知識份子來說，最難忍受的部份應該是：思維與精神因啟蒙而自由，但所能認知到的自由卻沒有任何可合理實踐的客觀現實。這個客觀現實對於知識份子而言不僅僅是外在，也包含內在的緊張關係。前者來自於殖民臺灣日人與臺人不平等的醫政現實；後者則與帝國殖民語境中以醫學知識主體爭取政治與文化主體自由

---

[9]　施叔《中國現代短篇小說選析》，臺北：長安出版社，1984 年，頁 981-982。

的「僭越」張力有關。

三、日治殖民的臺灣醫政現實與知識份子的主體意識追求

從西方醫學史的角度而言，醫學的存在發展並不具有關乎身體健康的單純性，反而往往是相隨於帝國擴張版圖或得以控制的相關政治問題而出現——醫學與帝國殖民的親和關係，也決定了醫學在殖民帝國的位置——醫學既享有其自身專業的知識權力，但也深受政治所支配。

臺灣現代醫療早在 1865 年就開始所謂的教會醫學，這些以傳播基督教為目的而展開的醫療行動的醫生或傳教士：具代表性從南到北有萬巴德在高雄、馬雅各在臺南新樓醫院、蘭大衛在彰化、馬偕在淡水。但真正建立臺灣現代醫療體系、並將臺灣醫學文明提升到一定水平程度的卻是日本殖民統治政府。

臺灣作為日本帝國的第一個殖民地，接收過程除了遭遇到民間武裝反抗勢力之外，臺灣低於日本緯度的濕熱環境，也讓日本意識到：若要能有效統治臺灣，必須克服風土所產生的問題。1899 年臺灣協會雜誌譯述歐洲殖民熱帶地區相關經驗一文〈風土馴化及熱帶地衛生論〉，提出溫帶人種可以透過「風土馴化」的概念實踐而成功適應當地環境，以確保殖民統治成功；風土馴化的概念是以十九世紀生物學說為

基礎，提出溫帶人種可以建置現代文明環境的方式克服未能適應地理環境而產生影響健康的問題[10]。

　　基本上，西方帝國的「風土馴化」經驗理論，奠定了日本積極將日本明治維新後所發展的近代醫學體系輸入臺灣的政策基礎。1898 年至 1906 年，後藤新平擔任總督府民政長官，主導了臺灣納入醫療化（medicalization）的帝國控制過程，積極展開日本對臺灣的近現代醫學組織、制度的體系化政策執行。其中，影響「（西）醫生」成為日治時期臺灣公共知識份子典範類型之一的關鍵制度，一是後藤原先規畫公醫制度成為臺灣殖民地唯一醫療體系理想的未能完全落實；一是 1899 年以培增本土醫療人力為目的所制訂的總督府醫學校官制。前者關乎國家培育醫護人員的核心價值，後者因之所設置的臺灣總督府醫學校。

　　臺灣總督府醫學校的學制歷經 1919 年至 1936 年的「臺北醫學專門學校」，1935 年至 1945 年「臺北帝國大學醫學部」的改制。從歷年來臺灣醫學教育升級改制的時間來看，醫專與醫學專門部存在時間就長達四十年（臺灣總督府醫學校與臺北醫學專門學校共計二十四年，加上臺北帝大附屬醫學專門部十六年）[11]；其授課內容與訓練都是側重一般性醫學與臨床教育，一方面解決了殖民政府所面對「醫療人力不

---

[10] 范燕秋：《疾病、醫學與殖民現代性》，臺北：稻鄉出版社，2000 年，頁 14-17。

[11] 陳永興：《臺灣醫療發展史——醫政關係》，臺北：洪葉文化事業，2006 年，頁 70-72。

敷應付人口快速成長」的壓力，一方面也提供臺灣社會轉變以私人開業醫為主的醫療模式的人力資源。

簡單地說，西醫師既是日本殖民政府刻意培植少數可與殖民政府共享經濟利益的臺灣知識份子精英階層，但也在醫療實踐中從公醫制度推行的理想承繼殖民政府，並被賦予照顧全島人口健康的社會責任與理念價值。但是，為何西醫生的臺灣知識精英會從原本只要負責人口健康就可以享有優渥經濟生活的醫學專業知識份子，同時也成為熱心於社會政治實踐的公共知識份子？

蔣渭水在〈五個年中的我〉曾提到：「我的政治煩悶的魔病，是從醫學校時代，便發生起來的了[12]。」之所以發生，從蔣渭水在醫校時間的幾個事蹟可以看出端倪：在校內毆打日人被禁足；擬訂刺殺袁世凱愛國計畫；發動國民捐；動員醫校與國語學校及總督府農事試驗場學生、在課餘時間舉行學生大會，痛斥日本當局壓迫，鼓吹革命[13]。這些事蹟說明了蔣渭水等臺灣知識精英相對於日本殖民現實處境的民族主義與知識份子的主體意識。

基本上，蔣渭水的活躍顯示了臺灣第一批接受日本新式教育知識份子的文化思想啟蒙特殊性——透過日本的文明開化、以及日文所仲介的近現代文明思想，開啟了不同於傳統漢文教育的進步世界觀。日本的文明開化雖從明治維新開

---

[12] 蔣渭水：〈五個年中的我〉，收錄於《蔣渭水全集》，臺北：海峽學術，2005 年，頁 84。

[13] 黃煌雄：《蔣渭水傳——臺灣的孫中山》，頁 28-30。

始，是亞洲第一個現代化民族國家，但日本現代性發展到了大正民主時代才真正顯示出亞洲主體意識與多元發展的特殊面向。

在大正時期，日本經歷了工業經濟的空前繁榮的躍進發展、民主立憲思想的政治實踐、與國際接軌的思想自由──尤其表現在自由主義、社會主義、民本思想的社會實踐的活躍性[14]。大正時期所標示出日本的新時代自由風氣，也從東京蔓延到臺灣，但相對於日本殖民母國的民主自由風氣發展，臺灣總督府卻透過「六三法」集大權於一身，合法施行對臺灣的殖民剝削，日臺之間原本就不對等的矛盾更加地被突顯出來。

對二○年代的臺灣新式教育知識份子來說，從日本殖民所形成的壓迫已不只是日本大和民族與臺灣漢民族之間的對立，還有現代知識份子從接軌世界與進步世界觀中的人權自由、民族平等的啟蒙反省。這些啟蒙反省讓知識精英更能深刻體會到日本殖民統治在「現代化」技術背後的制度性與結構性的不平等──如：日本當局以「法」之名保障對臺灣的「合法」壓迫、剝削與歧視政策；臺灣在殖民語境中屬於「被殖民低等一方」的特殊性，以及庶民生活中無時無刻都能感受到的日人優越社會地位與種性意識……。接受過新式教育啟蒙的知識份子，其對日本殖民政權的反抗意識不只是基於漢民族本位的情感，還有訴諸理性反思所檢視出的根本

---

[14] 范燕秋：《疾病、醫學與殖民現代性──日治臺灣醫學史》，頁 99-105。

性不平等與不合理。更糟糕的是，這些根本性的不平等與不合理都是透過日本對臺人教育權的嚴格控制，以及在殖民同化教育體制中的絕對服從學習，強迫這些知識精英接受。

因此，新式的西方近現代教育在殖民語境與殖民權力體系中，被扭曲為殖民者與被殖民者階層之間執行殖民權力意志的「技術工具」；也就是說，日本殖民政府為了確保自己的殖民優勢，將殖民意志滲透到近現代教育體制之後，不只在知識學習過程中以強化工具理性思維教育方式取代啟蒙理性，所有施為更是以政治目的為核心價值。日治時期日本殖民政府「以政領醫」的醫政關係，更能突顯出這個殖民語境的矛盾。

也就是說，在殖民醫療體系中，一方面以「進步」的醫學知識提供能夠保障人種健康與相對衍生的無形、有形醫療資源，但一方面也以「文明」之姿強化殖民政治「日人優越—臺人落後」的人種階級分化的正當性。殖民者與被殖民者之間以文明分化的不平等，以及合理強迫被殖民者順服殖民者統治的同化政策，都被包裝在「進步的」醫療知識權力結構中。

蔣渭水的〈臨床講義〉之所以成為日治時期相當重要的臺灣文學作品，就是因為這是第一篇以非文學形式的醫學知識語言結構所指涉的寓言式散文，透過疾病與醫療的隱喻關係，為我們揭露了殖民語境中「殖民者—殖民知識精英—大眾」之間複雜的權力展現藍圖，以及知識精英夾在此權力結構的主體意識與現實矛盾。范燕秋的研究指出：

臺籍醫師展現作為「民族醫師」的視野，而最具象徵性的意涵者，是蔣渭水為臺灣社會開出的病理「診斷書」。在此，蔣渭水以生物學的隱喻，將「臺灣」比喻為特殊體質的人體；亦即原有優良的漢文化遺傳，但是深受政策毒害的虛弱身體，也可說是「民族的身體」。進而提出以「文化運動」，也就是以「後天」的教育文化，作為此人體素質改良的策略。換言之，蔣渭水明確標示為了此「劣弱的、群體的臺灣」，必須進行廣泛的社會文化教育活動，落實在臺灣文化協會的活動中，即是舉辦各地的講演及講習會。

蔣渭水這種生物社會學（social biology）的診斷，可能是深受當時中國的「政治醫生」孫文啟發的結果。無論如何，藉由這項診斷的象徵意義，蔣渭水對於「民族醫生」的角色，作了最佳的詮釋[15]。

　　從「民族醫生」的象徵到「生物社會學」的診斷，說明了蔣渭水以醫生身份投入民族運動的正當性——不管是從傳統知識份子經世濟民政治意識切入的「上醫醫國」認知；或是將公共衛生的醫療概念擴充到政治的心理衛生範圍，回應近代「社會醫學」（Social Medicine）之父 Rudolph Virchow 的觀點——醫學者欲有效改善群眾的生活與健康狀況，不能侷限在個人的生理、病理層次，而必須面對更大的

---

[15]　范燕秋：《疾病、醫學與現代性》，頁 111。

社會結構性，甚至有必要投入政治場域、影響政治決策[16]。Virchow 的觀點涉及了國民健康的政治問題，尤其突顯出國家在政策制度擬定的權力導向、以及醫療經濟與階級性社會資源分配等問題。Virchow 以左翼社會主義立場啟動的是醫療改革，但將醫療行為的身體場域擴大到身體的公共政治場域中的權力結構。

然而，蔣渭水較 Virchow 的社會醫學實踐更形困難的是，蔣渭水的〈臨床講義〉並不只停留在醫療主體的政治社會改革，而是藉由醫療隱喻的知識權力展演，根本否定殖民統治的意識形態，要求足以平等互對的主體性。這才真的是日本殖民政府難以忍受的部份，也說明〈臨床講義〉所潛藏知識份子追求臺灣主體意識與行動的歷史文本意義。

這個意義是雙向的——透過文學話語與知識話語的共構性，展現反殖民權力意志控制的主體性，但相對的，殖民權力意志也會不遺餘力地以國家機器壓迫之；如果說，反殖民主體的確立必然證明從意識到行動的歷史發展邏輯，殖民的權力意志必會以更嚴密監控的國家意識形態機器監視之。蔣渭水的〈臨床講義〉在這個意義上，並不只是訴諸「民族主義」主體意識的反抗文本，而是觸及到殖民語境中殖民統治正當性矛盾的論述文本。簡單來說，這是一篇以臨床醫學的知識話語挑戰殖民現代性的權力話語，並言說一則日治時期臺灣知識份子以反殖民展演主體意識的現代性論述文本。

---

[16] 范燕秋：《疾病、醫學與現代性》，頁 110-113。

四、醫學話語的政治隱喻與知識權力展演
——主體意識 V.S.政治身份

　　〈臨床講義〉從文學形式來說，是一篇以醫學臨床講義為結構的散文；以文學內容來說，這是一篇訴諸疾病與醫療隱喻的救國寓言。但是，這樣的文學作品在政治現實卻是立即遭到禁刊的命運，顯示殖民政府對該文的高度敏感。然而，蔣渭水在本質上就不是文學作家，而是兼擅於言說與寫作的政治社會運動的革命者。因此，禁刊歸禁刊，禁刊之後只是加速蔣渭水更熱衷將文學想像付諸更具體的政治與文化改革行動，其中，積極加入介於傳統文人結社與現代組織形式的文化協會的大眾啟蒙志業，籌創指導臺灣第一個民主政黨的臺灣民眾黨、以實踐其追求臺灣民族自決與政治民主理想，是蔣渭水最具代表性的結社組織參與，也提點出蔣渭水與其同儕知識份子追求主體實踐的反殖民行動。

　　啟蒙是一個不依靠外力而可以用自我理性認識自己與人之所以為人的發現過程，自我啟蒙亦即謂：擁有一種能正視自己與他人所在的客觀處境的能力。但是啟蒙在殖民現代性語境中卻被扭曲為「文明他者的啟蒙」，即殖民者以其文明的現代化開發與意識形態讓被殖民者對其產生認同，進而同化被殖民者，但又以種性的文明優越意識形態否認兩者之間存有對等的可能性。換句話說，被殖民者的啟蒙之路並不只是單純的理性的自我認知過程，而是在認識自我之前先認識殖民他者的文明優越與自身的落後。

　　因此，殖民者與被殖民者之間的不對等位階之所以能根深蒂固，就是因為在殖民語境中，殖民者的文明邏輯優先於接受被殖民者的認識自我；被殖民者只能依照殖民者的意志接受，而不能主動言說。但是，蔣渭水的〈臨床講義〉卻以殖民者的文明邏輯間接挑戰日本殖民政府對被殖民者臺灣的統治正當性。

　　從前述可知，殖民者對被殖民者的同化統治，是將民族優越的合理性等同於文明的開發程度認知，並以殖民者的文明優越的事實，反證其統治權力的必然性。這是殖民者以文明邏輯進行種性階層統治的思維實踐——我們因之看到了近現代文明以帝國主義征服形式傳播過程中，文明理性必須合理化自身不合理的地方以說服理性繼續完成目的。殖民者的文明邏輯基本上就是一種知識的論述展演過程，並自證其權力的完成。〈臨床講義〉則是以醫病隱喻的知識權力展現的論述過程，完成被殖民者的自身主體性。當被殖民者擁有其自身主體性，他將不再只是被觀看、被定義的被動性客體，而是一個可以真正決定自己命運的由由意志行動者。

　　因此，〈臨床講義〉不只是醫師的臺灣知識精英對病人的臺灣大眾進行臨床醫療現象，而是直指知識份子如何以自己的知識力量啟蒙大眾而完成救國使命的一則政治寓言——對蔣渭水而言，〈臨床講義〉不只是寓言，更是政治行動綱領。「臨床講義」的革命性在於以「臨床」形式的知識論述的權力展演，自證式地完成臺灣未來主體的想像，並鼓勵以行動實踐。

　　首先，〈臨床講義〉是模擬臨床醫學進行教學時候所使用的案例寫作而成。臨床醫學的誕生是近現代歐洲知識體系中極特別的一個環節——死亡不再是不可知，也一改過去經由解剖屍體的靜態描述，轉由疾病在病人身體的「空間」動態發展與構組方式來掌握，疾病的病理現象與造成死亡的病理現象因而被區隔開來。病癥與病理的分析語言在時間的觀察過程中，直指疾病的實在性存在；這使得疾病不再以死亡的身體或本質現象的方式被認識，而能透過對病人的活體觀察，以語言的形式掌握其意向，意向不是疾病本身但卻能指向本質的存在；疾病因之成為能被思考的客體。臨床醫療即意謂著醫生在病人床邊查考病人身體出現的癥狀、然後進行分析推論、確定其疾病而將之治癒的過程。「臨床」中的醫、病之間的敘述關係與疾病的被命名，通常都是建立在病人以沉默的身體展現、而醫生以語言描述之的單向性教喻中；臨床醫學教育複製了這經由展現而證明的技術。正如法國外科醫師、解剖學家狄索（Pierre-Joseph Desault）對其所授課的臨床外科的理解：

　　　他將那些病狀最嚴重的病患帶到其聽眾之眼前，對他們的疾病進行分類，分析其特徵並解釋其將採行的措施。隨著便執行必要之手術，說明其方法並解釋其理由。手術後並逐日地講解發生的種種變化。最後將被治癒的病人的狀況展現出來……或者以那屍體來展示那使其醫術

變得徒勞無功之變化[17]。

　　狄索的敍述指出醫療過程中，醫生對病人的絕對權力，以及醫生言說疾病所決定的醫師主體與病人客體的存在關係。因此，蔣渭水的臨床講義的言說形式，在這個意義脈絡上不僅僅將醫生對病人的醫療診斷，以一種「知識─經驗」文本的書寫方式進行醫療過程「疾病如何被言說命名」的展演，也必須直接在病人床邊進行醫療實踐。這指出醫師的主體性在醫與病關係中的權力展演，既是知識性，也是實踐性。在殖民語境中，一方面，醫病關係的政治隱喻不可言喻了臺灣第一批接受新式教育知識份子以知識啟蒙大眾的主體欲望與意志實踐；另一方面，知識份子的啟蒙救國想像所展演的知識主體的權力正當性，透過隱喻中不可言喻的潛在力量，召喚更多知識份子將醫療的言說文本擴展到社會政治的行動文本。透過隱喻的概念，蔣渭水對臺灣病人的疾病關懷，得以從醫療空間轉化到殖民歷史的政治社會空間──日本帝國統治下的殖民地臺灣。

　　〈臨床講義〉則以「頭痛、眩暈、腹內飢餓感」等癥候與身體「腹部纖細凹陷，一如已產婦人，腹壁發皺，留有白線」等病症現象，推斷出病人臺灣因智識不良而成為世界文化的低能兒。因臺灣病人的遺傳素質佳，所以智識不良是後

---

[17] Michel Foucault：《臨床醫學的誕生》，臺北：時報文化，1994 年，頁 103。

天環境所造成，但若療法錯誤或放任下去，則有「病入膏肓
死亡之虞」。蔣渭水迅速以原因療法的根本治療法作出回應
——開出「正規學校教育、補習教育、幼稚園、圖書館、讀
報社最大量的處方」，並斷言「二十年內根治」。蔣渭水的
診斷直接點出正規教育與知識啟蒙對民智開發的重要性，也
是一個民族是否能夠「健康」發展的根本基礎。在這些敘述
中，蔣渭水以醫生的知識主體，指出臺灣病人的活路：透過
教育與知識的「文化」啟蒙——而不是「理性」啟蒙。

　　蔣渭水以文化啟蒙而不是理性啟蒙的想像思維與臨床論
述形式開啟知識份子救國救民的熱情與欲望，顯示文化啟蒙
與臨床論述形式之間，分別以知識份子與知識主體相互對應
的主賓結構，不管是內容上以知識份子對大眾的文化啟蒙，
或是以臨床醫學的知識形式透過隱喻所轉化而指出的民族之
路，都可以看到蔣渭水〈臨床講義〉所展現的多重主體性特
質——包括傳統知識份子的漢民族屬性、近現代知識份子的
世界性民族自決屬性、文化啟蒙的近現代（殖民語境）知識
份子屬性，透過現代臨床醫學論述的知識主體的展演與醫病
隱喻，要求臺灣漢民族自決的正當性，都再再逾越日本殖民
政府同化臺灣知識份子作為中介帝國與臺灣大眾的管理階層
控制。

　　也就是說，殖民地臺灣的政治身份在殖民語境中只能是
以被殖民的客體存在，但蔣渭水卻以醫病的政治隱喻開啟了
臺灣知識份子實踐民族自決的現代主體論述——尤其表現在
「世界文化的低能兒」的診斷語彙——所有主訴的頭痛、眩

暈、腹內飢餓感等癥候與腹部纖細凹陷病症，都是為了指向
「低能」而存在。「低能」在身體修辭中對應的是「腦」。
在殖民語境中，若以身體修辭來比喻殖民帝國與殖民地的關
係，應該就是「頭」與「肢體」。大腦作為頭部最重要、也
是管理身體的中樞器官，即殖民統治權力的實指。因此，回
到蔣渭水〈臨床講義〉所不言而喻的救國想像──知識份子
作為臺灣之腦，而以文化啟蒙完成臺灣民族自決的命運實
踐。這絕對是日本殖民政權所不能容忍的想像。

五、結語

　　在殖民語境中，當「屬下不只可說話，還可以與殖民者
共享平權」的時候，殖民者與被殖民者的從屬關係也就不再
存在了──〈臨床講義〉以臨床醫學語言形式與醫病關係的
政治性隱喻內涵，展演了臺灣日治時期知識份子在殖民統治
之下的主體欲望與救國想像。醫師的蔣渭水以臺灣病人的遺
傳素質為起點，以洋溢的漢民族情感認同的民族主體性，以
及嚴謹的臨床醫學語言的知識主體性，挑戰日本殖民語境的
政治主體。在這個過程中，蔣渭水敘述了臺灣從滿清王朝統
治之下得到「道德墮落」的「慢性中毒」，但到了日本殖民
統治之下、因「接受不完全的治療」，而有更形嚴重的「頭
痛、眩暈、腹內飢餓感」症候與「腹部纖細凹陷」的身體症
狀，雖不至馬上死亡，但不及時以正確療法治療，則會有

「病入膏肓死亡之虞」。蔣渭水的病理推敲，無關儒家道德政治身體修辭的「心」，而與現代理性身體修辭的「腦」相聯結，為我們勾勒出臺灣主體意識追求的象徵性歷史圖象──知識份子精英階層作為「腦」、臺灣大眾作為「身體」、日本殖民統治作為疾病之真實（即疾病實體）。

雖然對醫師而言，疾病的實體與病人的身體疊合是具有暫時性的歷史性事實，但對於疾病實體而言，死亡才是目的；不管是病人或醫師，死亡的威脅總是無所不在；醫師的職責就是要讓病人的身體不再有疾病，並阻擋死亡的發生。醫師、大眾、疾病與死亡在醫療關係中的角力關係，如何排除恐懼，將原不可見的疾病一一透過癥候與症狀的察考與描述，變成可見；現代醫療的疾病知識，讓原本無法言說的死亡，可以被具體地析解。臨床醫學語言的理性力量，改變了疾病與死亡的隱隱威脅。蔣渭水〈臨床講義〉中的臨床醫療語言形式、醫病關係的隱喻內涵，都再再指涉二〇年代臺灣日治時期知識份子的知識理性主體與漢民族情感主體的獨特樣貌。〈臨床講義〉無法見容於日本殖民政權，本是預期的事，但〈臨床講義〉以醫療語言形式所展演的知識主體，卻為漢民族情感與臺灣意識在殖民統治下無法言說的救國想像與實踐，爭取到更多「合法」的現代性論述空間。

第三篇　歷史個體啟蒙與臺灣主體意識

吳濁流《亞細亞的孤兒》胡太明的敘事視野與臺灣命運

　　歷史常是反覆的，歷史反覆之前，我們要究明正確的史實，來講究逃避由被弄歪的歷史所造成的命運的方法。所以，我們必須徵諸過去的史實來尋求教訓。

──吳濁流《亞細亞的孤兒》

一、前言──吳濁流的亞洲孤兒意識與臺灣國族歷史意志發展

　　吳濁流《亞細亞的孤兒》小說敘事中的臺灣人意識對戰後臺灣發展國族認同有其相對重要的影響力。故事起自出身臺灣新竹客家族聚與仕紳階級的胡太明的敘述視角，見證了當時臺灣民間社會因日本殖民政治現實與新文化影響，而漸漸在中國原鄉文化遺產瓦解的道德破產中，轉進現代國家與國民身份認同；但又在日本殖民統治與對中國發動戰爭動員的夾縫中，陷入日本國民的政治身份與中國原鄉血緣身份的矛盾。

　　出身臺灣新竹客家族聚與仕紳階級的胡太明，以其近乎

自我審視的前半生敘述，展現當時新世代知識份子探問臺灣人身份的個體性歷史視角。既不同於祖父世代「化外之民」的原鄉遺民經驗的文化個體視角，也不同於當時主流新知識份子的國族認同選擇，而是以接近自由主義的個體立場，以客觀紀實的寫法，描述臺灣在殖民情境中、不斷交錯於權力他者凝視與自我反思的灰色歷史困境，含蓄而自省地提問「臺灣人與臺灣應該何去何從」。

　　胡太明式的自我探問反映出臺灣人在殖民的歷史情境的主體發展困境──個體自我侷限在客觀歷史條件的意識傾向與行動缺乏，但是卻帶有向著未來的可能性的啟發意義。也就是說，胡太明在《亞細亞的孤兒》的歷史困境現實與價值理念追求，輻射出「臺灣人與臺灣應該何去何從」過程中，到底要順從現實、還是繼續堅持價值追求的兩軌勢力選擇，以及持續隱藏在歷史困境中發展未來主體的命運希望。

　　《亞細亞的孤兒》的特殊性並不完全在於胡太明本身所展現的反殖民立場，而是在忠於自我的個體視角下，超越當時客觀歷史環境限制下的有限認同選擇，以及尚未能自我整合成功的認同困境。太明的困境在於殖民現實與殖民他者所帶來的不對等的自我認識經驗，以及多重文化自我認同在殖民歷史現實與情境的不平等對待。也就是說，太明在發展自我身份探問的主體認同過程，所呈現出來的壓抑與曖昧未明，相較於同時代知識份子的政治思維與行動實踐傾向，國族的政治身份對胡太明來說，始終不是真正困擾所在，而是在臺灣人脈絡的個體，能夠取得與殖民母國日本或父祖文化

之國中國的對待平等。從這個角度來說，胡太明所追求的價值是社會性的平等優先於政治性的自由的價值趨向，提供一個屬於未來時間的主體認同的可能性。

《亞細亞的孤兒》在這個意義上，說明「孤兒」的歷史隱喻不見得停留在見證或檢驗過去，而是隱藏於「現代」的線性時間軸的思維方式——起點雖從審視過去開始，但現代性在歷史敘事中所隨機潛伏的斷裂將如影隨形，召喚自己的主體意識；就像孤兒終將剪斷對父母的精神臍帶，才能嚴肅、理性地正視自己所經歷的過去與現在，即使需要對未來的想像才能成就的主體意識，也是一種決志。

詹明信認為第三世界文本有其以個人命運故事投射民族寓言的特殊性，不同於西方現實主義文化與現代主義小說在公共領域與私人領域的分裂，而必須從命運個體本身對民族、或國家所投射的寓言化隱喻視野來解讀。從這個觀點切入胡太明歷史個體敘事所看到的臺灣「孤兒」的歷史處境隱喻，則相當具有啟發性——臺灣歷史命運伴隨著孤兒的時間意識究竟要停留過去、局限現在、或眺望未來，將是一種意志的選擇。胡太明在《亞細亞的孤兒》中的自我與歷史的雙重檢視，使得《亞細亞的孤兒》不只是一部以個體見證時代歷史的歷史文學作品，也是一本透過個體性歷史敘事去召喚未來主體認同的啟蒙文本。

本篇即嘗試從《亞細亞的孤兒》的文學敘事與其指涉的臺灣主體意識，分析胡太明在被殖民歷史脈絡之下的個體性視野，是如何透過自我反思他者的凝視的敘事辯證，啟動對

未來想像的主體欲望，進而重新探討《亞細亞的孤兒》的歷史敘事啟蒙意義。

二、胡太明的個體性與《亞細亞的孤兒》的臺灣殖民觀察

在《亞細亞的孤兒》中，胡太明對於現實始終保持一種敏銳、但有些猶疑並觀望的態度。胡太明始終保留個體位置的觀望態度，使得他在被殖民的境遇中，對於接受與反抗並不持有特定的民族政治或社會階級立場，而是從自身與他人所遭遇的現實際遇作為觀察與反思核心，忠誠地記錄自己與他人的想法，進而客觀地輻射出臺灣不得不成為日本殖民地之後的時代變化，以及臺灣人面對殖民歷史省思過程中難以避免追求自我意識與主體認同的命運之路。

胡太明以個人尊嚴的立場反思自己與身邊所遇到的人事物，雖然使得他的知識份子形象給人一種優柔寡斷的疑慮，但對不同政治立場激情的保留態度，反而使他可以在臺灣選擇文化祖國、還是面對殖民母國的歷史困境中，更中立地觀察臺灣認同的問題，以及臺灣命運應該何去何從？而夾處於新舊思潮與時代巨變的太明，從自身與周遭的現實處境與變化所開啟的殖民臺灣、母國日本與原鄉中國的親身體驗，更可以清楚地看到太明在殖民臺灣處境中所接受的多重文化認同與不斷游移的灰色地帶，以及其間所壓抑的臺灣人意識與

臺灣認同，終究不可能迴避國家政治與國族意志的選擇困境。

　　從文本敘事與其指涉的意識形態來看，可以看到太明的個體歷史敘事與時代歷史敘事之間的最大弔詭，在於殖民權力結構對知識份子個體性追求平等、自由的普世價值所佈下無所不在的扭曲，而時代歷史敘事的意向性發展，又將此導向以民族國家為前提的解決途徑。太明的猶疑不定反而看到臺灣移動在滿清帝國、日本殖民母國、國共兩黨爭奪現代中國領導權中的尷尬處境，以及在這樣尷尬處境中，臺灣主體在歷史發展中尚未能確定、但潛伏其中的萌芽契機。

　　太明的猶豫與不定在《亞細亞的孤兒》中，主要與太明對人性的理解立場、以及對個體與族群之間相互尊重與平等對待的信念有關。太明接近西方自由主義對個體自由與平等的基本信念，讓太明始終未曾走向同儕知識份子曾君、藍君、陳君等選擇民族國家解放的政治反抗與革命熱情，也未能認同中國籍妻子淑春以新時代進步解放為名的社會改革路線。

　　太明的反殖民立場始終保持在人性尊嚴的認知基礎上，追求個體性平等與自由的普世價值。但是太明的追求卻屢屢受挫於殖民臺灣的歷史現實之中，暴露出臺灣殖民歷史境遇中最深沉的悲哀——臺灣人總是被他者所定義——不管是被臺灣的日本人視為滿州奴、野蠻人；或被日本中國留學生或中國人視為日本間諜、日本人；殖民母國的日本人、或原鄉或祖國的中國人對臺灣人非我族類的認知與對待態度，再再

刺激太明對臺灣人定位的疑惑與思考。

　　從殖民臺灣到旅居原鄉的經驗，讓太明無法迴避臺灣殖民歷史中被殖民者缺乏自我認同最關鍵的問題：殖民者總是理所當然地定義著被殖民者，而被殖民者的自我認知與覺醒，也都同樣地以殖民者的定義為原點。因此，被殖民者尋求自我身份認同過程中的最大悲哀，從不存在著「我是什麼，然後我就是什麼」的主體式自我敘述立場，而是會糾纏於殖民者所投射的自我形象。不僅如此，即使被殖民者在殖民語境中要求「我是什麼，然後我就是什麼」的認同方式，從來也不能理所當然地實踐。

　　更無奈的是，被殖民者不管是選擇同化或反抗，也都難以迴避殖民權力者宣稱「你的什麼根本不能是什麼，而你就是在不能是什麼的前提下成為什麼」的強制定義與脈絡中發生。這也提點出太明在反殖民語境下的身份認同仍存在著一個根本難以解決的問題：殖民者的他者定義與被殖民者的自我定義都是同時、共在發生，被殖民者如何超越殖民者與被殖民者的權力關係結構去思考其未來身份認同發展？太明在《亞細亞的孤兒》中雖然沒有提出明確的答案，但太明本身所遇到的臺灣人的曖昧政治身份，以及自小從祖父處經歷的古典漢語文化的認知與情感，還有成長過程接受日語教育所陶塑出的現代知識分份子的雙重啟蒙，顯示出多重文化認同在殖民歷史與權力語境的實存性。

　　值得注意的是，在太明的案例中，多重文化的接受與反思過程中的自我認同，並不能讓太明規避日本殖民臺灣的不

平等壓迫，甚至更加敏感於日人與臺人之間原初就存在殖民主體與被殖民客體屬性的不對等認知，以及日、臺、中地緣政治結構下封建落後與文明進步之間文化認同的相互比較。在《亞細亞的孤兒》中，這些相互比較的角力，投射在太明進入日本殖民體制之下現代教育後的種種親身體驗，特別是對待心儀日本女性同事不時交錯的自尊心與自卑感中，更是可以看到被殖民者來自殖民者認知的自我認同的複雜與糾葛：

> 在太明的心目中，久子是美好無比的，對於他，久子正如「羽衣舞」中所見的，是一位白璧無瑕的理想女性，是一位絕對的理想女性，簡直可以和天上的仙女相比擬。可是，久子卻認為本省人連澡都不洗，太明恐怕也從來沒有洗過澡；又太明原來不吃大蒜的，但她有時卻有意無意地說太明有大蒜臭。而且動輒批評本省人，雖然不一定懷著惡意，但她內心的優越感，卻在不知不覺間表露無遺。[1]

太明的矛盾顯示出：接受日語教育所啟蒙的臺灣現代知識份子的自我認同過程，難以迴避日本帝國殖民統治所夾帶的現代化知識與權力支配的集體認同機制與內化現象，包括來自政治權力、自然／社會資源分配、文化階序……等殖民

---

[1] 吳濁流，《亞細亞的孤兒》，臺北：遠流出版社，1995 年，頁 35-36。

他者歧視與被殖民者的自我歧視。這也讓我們看到，殖民者對被殖民者所影響的集體認同與自我認同有其知識份子的現代理性與情感意志的雙重影響。這兩者對太明所產生的雙重影響，反映在新舊思潮交替的世代成長觀察、個體意識的發展、以及後來旅日、旅中、返臺後進入皇民決戰時期的比較省思經驗；太明對自己生長故鄉臺灣相較於殖民母國的日本與唐山所象徵的祖國，殖民地歷史身份對臺灣與臺灣人所產生的衝擊，已經不只是臺灣在歷史的曖昧地位，還包括理所當然的不對等關係之下，臺灣人被母國或所謂祖國他者所定義的集體認知形象，都在太明不斷發現的矛盾事實中被揭示。

最明顯的例子之一就是：太明與日本女同事一起喝臺灣人燉煮的雞湯時，日本女同事初看到雞湯中未有過多料理手法的雞肉，頻頻說野蠻，但發現它的美味時狼吞虎嚥的真正野蠻樣態；旅居中國時，中國雖然地廣物博，但相對於日本的落後情況，以及中國人因仇日而視臺灣人為日本間諜、並對臺灣人充滿偏見與歧視；而隨著母國日本大東亞政策之下所發動的侵略戰爭，殖民地臺灣更是陷入以皇民為條件、被迫供應戰爭所需之資源人力的全面剝削困境中。

太明從個體反殖民視野所見證的臺灣殖民經歷與歷史發展現實，突顯出臺灣個體知識份子的反殖民視野，是反對殖民政權中所形成的支配與被支配的不對等關係，而不是日本帝國本身。太明的個體反殖民與中國民族主義路線的反日本帝國侵略擴張立場，仍有本質上的不同。再來，太明本身的

跨文化經驗，雖然可以幫助他以較多元的視角去建構自我認同之路，但也生動地暴顯出文化解殖進路所難以撼動殖民權力本質的無能為力。太明最後的瘋狂，提點出太明在殖民歷史現實與跨文化經驗中所發展的臺灣與臺灣人意識，雖開始啟動了臺灣人／臺灣主體自覺的認知模式與認同之路，但臺灣人與臺灣的主體建構是否能取得可以發展的現實條件，仍是一個屬於客觀存在的歷史性的政治國族身份認同問題。

三、「瘋狂」的敘事象徵與「孤兒」困境
——過去、現在的時間敘事與未來歷史意識

在《亞細亞的孤兒》中，最後太明以瘋狂、失蹤結束了所有的小說敘事。詹明信提出第三世界文學發展本身中以個人命運所隱喻的民族寓言，使得文學作品將超越文本自身的文學性，而得以文本敘述與意識形態指涉真實世界，並具有啟發真實世界的意義力量。太明的瘋狂與失蹤結局之於臺灣的亞細亞孤兒隱喻，該如何解讀兩者在文本敘述現象與結構所形成的對應關係，不只關涉《亞細亞的孤兒》從跨文化脈絡自我解殖的文本性，也指向《亞細亞的孤兒》在現實困境中所揭示殖民本質的問題中，從歷史線性時間軸啟動過去、現在、未來等不同向度對臺灣命運發展的意向性選擇，則饒富深意。

從故事現象的文本敘述觀察太明的個體反殖民立場，可

以發現太明在建構自我認同進路中的敘述中，有理性與情感的兩種意向結構。基本上，太明的理性與情感的發展本質來自於從小跟在身邊、對自己疼愛有加的祖父，但真正帶領太明進入理性反思為發展原型的關鍵階段，則是使他逐漸成長為一個新時代的文化人的國語（日語）學校師範部。這兩股勢力在殖民臺灣歷史現實中，不斷在情感與理性的意志選擇上產生交鋒，促使太明既嚮往孩提時代自祖父處繼承的道家自然無為的因應時代變化之道，也清楚察覺到自己在殖民現實中，無法避免而必然走上的新時代文化人之路。對於太明的跨文化經驗來說，有童稚時期來自祖父的原鄉唐山與古典漢語的情感意向的啟蒙教育，也有成長階段來自日本殖民教育體制以現代知識為基礎的理性意向的啟蒙發展。

這兩股文化勢力不只是單純影響太明對舊時代與新時代思潮所建構的世界觀的理解與接受，在日本殖民臺灣的歷史語境中，太明的衝擊不管在情感或理性意向的主體發展上，都始終處於一種矛盾的狀況。太明的矛盾使得他雖然對祖父與祖父所鍾情的原鄉唐山與古典漢語世界，有一份難以割捨的情感，但也無法認同祖父輩對四書五經與封建官宦之途的世代緬懷，以及察覺自己原生家庭仍保有漢民族傳統文化脈絡之下的封建性的自慚形穢；即使自己接受新式教育而成長為新時代的文化人，但是通過日本語言所建立的文化人身份與現代知識學養，又不能促使太明取得與日本人平權的尊重與待遇，反而更尖銳地突顯出日本對臺灣殖民政策之下，以制度與法權的現代化管理技術，保障殖民母國國民的最大優

化利益與對臺族群歧視的合理性。太明遊走在自我理想追求與明哲保身之間的選擇衝突與自我矛盾，反映出殖民體制與結構中無所不在的權力本質，決定了被殖民者的集體認同形象與難以更易的不對等對待關係。臺灣現代知識份子應該何去何從？

　　太明留學東京經驗、重歸故國、旅居大陸、再歸臺灣的個體經驗，可以看到排山倒海而來的時代浪潮，以及在這些時代浪潮之下臺灣知識份子的各式決志與普羅大眾的隨波逐流。這些經驗共同交錯於太明漸次展開的自我身份探詢，其中特別值得留意的是，太明對於「重歸故國」的意識反應的兩組對照敘述。第一次是在留學東京後的歸臺敘述，第二次是發生在歸臺後轉赴中國大陸就職的敘述。在歸臺與赴中之間的地方空間流動敘述中，太明在意識上對於歸臺的不經意使用「故國」與赴中時候刻意避開「故國」，也稍稍較明確地可以看到太明對於「故國」意識的情感價值取向與理性正視政治現實的思維傾向：

　　太明依在輪船甲板的欄杆上，籠罩在煙雨中的基隆街景，已經呈現在他的眼前，霧一般的濛濛細雨的間隙中，偶而可以窺見晴朗的天空。輪船在雨絲風片裡緩緩地繞過仙洞防波堤，從外港徐徐駛進港內，遠處的雞籠山以隱約可見——這是闊別重逢的故國風光。
　　第二天天氣晴朗，是個最適宜於航海的風和日麗的日子。太明站在甲板上向四方眺望……太明心曠神怡……

一口氣吟成一首七律，但第七句豈為封侯歸故國似乎尚
有問題。因為他現在總算還是個「日本國民」，歸故國
三字似乎不甚相宜……他終於想到遊大陸三字來替代歸
故國。於是便把那首詩抄錄在日記冊上：優柔不斷十餘
年，忍睹雲迷東海天。伏櫪非因才不足，雄心未已意纏
綿。半生荊棘潛潛淚，萬傾波濤淡淡烟。豈為封侯遊大
陸，敢將文字博金錢。[2]

　　這兩段並排而列的「故國」修辭敘事，十分耐人尋味，
可以看到太明的個體性反殖民立場的文本性，開始有了較清
晰的臺灣身份認同的思考脈絡。而臺灣歷史現實交錯著的日
本殖民地國民、意識上的臺灣人、文化漢人等多重身份的複
雜性，再加上國共兩黨在中國爭奪領導權的問題、以及日本
侵略中國之間緊張的國際情勢，太明與中國之間的關係，中
國已不再是祖父世代口中的唐山原鄉，更無論從馬關條約追
溯政治關係上的「祖國」的清帝國。中國對夾處於日治臺灣
後舊、新時代成長的太明來說，也是全新的經驗。
　　例如：太明留學東京時期，透過昔日師範同學同窗的藍
君、與當時臺灣留日學生支持三民主義建設現代中國與反帝
政治立場的政治經驗，即發現太明本身的臺灣人意識與身份
認同已有相當程度重視的表態，因此，對於藍君在日本人面
前佯稱自己是福岡人，以及在中國同學會中僅承認自己是客

---

[2] 吳濁流：《亞細亞的孤兒》，頁 35-36。

家人，進而隱藏自己的臺灣人身份的互動方式，都有許多保留，此外，太明也無法接受這些中國現代知識份子對臺灣人所流露出的輕蔑，以及疑似日本間諜的排擠效應。

　　但是，回到臺灣之後，臺灣也有自身必須面對的漢族舊社會與日治殖民新社會所留下的本質問題。前者有臺灣漢族社會文化中的封建與人性問題，具體例證包括家族成員處心積慮瓜分財產的人心世故；後者有日本殖民社會中追逐權力的人性問題，如部份臺灣人在扭曲的殖民權力關係下，開始漫興卑躬無恥媚日的社會風氣。這些問題再次迫使太明從個人理想與社會實踐找尋出路，於是太明開始獻身於知識理性啟蒙的農工階層教育，試圖為農工階層爭取更好的工作勞動權利。

　　但是，日本殖民帝國從現代法制基礎展現合法剝削農工的國家暴力，並結合殖民者統治階層權力的有恃無恐的蠻橫，更是可以看到臺灣所面對的殖民問題，已經不止於日、臺之間在社會階層普遍存在的種族歧視問題，而是日本母國對殖民地臺灣施行體制結構與制度規範的現代化管理技術。太明最終無奈的撤走，除了隱喻式地宣告當時支持社會主義理想的臺灣進步知識份子的失敗，也可以看到太明代表的新文化人世代在其新時代於殖民帝國體制的無能作為；另一方面，祖父的過世，更是指出屬於舊時代文人世代在臺灣堅持傳統古典中國文化與倫理的破產。

　　透過太明在此時遭遇的問題——一是從家族倫理解放出來之後的個體自由倫理規範的日漸腐敗，一則是殖民帝國以

法治之名對殖民地進行的制度性剝削，清楚地浮現出臺灣在舊時代與新時代交替過程的日本現代帝國殖民化體制中，所各自遺留難以實踐自由、平等兩個重要普世價值的困境。太明所遭遇的問題已經漸漸不止於日本帝國的殖民政治社會實權統治問題，而是突顯出在地殖民政治關係於現代國家體制的權力結構中，根本無能真正實踐在地政治的自由主體與社會公平客體的可能。對於太明或其新時代的新知識份子而言，日本帝國為臺灣帶來現代國家體制發展在地殖民化技術的政治關係體驗與殖民地身份認同，在啟蒙之後，僅僅只存有追求臺灣主體意識的欲望空間。太明在因緣際會之下，轉赴中國大陸任職發展。

轉赴中國大陸任職發展的太明，對於即將旅居的先祖之地的指涉語彙——「唐山」，太明原初想到的是「歸故國」，但隨即修正為「遊大陸」。這個修辭的置換可以看到太明此時的認知是從臺灣是日本帝國統領的殖民地事實來思考中、臺關係。諷刺的是，「他現在總算是日本國民」——這也是太明在此歷史現實中所能擁有的政治身份。對於太明來說，使用「故國」確實也不恰當。因為，臺灣是中國的清帝國在馬關條約中轉讓給日本帝國，而對祖父輩的舊時代文人來說，故國指的是「清帝國」；到了太明輩的新時代文人來說，清帝國早已經透過政黨革命而轉換為中華民國的「新中國」的現代共和國家。「新中國」對於太明來說，是一個全新認識祖父輩的故國的新體驗。在《亞細亞的孤兒》中，太明主要是透過上海與南京兩大城市的觀察，客觀地呈現在

時代巨變中所留下的新、舊中國印象。

在新、舊中國的觀察印象中，有一段關於賴姓華僑友人一起去中國澡堂子的書寫，可以看到太明一改過去從被殖民者凝視殖民者的自我矛盾，開始轉換自己到一個相對文明的進步者角色的自我批判：

> ……不過，他對於自己竟會被中國澡堂子那種不可思議的魅力所誘惑，內心不禁產生一種茫茫然的矛盾感覺。最初曾帶他去的時候，他只覺得內部骯髒不堪，對它毫無好感，誰知今天竟對中國澡堂子發生如此濃厚的興趣。
>
> 「中國的澡堂子也許跟鴉片煙差不多。」太明心裡一直考慮著在不知不覺間會使異鄉人的感覺和神經受到麻痺的中國社會那種不可思議的同化作用。[3]

這一段太明原本因中國澡堂子內部髒亂不堪而無好感、但後來竟然發生濃厚興趣的自我反思，與日本女同事內藤久子以菜餚外型判定野蠻、卻又為美味折服而不自覺「野蠻」吞食的缺點情節[4]，有極其相似的異曲同工之處，只是太明不再是站在日本殖民地的被殖民者位置，而是轉換到來自日本殖民地國民的臺灣人的異鄉人凝視。從被殖民者對殖民者

---

[3] 吳濁流，《亞細亞的孤兒》，頁 129-130。

[4] 吳濁流，《亞細亞的孤兒》，頁 36。

的凝視、到日本殖民地國民對新中國的「異鄉人」凝視的遞轉脈絡中，臺灣人太明在對日與對中的兩個他者脈絡的矛盾，只剩下新時代進步知識份子的文明視角，既不必面對殖民者而糾纏於來自娶妾父親的汙濁血液，也不必在新中國的理解中加入從祖父輩而來的情感辯解。這兩段與他者相遇、以及涉及自我與他者凝視的敘述，太明站在不同的位置，都有矛盾之感，但對於兩者的矛盾與省思顯然是不同的。

這可以看到太明在不同他者脈絡關係，如何以文明視野與人性的判斷，啟迪臺灣人在殖民歷史境遇中的自我認知與發展價值。太明的位置轉換說明不同他者脈絡所形成的自我否定或認同，雖然有其來自或主觀或客觀的認知事實；但太明從自我個體反思立場所打開的歷史視野，可以看到太明的臺灣人認同是一種透過凝視他者、在他者中反思自我、建立自我主體的動態過程。

這個動態過程顯示太明所走的自我身份認同之路，相當不同於祖父輩的漢族的原鄉文化的身份認同。但是太明受到祖父性格與情感意志影響之下的中庸之道，使他的個體敘事一直保持觀察他人生活方式與事件現象的客觀態度。這個敘事立場很清楚讓太明看到自己與久子的問題，不只是太明的一廂情願，而是兩人在不同種族之間有其殖民歷史境遇中無法跨越的殖民者與被殖民者的認知階段關係。太明當時難以自拔的情感，投射出太明與久子之間的不對等關係，不只存在政治、經濟、社會、文化等制度階序的差別待遇，而是從殖民統治者對被殖民者透過種族／族群的本質定義開始賦予

合法與合理基礎。因此，久子拒絕太明的理由非常單純，也非常關鍵：「我和你是不同的[5]。」即使太明情傷之餘選擇留學日本後返臺，也無能為自己取得公平機會，還要面對統治族群造成殖民地原有文化倫理資源破產問題。

　　在臺灣故鄉成為社會剩餘人的太明，輾轉來到中國大陸發展。但是，此時已是不折不扣的新時代文明的進步知識份子的太明，又從文明視野與眼見現實，發現新、舊時代巨變中的中國，完全不同於自小從祖父處得來的孺慕原鄉的情感印象。諷刺的是，此時太明進出中國所使用日本殖民地國民的合法身份，還因為日本對中國的國家侵略關係，造成同一漢族血緣與共享文化中不對等的排擠關係現象。再再刺激太明過去在日本留學時期，曾因坦承自己的臺灣人身份、而在中國留日同學總會的會議席遭羞辱的經驗。但真正到了旅居大陸時期，才發現即使自身擁有從古典漢語與傳統文化到現代漢語北京話的能力，也無能改變自己在中國人眼中的「番薯仔」身份。就如同接應自己轉往大陸發展的曾姓友人的分析：

　　「我們無論到什麼地方，別人都不會信任我們。」曾把複雜的環境向太明解釋道：「命中註定我們是畸形兒，我們自身並沒有什麼罪惡，卻要遭受到這種待遇是很不公平的。可是還有什麼辦法？我們必須用實際的行動來

---

[5] 吳濁流，《亞細亞的孤兒》，頁 60。

證明自己不是天生的『庶子』，我們為建設中國而犧牲
的熱情，並不落人之後啊！[6]」

曾姓友人不能認同日本殖民臺灣的日、臺不對等關係而
選擇回到同有漢族血緣的原鄉中國，但是臺灣人在（國民政
府主導的）新中國脈絡中的「庶子」身份認知，也顯示原鄉
中國與臺灣之間存在著一種類封建的奇怪關係。對於追求人
際之間平等對待的太明來說，他以臺灣人身份從日本母國大
和民族到中國原鄉中華民族脈絡他者經歷，各自所存在只能
被對方定義、或以對方認知為前提之下的自我證明問題。太
明至此，也不得不發出「『番薯仔』為什麼必須忍受別人的
屈辱呢？」的感嘆。

再回顧太明自日本殖民他者到中國原鄉他者的自我凝視
與反思脈絡中，從生活客語、古典漢語、日語、北京話的現
代漢語的跨語言與文化能力擁有，顯示太明在語言與文化上
從來都不只是作為日本他者或中國他者的客體存在，而是太
明認識自我、建構自我身份過程中的主體一部分存在事實，
但這些跨語言、文化主體建構，也都無能改變殖民歷史境遇
中的政治身份。另一方面，太明的臺灣人意識發展隨著他者
脈絡的不同，不僅愈發顯示出跨語言／文化的主體建構，無
能解決殖民關係、或同族血緣中的類封建關係所引發的身份
認同問題，也無能促進彼此之間在政治與社會階序中的平等

---

[6]　吳濁流：《亞細亞的孤兒》，頁 120。

關係。太明在時代巨變中屢屢在不對等關係與回應之間的猶疑不決，漸次指出臺灣人在這些不對等關係中的根本問題在於：一、臺灣人無能有自我決定的歷史處境，以及足以對應臺灣人意識發展的自主選擇；二、迴避國族身份的跨文化主體解決方式，無能改變宗主國與殖民地之間不對等的政治、社會、經濟關係；也無能促進族群認知之間所產生的類封建關係。前述兩個根本問題也說明了：太明一開始以訴求日、臺平等關係的個體反殖民立場，以及之後流動在日本、中國脈絡的跨語言文化主體建構的回應方式，為何都無能化解日本對臺灣的殖民權力關係、或因日本殖民事實而必須自我貶抑為「庶子」的類封建自我認同。

　　因此，太明的努力與一再遇到的困境，也指出了三個很嚴肅的問題：一、臺灣人意識來自臺灣的殖民歷史境遇事實，但個體的跨語言文化主體建構未必能解決前者在不同族群的殖民與被殖民的政治性階層關係、也無能改變同一族群的嫡子與庶子的社會性階層關係；二、太明從臺灣殖民歷史現實所驅動的臺灣人意識與主體發展探問，顯示臺灣殖民語境中的個體性平等與自由價值追求，必須充分正視臺灣人意識發展與主體建構的問題，而不能只從現代國家體制的思維去實踐平等與自由社會價值。三、社會主義從超越國家與族群意識所提倡階級平等的理想實踐，是否能將臺灣從殖民歷史語境中解放出來？太明在旅居中國期間與一位名叫淑春的女子的婚姻關係，很耐人尋味地、且旁敲側擊地回應了第三個問題。

　　太明對「淑春」的一見鍾情與之後的再遇機緣，促使太明娶了淑春而成家立業。但是太明與淑春的姻緣卻因淑春的「新女性」理想與實踐，以及政治上的主戰論而在情感上漸離漸遠。隨著中、日戰爭爆發、對日抗戰、國共合作……等中國情勢的變化，太明的臺灣人身份使他陷入日本間諜而入獄的危機中，最後在昔日學生素珠的幫助之下，潛入上海返臺。但平安歸臺後的太明，也難以倖免殖民地臺灣隨即進入國家總體動員的「聖戰」、「徵兵」、「皇民化運動」等歷史命運。

　　太明的個體立場從反殖民到反戰的堅持，其所遇到的問題已經不只是日人與臺人之間的平等問題，還有個體意志的選擇自由，以及戰爭超越國家與個體立場、對人性造成的全面扭曲。後者的問題隨著戰爭動員與臺灣全島、中國戰場陷入的各種混亂現象，而愈加顯得困難。最後，太明因弟弟志南被迫簽署自願書而應召做工的無辜犧牲，清楚看到個體命運在殖民與現代國家雙重體制與權力關係之下的毫無出路。當志南死去的第二天，太明以瘋狂、失蹤，結束了《亞細亞的孤兒》的故事敘述。

　　從太明與曾姓友人的關係中，可以看到臺灣知識份子支持三民主義路線的中國民族國家的困境，然而，太明與淑春之間的隱喻關係，則可以看到中國社會主義路線要求社會平等價值的進步、對臺灣知識份子所產生的激情與春夢一場。太明的個體性歷史視角在臺灣殖民歷史境遇之下、所形成的時代歷史敘事，基本上，可以看到太明對臺灣或臺灣人身份

的情感意志，始終與殖民臺灣的命運緊緊繫連在一起。但是，太明的凝視他者與自我凝視經驗，形成另一種殖民臺灣的現實困境——太明所嚮往的個體平等與自由是否能透過新中國的民族國家進路解決？還是在歷史現實的限制下，繼續以臺灣人的意識與精神追求個體的自由與平等價值？在《亞細亞的孤兒》中，有一段太明對庭院中「無花果」與「臺灣連翹」的並列敘寫：

> 某日，太明正佇立在庭前遐想，突然發現無花果已經結了果實……他摘了一個剖開來看看，那熟得通紅的果實，果肉已長得非常豐滿。……他一面賞完無花果，一面漫步踱到籬邊，那兒的「臺灣連翹」修剪得非常整齊……他向樹根邊看看，粗壯的樹枝正穿過籬笆的縫隙，舒暢地伸展在外面。……唯獨這一枝能避免被剪的厄運，而依照她自己的意志發展她的生命。[7]

將這一段對無花果與臺灣連翹的並列敘事，對照於《亞細亞的孤兒》中敘寫太明與爺爺祖孫情深而深受影響的「苦楝花開的時節」敘事起點，以及最後的發瘋與失蹤結局，可以發現作者吳濁流對太明在臺灣殖民歷史境遇中進行個體視野的探詢，基本上是以過去、現在、未來的線性時間結構，依序展開。太明對「臺灣人」的身份探詢，可以看到其來自

---

[7] 吳濁流，《亞細亞的孤兒》，頁 233-234。

舊、新時代兩種追求個體自由與平等的價值世界觀為基礎：
一個是來自孺慕祖父之情所繼承舊時代知識份子的明哲保身
精神；另一個則是接受日語新式教育後，遭遇殖民現實而不
斷進行的新時代知識份子反思精神。這兩種價值世界觀在殖
民臺灣的現實中，不管是在日本殖民脈絡或是在新中國回歸
脈絡，都遭遇到不同難題的挫折，相當真實反映出臺灣的歷
史孤兒的真實處境。這些時代變化的現實歷史環境，都凌駕
在太明的個體意志之上，也不是太明從跨文化主體建構與堅
持反殖民、反戰立場所能解決的。太明的發瘋與失蹤，就小
說故事與時間敘事來說，顯示歷史個體對反思過去與現實過
程所遭遇困境的無能解決，但無從得知的真相則是向著未來
開放的隱蔽敘事進行——太明在過去與現在時間中未能有實
踐空間的希望——一個可以實踐臺灣人尊嚴為前提的個體自
由與平等的歷史希望。

四、結語：孤兒在亞細亞的啟示
——朝向未來開放的歷史主體意識與臺灣命運

　　太明從反殖民、反戰立場一貫堅持的個體平等與自由價
值追求，基本上是以一種個體性意志的方式，貫徹其一生所
面臨的客觀歷史現實；透過太明的個體性追求與在客觀現實
的失落，重新檢視臺灣在殖民歷史中與日本、中國在歷史、

政治、社會、文化所形成複雜糾結的多元與矛盾關係。這些矛盾關係透過太明的遭遇與個體視角，投射出臺灣殖民歷史的一個時代縮影。

當殖民歷史所造成的各種現實挫敗如暗濤洶湧地排山倒海而來，太明發現自己已經無法再像祖父可以選擇遁逃在自己的安穩小世界，歷史現實迫使太明不得不去思考臺灣人的身份是什麼？當太明反思過程所萌生的臺灣人意識，漸次連結其所追求個體性平等與自由的普世價值，形成一種要求臺灣人意識與追求個體平等自由普世價值的嚮往與盼望，也在日本與新中國的他者脈絡之下的國族認同，不管從過去、或是在現在的歷史時間中，都遭遇到相當程度的發展困境。

弔詭的是，太明本身從跨語言文化主體追求個體平等與自由價值，在日本宗主國或中國原鄉或新中國的他者脈絡中的無能實踐，再再提點出臺灣人在客觀歷史現實從意識啟動主體建構的欲望，還是無法輕易地規避民族自決的國家認同問題。雖然，臺灣的殖民歷史現實也限制了太明的理想，但是太明的個體反殖民立場在不敵臺灣遭遇殖民與戰爭的雙重命運中，最後以瘋狂失蹤結束所有的小說敘事，也開啟一個屬於未來歷史的敘事想像空間。

也就是說，太明的瘋狂象徵太明的個體在過去與現在時間中無能解決臺灣缺乏自主的殖民歷史的問題，但是，另一方面，太明的瘋狂也保留了他對實踐臺灣人的個體自由與平等的意志嚮往。耐人尋味的是，未能證明太明後續發展結果的失蹤，點出太明在殖民歷史中所留下未能解決困境的個體

意志，究竟應該何去何從的大哉問？而太明在過去、現在的歷史時間中，從他者凝視到凝視他者到自我凝視的層層反思與無解，殖民現實語境所遭遇的難題，只能留待未來的歷史時間與空間條件去解決。太明始終未能獲得證實的失蹤，不僅是一個向著未來開放的敘事結局，也是一個關於臺灣人意識在未來歷史時間應該如何發展情感與意志主體的決志寓言——是繼續在過去與現在時間尋父、追母的孤兒？還是從未來的希望中正視自己的孤兒事實而實踐自主欲望？

作者吳濁流透過太明的個體敘事，讓我們看到臺灣在殖民歷史中無能自主的客觀處境、以及在此之中被迫意識或被激勵出的臺灣人意識與臺灣認同；同時，太明的個體努力所遇到的重重困境，也讓我們認識到太明對個體自由與平等的價值理念，已經不是一個以追求民主自由為前提的國家體制所能解決的問題，還包括因臺灣殖民歷史而反思日本殖民權力結構與兩個新中國政治關係中、所發展出臺灣人意識的歷史問題。

這些歷史問題讓我們看到：太明對臺灣殖民歷史語境的個體探索與自我反思、所自然地衍生出臺灣人意識與臺灣意識，基本上受限客觀歷史現實條件，並未直接提出民族國家形式的解決方案，但是，太明跨越不同語言文化的個體努力與挫敗，也點出跨文化主體建構與文化解殖進路，對改變臺灣殖民歷史語境無能自主困境的有限性。太明的發瘋象徵個體在時代巨變中無能為力且無解的困境，但未能被證實動向去處的失蹤結局，隱喻太明以其一生見證臺灣殖民歷史後，

其所自然發展出來的臺灣人意識、以及隱蔽在意識之中的情感與意志主體，應該何去何從的大哉問？

　　雖然，太明的一生只是一個向著未來歷史時間開放的國族寓言故事，但是，太明在臺灣殖民現實中、以個體追求平等與自由的努力與挫折，以及在現實困境中為臺灣人意識事實所預留的主體發展的想像空間，可以看到吳濁流從太明敘事所發展出的歷史探問，重點不是小說敘事的虛構性或歷史敘事的真實性，而是在兩者敘事辯證結構中所發展出的自我反思與對未來想像的啟發性。太明在過去、現在歷史時間中的猶豫不決，指出臺灣知識份子啟動過去與現實歷史時間思維的發展困境；而太明從個體歷史視野所堅持的反殖民、反戰立場，不僅可以看到個體對平等與自由的價值追尋，也包含太明以一生見證殖民歷史所留下的一個歷史意志對未來發展的探問：臺灣主體與臺灣命運究竟應該如何選擇與發展？

　　《亞細亞的孤兒》以小說的歷史敘事反映臺灣知識份子在殖民歷史中的各種可能意向發展，太明所堅持的個體性平等與自由價值，雖然不是當時的歷史主流選項，但是，卻以一種未竟的歷史意志形式，超越小說形式本身的虛構本質，以歷史敘事的國家寓言的意向性，啟發臺灣人尊嚴與臺灣主體在未來歷史時間的命運發展可能。太明一生在反殖民、反戰立場對臺灣人意識與身份的探求，以及跨語言文化的主體建構在殖民歷史事實的屢屢挫敗，也提醒文化解殖進路在殖民歷史與現代國家權力關係中的虛幻假象。太明未有人能證明的謎樣行蹤，留下臺灣人意識在未來歷史時間是否能繼續

發展臺灣主體的可能探問[8]。這個可能探問的解答是否留在吳濁流的自傳《無花果——臺灣七十年的回想》或晚年完成自傳體小說《臺灣連翹》中，仍值得持續觀察。

---

[8] 葉石濤即認為「吳濁流的長篇大作《胡志明》（《亞細亞的孤兒》）的主題是臺灣人的民族認同」，「臺灣人屬於漢民族卻不是中國人，有日本國籍卻不是大和民族」，由此遂逐漸產生了「臺灣是臺灣人的臺灣」的主張和「臺灣新文學是獨立自主的文學」的信念。葉石濤：〈接續祖國臍帶之後——從四○年代臺灣文學來看「中國意識」和「臺灣意識」的消長〉，葉石濤：《葉石濤全集・評論卷四》，臺南：國立臺灣文學館，2008 年，頁 57-58。

探究篇

第一篇　真誠的純真
（Authentic Innocence）

陳千武《活著回來──日治時期臺灣特別志願兵的回憶》中的反殖民思想

> 從軍到南太平洋，打一場不知為何而戰的「聖戰」，在戰地，死亡是司空見慣，已無哀悼傷感，但我這一份生命，會忍得住穿過戰火的悲劇，迎接和平與愛的光明時代。
>
> ──陳千武《活著回來》

一、關於陳千武《活著回來──日治時期臺灣特別志願兵的回憶》

　　宋澤萊在〈談陳千武的小說〉中，曾對陳千武先生的文學歷史定位，提出一個相當敏銳的見解。他指出：「就日據時期的文學來說，他（陳千武）代表最後一代的年青作家。日據時期的文學史，如果只談賴和、楊逵、龍瑛宗是不夠的，必須再加上陳千武這個世代才夠。像日本的塚本照和先生，他以楊逵的抵抗精神，呂赫若的對封建制度和文化落伍的剖析，龍瑛宗的蒼白的知識份子的透露，這些就是日據時期文學的總和是不對的，必須延伸到陳千武和鍾肇政才能完

全，才能顯現當時臺灣人對時代的反應[1]。」

陳千武先生與鍾肇政先生在臺灣作家歷史分期上，都是被歸屬於戰後一代的臺灣作家，而戰後一代的一個鮮明特質就是創作時間橫跨了戰前與戰後兩個世代。在臺灣光復後面臨創作語言從日語轉換成中文的困境，陳先生與鍾先生在被迫暫停創作的階段相當努力，不只跨越了語言隔閡，並在文壇上筆耕不輟，影響臺灣文學功業甚偉。

鍾先生以小說見長，對當代臺灣社會與客家族群生態均有細膩過人之處，而陳先生則在致力於現代詩創作，包括評論、翻譯等，為最具臺灣性格與代表性的「笠」詩社創始人之一。《活著回來——日治時期臺灣特別志願兵的回憶》（以下稱《活著回來》）是陳先生目前坊間已出版問世的長篇小說著作，除此，還有另一本短篇小說《情擄》。《活著回來》的主人翁林逸平，是第二次世界大戰中被迫徵調為「臺灣特別志願兵」，小說內容是林逸平從軍南洋的回憶錄，分別從十六個短篇小說所串成：〈旗語〉（1981.1）、〈輸送船〉（1967.10）、〈死的預測〉（1981.2）、〈戰地新兵〉（1982.10）、〈霧〉（1976.4）、〈獵女犯〉（1976.7）、〈迷惘的季節〉（1982.1）、〈求生的慾望〉（1984.2）、〈洩憤〉（1981.10）、〈夜街的誘惑〉（1981.11）、〈異地鄉情〉（1981.11）、〈蠻橫與容忍〉（1982.1）、〈默契〉（1982.4）、〈女軍囑〉（1981.2）、

---

[1] 陳千武：《活著回來》附錄一，臺北：晨星出版社，1999年，頁 344。

〈遺像〉（1976.6）、〈縮圖〉（代後記，1983.11）。

　　而將書中虛構人物林逸平兵長與其參與戰爭路線對照陳千武先生個人所列的兵歷表，不難發現《活著回來》敘述者林兵長所歷練的戰爭與人性經驗與私密性的情感生活與心理狀態，證明這部小說在虛構性之外本身所可能具備的自傳真實性。雖然創作時間從 1967 年橫跨至 1983 年，但小說中所反映的歷史時間，應該追溯到 1942 年（昭和 17 年）到 1946 年（昭和 21 年），正是日本發動太平洋戰爭（1941-1945）時期。

　　藉著林逸平敏銳的觀察力與豐富的同情心，多面向輻射出當時臺灣特別志願兵在日本軍隊、南洋土著等不同種族與階級身份中的尷尬位置──既是被統治者、也是統治者，深刻描繪出這兩者雙重身份在南洋戰爭中所交錯的各種真實人性體驗與權力鬥爭反省。而林逸平的人道主義思想正是這兩種雙重身份的一個不卑不亢的平衡起點，使得他能「穿過戰火的悲劇，迎接和平與愛的光明時代」。這種人道主義精神反映了作者在「戰爭中的人類愛」[2]。

　　這種人格精神與對時代的感受，陳先生並非是特例，而是「戰火一代」青年的共同感覺與心態[3]。若將《活著回

---

[2]　彭瑞金先生認為陳先生〈默契〉一文特能表現出這種戰爭中的人類愛，其立基於人道主義的精神，具有擠身世界戰爭文學行列具體而微規模。《活著回來》，頁 347-349。

[3]　宋澤萊先生曾表示：「陳千武和鍾肇政可以代表整個『戰火的一代』那時候的青年，他們的心態，他們共同的感覺。譬如我的父親，他對時代的感覺和陳千武先生沒有兩樣，我讀陳千武的作品就想到我的父親，因為家父也曾到南洋參戰兩年……那些詩或小說，不只是作者一個人在講，而是很多人都有

來》放在臺灣新文學的歷史發展脈絡與臺灣日治時代知識份子的反殖民意識精神系譜，該如何詮釋或定位陳千武先生的回憶錄小說，將是一個很值得觀察的意義提問。

二、《活著回來》對臺灣新文學反殖民系譜的繼承與拓展

臺灣新文學運動的發生始於 1920 年代，作為臺灣新文化運動的重要內涵，文化協會的成立，不僅揭開臺灣第一批現代知識份子向傳統舊式知識份子要求文化上的發聲權與領導身份意義，還將展開文化上的啟蒙運動。這些臺灣第一批從日本東京留學回來的臺灣青年們[4]，受到當時美國總統威爾遜十四點自決原則、日本大正民主運動、中國五四運動、蘇俄社會主義革命、朝鮮三一運動等的影響。在面對臺灣被日本殖民的惡劣現實境遇時，轉向以啟發民智、傳播民族自決訴求作為意識形態上的抗日。

1927 年分裂以前的文協，在思想上即包含民族主義、社會主義、無政府主義等世界思潮，他們企圖透過文化上的革新，使臺灣島民具有現代國民的意識，進而能自覺臺灣人民所受到的不平等待遇與殖民壓迫。這些接受新式教育的臺

同樣的想法。」陳千武：《活著回來》，頁 338。

[4] 莊淑芝：《臺灣新文學觀念的萌芽》，臺北：麥田出版社，1994 年，頁 11-12。

灣知識份子，與接受傳統漢學與儒家教育的舊知識份子相當不同。他們在日本自由地吸收西方進步文明知識，接受世界潮流的撞擊，普遍形成一種將臺灣情勢與世界情勢結合的世界觀，自覺到個人必須擔負作為全人類一份子的權利與義務。而日本在臺灣政經社會上所形成種族、階級的殖民壓迫，讓他們「生而為人的權利」被剝奪殆盡。

　　因此，二〇年代臺灣新知識份子在這個基礎上，提出不同於漢學系統的新文學主張，揭開日治時代的臺灣新文學序幕。「啟蒙」運動透露出臺灣知識份子對於臺灣在近現代意識上的覺醒意義。

　　在西方文明史上，「啟蒙運動」始自十七、十八世紀間的歐洲，當時的自然學科與人文學科研究的對象，雖然各有不同，但卻普遍建立在一個共同的科學研究基礎上，就是相信宇宙間任何事物都有其依存的自然法則。因此，形成一種以尊重理性（Reason）為前提的「唯理主義」（Rationalism）思想風氣，使得歐洲哲學家不再以神學或與神學有關的玄學（Metaphysics）作為研究基礎，而改以科學理性作為其哲學體系建立基礎，如康德（Kannt）、休姆（David Hume）、史賓諾沙（Spinoza）等。

　　除此之外，人文學科也引導出許多新學說，並對傳統社會許多不合理現象都予以抨擊，如孟德斯鳩與盧梭提倡的政治改革運動、比加里亞提倡的法律改革運動、服爾德提倡的崇拜自然（Deism）的宗教改革運動、康德提倡的倫理改革運動、亞當斯密提倡的經濟改革運動，甚至還有廢除奴隸、

教育普及、國際和平等運動[5]。這些改革運動不難看出啟蒙
運動本身的一個重要歷史性意義：將人類理性視為一種進步
的意識形態，並企圖以此作為關注社會現象與發現社會思想
系統的規律。包括對人的心靈的客觀性精密描繪，以此取代
過去中世紀宗教神學主宰人類身心的地位，將人們徹底從神
秘迷信與非理性解放出來，不僅重新肯定人所隸屬世俗的價
值與人的主體價值，還必須透過「除昧」──以理性根除傳
統社會文化中的一切非理性因素，以求取社會與文化上的自
我革新。

　　啟蒙運動造就出一種以客觀理性作為認識人類自我主體
價值的進步意識[6]，並在此基礎上發展出一個更傾向於人的
尊嚴、自由、平等與公正的市民社會與市民意識，這樣的精
神意識與正在萌芽的資本主義社會關係價值息息相關。

　　臺灣二○年代的新知識份子所投注的文化啟蒙運動，即
是在這種近代市民意識中，開始以民族資產身份進行傳統社
會中的蒙昧批判。然而矛盾的是，當時的臺灣正處於半殖
民、半封建的歷史社會狀況，這使得臺灣新知識份子在試圖
認識自己中面臨一種思想與感情兩難的處境：一方面，在日
本為遂行殖民榨取而對臺灣引進的資本主義科技及由之帶動

---

[5] 高偉亞：《世界通史》，臺北：文太出版社，1992 年，頁 94-95。

[6] 這個意識並非開始於啟蒙運動，而是受到十四世紀時的文藝復興（Rnaissanc）的
　影響，文藝復興興起於義大利北部城市中，這是一個將「神」研究導向「以人為
　主」的新文化運動，透過對希臘、羅馬時代的古典著作研究，重新發現人的自我
　存在意義，不同於中世紀所建立的「以神為中心」的基督教世界，而發展出「以
　人為中心」的人文主義（Humanism）。高偉亞：《世界通史》，頁 282-283。

的新世界觀指導下，不可避免地對封建中國的蒙昧落後進行批判；另一方面，又因作為漢族遺民而不可避免要遭受批判之餘的民族情感隱痛，帶有第三世界弱小民族文學烙印的臺灣新文學之父賴和的啟蒙思想性格即是如此呈現[7]。

　　根據施淑教授的分析，賴和的啟蒙意識並未能帶給他一個實踐自由、平等、博愛的烏托邦社會遠景，反而因日本帝國殖民所帶來的進步的資本主義世界觀，不斷無時無刻提醒他置身於殖民剝削與壓迫的現實中，日本帝國的殖民下的不合理。在〈一桿秤子〉中，殖民者可以因己身利益，任意將「公平象徵的度量衡」秤子「打斷擲棄」，根本侮辱啟蒙思想者對於客觀的公平合理的樂觀信仰，也根本否定理論上應該建立在自由、平等、博愛等代表資本主義精神的「法」的尊嚴[8]。

　　對於所有具有進步意識的臺灣新知識份子而言，賴和的痛苦與矛盾，正顯示出殖民者以其高壓強權取代執行正義與平等的「法律」，而能任意剝削被殖民者行使個人自由與權力意志的根本不合理。因此，被殖民迫害下的民族（漢族）意識與仇恨，在賴和的進步意識中，未能促使他從進步啟蒙思想中超脫狹隘民族侷限，走到一個世界性的人類烏托邦圖像中，反倒悄悄成為他在民族情感與進步意識兩難處境下反抗日本殖民意識的另一個出口。

---

[7] 施淑：〈賴和小說的思想性質〉，《兩岸文學論集》，臺北：新地出版社，1997 年，頁 121-130。

[8] 陳千武：《活著回來》，頁 17。

　　而在陳千武先生的《活著回來》中，也同樣透露出與賴和相當雷同且令人難過的被殖民經驗：

我，臺灣出生，是日本殖民地的現地土民。
……
我很想要瘋，卻瘋不起來，我知道枷鎖我的是什麼。
日本人有服兵役的義務。他們是被徵召的現役兵。而我們沒有，等於沒有權利。被剝奪了的權利的另一面，被賦有勞役的義務。是我們誕生就托下來的一絲悲哀的命運。於是在一群新兵裡，我們的正名，被稱為「臺灣陸軍特別志願兵」。我是志願來的？是，確實我寫過志願書。在佩刀的警察和兵役官來家訪問的那一天，我寫過，我蓋章過。如果，我不寫志願書，他們就稱我非國民。事實，我本非他們的國民。但他們強要登錄我是他們的國民，是根據李鴻章賣給他們的奴隸契約。因此，我違背了他們時，他們可任意指責我是非國民，而把我埋沒掉。不但我的存在，生死之權，在他們掌握裡，所有殖民地土民的命運，都是如此。這個時候，男人的生命只值「一錢五釐」的一張郵票[9]。

　　林逸平的苦悶在於清楚自覺到臺灣人民在日本殖民強權下的奴隸身份。「志願兵」背後被日本警察強迫繳交性命的

---

[9] 陳千武：《活著回來》，頁 33-34。

無奈事實，而警察司法機關在近現代公民社會中所扮演的執法監督者，在殖民地中，反變成殖民者對被殖民者直接剝削人權的執行者。

　　日本殖民臺灣時期，雖然將近現代化建設帶來臺灣，但是卻是在以殖民母國的經濟利益前提下進行。即使是決戰時期日本在殖民地臺灣所推動的「皇民化運動」，皇民化美其名是將殖民地臺灣人民提昇至日本本國皇民，但事實上是為了補充戰爭不足的人力資源，與「大和民族」在建設「大東亞共榮圈」中「領導國民」耗損下「活用外籍兵力」的政策。因此「皇民」並未能改變臺灣人民的扭曲奴隸命運，反而在近現代國家制度中公民身份位置中，「合法地」強加予日本軍國民族主義思想，並透過全面禁止漢語與推行國（日）語家庭等各種高壓手段，迫使臺灣人民放棄原屬的漢族文化屬性，徹底消滅臺灣人的漢族意識──即「民族主義的感覺」，讓臺灣島民認同效忠天皇，克盡日本皇民應盡義務。其極致點就是導入「志願兵」制度（1941 年 6 月 20 日閣議決定，翌年四月實施）。

　　這種在國家制度號召下合理化決戰時期皇民的愚民思想：將臺灣人民從被殖民者提昇至日本國民（皇民），卻未能給予國民所應享受之權利，卻反以皇民身份要求其克盡國民義務──為天皇光榮戰死。林逸平的同袍謝蜀就是這種殖民者與被殖民者結構同謀中的盲從共犯。林逸平則不然，他冷靜的觀察與人性化思考，讓他清楚看到日本殖民意識中所剝削臺灣人的平等與自由的生命人權。對於像謝蜀這種盲目

屈從在日本殖民思想並為之宣傳的臺灣人，他很誠實將自己的想法與批評紀錄下來：

> 謝蜀……演講的內容，是轉售訓練所的教育，強制拍賣的那一套。主要是說：「──皇民化是給臺灣人特別的恩惠，天皇陛下一視同仁，使臺灣青年得到了跟日本青年同等的待遇，於是，臺灣青年被允許當兵，必須負起責任，把八紘一宇的精神，推展於全世界……」
> 謝蜀跟一些喜歡投機取巧的臺灣人一樣，從來沒有思考過本身的生命泉源，只一貫追隨統治者為統治的權益所鼓吹的喧嘩而行動，被愚民政策的殖民主義操縱著，羞辱了自己也不知道，在偏歪了的時局裡當起木偶式的自以為是的英雄人物[10]。

　　而從近現代公民意識來看，生命人權中所享有的法律平等與自由意志，無不是近現代國家對國民的基本保障，並透過立憲程序明保其精神與永續執行的合法性。因此從這裡檢驗日本帝國所帶予臺灣的近現代化，從未包括近現代國家制度上的個人與社會公義。「皇民化運動」中所隱藏的國家暴力，正如賴和在進步意識下所經歷的痛苦與矛盾一樣──無能改變被殖民統治者所摧毀自由平等正義下的「法」事實。

　　而當臺灣人民「被迫晉身為日本國民」與「被迫執行日

---

[10] 陳千武：《活著回來》，頁 56-57。

本國民應盡義務」時，「志願兵制度」其實還隱藏著「皇民化運動」在面臨「官方民族主義」（officia nationalism）建構上的盲點，此將證明日本試圖「同化」臺灣的荒謬，與臺灣人藉由「皇民」身份來認同自我的可悲。

　　根據安德森（Benedict Richard O'Gorman Anderson）在《想像的共同體：民族主義的起源與散佈》的論述，帝國主義的殖民政府為為了推動「官方民族主義」──一種民族與王朝制帝國刻意融合的意識形態，透過共同的殖民教育，使得不同族群的人擁有共通的語言，造就一批不只擁有雙語能力、還具有相同文化氣質與思考模式的殖民地精英知識份子，但又透過歧視性的殖民行政體系與教育體系限制殖民地知識份子向宗主國社會政治流動，這種有意識的同化政策，致力推動殖民地人種在語言與文化上與宗主國的精神混種（mental miscge-nation）[11]。

　　但弔詭的是，官方民族主義的基礎是來自在種族主義的歧視而非真正的民族主義，所以精神的混種並不意謂最後的救贖之道，必須回歸到種族血統的根本判準中。這正說明日本的「皇民化」政策，即使使臺灣人在生活文化思想語言各方面都同化為日本人，仍會因為身上所流之血不屬於大和民族而無法成為真正的日本人。因此換血的不可能，加上歧視政策又處處限制種族間的通婚混血。血緣的不可救贖性，使

---

[11] 班納迪克・安德森：《想像的共同體》，臺北：時報出版社，1999 年，頁97-101。

得皇民化走到最後，就是鼓吹臺灣志願兵的徵召，以為天皇而死的決心來達到最後的精神鍛鍊。

不過，真能藉由這種以死證成達到皇民的可能？陳千武先生也在小說中明白指出皇民化政策之於臺灣人的欺騙與愚民性：

> 臺灣特別志願兵戰死了，能否跟日本兵一樣進入靖國神社呢？誰也不知道，軍政當局也沒有提到這些。或許瘋狂於戰爭的日本人，誰也不會想到臺灣志願兵戰死了，應該怎麼處理的問題。雖然日本軍官常常說：「現役軍人戰死了，就成為靖國神社的神。」但這只是跟「祝福武運長久」同性質的口頭禪而已。無論哪一個地方，喜歡戰爭的軍官都會想出對自己有利的口號，來欺騙自己與安慰別人；這樣才能煽動群眾瘋狂參與戰爭。……假如自己真的戰死了，能自由飛翔的靈魂，必會拒絕到靖國神社去的。日本人排外心很重，加上生前被殖民的羞辱就已經夠煩了。死後，當然要回到祖先的靈位在一起，這是自然的法則麼[12]。

而從心理抵禦機制來看，當被殖民者不願盲從殖民者的同化政策時，並清楚感受殖民者透過國家機器運作在個人精神與身體的高壓暴力時，其所產生的反抗殖民意識，往往會

---

[12] 陳千武：《活著回來》，頁80。

透過殖民者在階級身份所劃分的事實上再度強化其異質性。
因此，民族屬性與鄉土認同（包括母語）成為最後的防線，
對林逸平而言，民族屬性的尊嚴是透過母親形象的追溯與血
緣親情上的召喚，鄉土認同則是標示林逸平出身事實的故鄉
之地。前者衍生為林逸平的漢族意識，後者建構出林逸平的
臺灣意識，都是相對於日本帝國對臺灣殖民同化政策下的劃
清身份界線的心理抗衡：

> 想起母親，林逸平為自己的母親覺得驕傲。精通祖國歷
> 史，而不懂日語的母親……「我們是從福建遷移過來的唐
> 山人」，這一句話成為母親的口頭語。「不要氣餒，必須
> 勇敢的面對現實，認清環境，要自尊不要自欺。」……
> 「為日本天皇盡忠報國」……林逸平的雙親也從沒說過那
> 些口號，只是要他維持「唐山人的骨氣」[13]。
> ……
> 林兵長是海一九二三部隊的重機槍手，在部隊的成員
> 裡，本是一粒異質細胞。因為他是「奧郎・福爾摩
> 沙」……很冷靜地觀察著瘋狂而自傲的日本軍隊[14]。
> ……
> 臺灣的縮圖是真的，委員會是形式……日本兵要死前都

---

[13]　陳千武：《活著回來》，頁 14-15。
[14]　陳千武：《活著回來》，頁 240。

喊一聲「天皇陛下萬歲」[15]

　　林逸平的民族意識與臺灣意識是在反抗日本種族優越意識下的一種自我文化、血緣與鄉土的心理認同，但是並未因此發展成中國民族本真論的民族主義思想或臺灣中心本土主義。

　　根據比埃特思和巴域在論述解殖民過程的論點：在反殖民的鬥爭中，解放運動需要以心理解放為前提，被殖民者在反抗殖民者權威時，會在透過回歸自己的歷史、文化意識的各種運動中「解放想像」，以反對殖民意象權威性質目的為主，將殖民者強加在殖民地身上的「匯聚矢向作用」。在這個過程中，被殖民者從殖民主義的他者形象轉換成反殖民的我，而在文化上的反殖民實踐，從民族主義運動型態為訴求，到整合殖民地境內各種文化資源的各種「泛化」運動，並試圖破解殖民者強加在被殖民者的形象，並開始強調自己的種族性或民族性。

　　種族性是作為殖民種族主義的回應，通常很容易因此衍生出本土中心意識，而民族性則會衍生成包容於範圍較廣的文明範疇（civiliztional project）的民族主義。這兩者經常會彼此結合，反映出帝國主義觀念的意象：種族的分類與文明地域的分類配合，會形成另一種有別於過去殖民統治傳統與國家體制的國家意識形態。例如解釋東亞新工業國經濟成

---

[15] 陳千武：《活著回來》，頁 393-394。

就的新儒家倫理思想、美國現代資本主義精神的新教倫理，都再再強調以發展經濟繁榮為名的順民思想與集體忠誠的合理性[16]。而林逸平在脫離日本殖民高壓統治之後，並未依照或融合這兩種進路想像臺灣的未來。這與臺灣當時的歷史處境有極大的關係。

臺灣雖然早在中國的三國時期就已經被知曉，但真正與中國開始建立深遠的聯繫，應該是在明鄭時期，清康熙時期，施琅攻臺，被納入清朝版圖，成為中國行政區域之一部份。清朝延續明鄭在臺灣的開墾政策，繼續經營臺灣，至1894 年中日甲午戰爭失敗，簽訂馬關條約割讓臺灣、澎湖、遼東半島，臺灣方面則電奏北京：「臺灣士民，義不臣倭，願為島國，永載聖清」，並於 1895 年 5 月 25 日成立「臺灣民主國」，公舉唐景崧為總統以示抗臺割日[17]。

因此臺灣在意識上未真能脫離中國而獨立，「臺灣民主國」只是在宗主中國意識之下反對割臺的權宜之計，最後也只能屈辱接受日本殖民統治的事實，這使得日人在接收臺灣時因臺人抗日而使用軍隊武力血腥鎮壓[18]。之後的日據時代，日人對臺人種種殖民政策，包括高壓政治統治、經濟資源侵略與種族隔離下的日式教育⋯⋯等等，使得日人在臺灣推動的近現代建設，被包覆在帝國殖民的意志下執行。

---

[16] 香港嶺南學院翻譯系暨文化／社會研究譯叢編委會：《解殖與民族主義》，香港：牛津出版社，1998 年，頁 109-111。
[17] 戚嘉林：《臺灣史》，臺北：自立晚報出版社，1989 年，頁 146-148。
[18] 例如三角湧大屠殺、西螺大屠殺、臺南大屠殺、雲林大屠殺⋯⋯，戚嘉林：《臺灣史》，頁 148-161。

而隨之衍生的新市鎮與都市生活秩序，使得接受日式教育的市鎮知識份子逐漸習慣於日式生活文化，包括這之中市鎮與都市文明所隱藏其中的理性抽象思維，如時間、空間感知結構、市場交易與法律觀念……等，逐漸開始與臺灣傳統農村生活形成兩種世界的斷裂。這也使得臺灣無法在一種近現代國家體制與精神意識上平衡發展，而處於一種又殖民、又封建的社會結構下，接觸到近現代文明。

日人與臺人之間的不平等，除了日臺人社會階級的刻意區分外，還包括文化上日人帶來的文明進步與臺灣傳統農村的愚昧落後之外的比較意識。日本殖民臺灣的複雜，並不只在於地理資源上的經濟侵略，還同時利用西方現代文明理性與抽象思維一點一滴切斷臺灣與母國（中國）傳統文化關聯，將傳統農村中的愚昧落後與未開化因子意象等同於支那，並根據馬關條約的正當性視臺灣人為清國奴，並透過血緣純粹理論下的歧視政策，讓日本大和民族與臺灣漢民族形成社會身份與文化意識上的階級意識：大和民族是優秀進步、支那民族的臺灣人是卑劣落後。皇民化則是鼓吹這種思維的極致政策。

但根據林逸平在日本投降後擔任日軍翻譯與「祖國」（國民黨政府所代表的中國）代表溫先生的接觸，顯然林逸平因深深瞭解日本殖民的種族壓迫而並未在兩種身份認同上形成矛盾：

我們臺灣人被日本人管了五十年……溫先生的臉上顯出

一種戰勝國家的自豪與欣悅。他寬大的胸襟，使林兵長感到敬佩。林兵長每次想到自己誕生在被殖民的島上，島民有如失去了父母愛底孤兒的境遇，覺得無上的悲哀與寂寞感。沒有主權的一個小島的住民，很容易被出賣，還需要替逞強者犧牲生命，這是一種弱小民族的悲哀；而為了抵抗這種命運，就想更深固地紮根於自己的土地上，可是也因此越把根紮緊，越有強烈的哀迫與悲哀產生。……他是持著異種族心理矛盾的抵抗，受到日本人的歧視生活過來的。……但民族的精神沒有麻木[19]。

然而，這是就林逸平的回憶而言，具有某種程度的歷史真實，顯示臺灣國族的觀念並未出現，而只是初具在地性身份與實質故鄉認知的「臺灣意識」。因此，相對於日本民族的殖民壓迫，林逸平從「唐山人」血緣溯源與維持其精神作為對抗異族的心理機制，而日本戰敗由戰勝國中國接收，就如同中日甲午戰爭日本因戰勝取得臺灣之運作一樣，臺灣尚

---

[19] 陳千武：《活著回來》，頁 265-266，而另一個例子，林逸平與印度尼西亞獨立軍士官的對話，曾論及印尼獨立與自己的祖國認知，他說：「我住在臺灣，是臺灣人，和這裡的華僑一樣，不是日本人。臺灣曾經是日本的殖民地，受過日本統治五十年；你知道嗎，你們印度尼西亞受過日本統治五年，從被殖民的五十年和五年類似的情況來說，你我該稱兄道弟，而你是弟弟。你們國家要獨立，我以哥哥立場，很高興聲援你們獨立。我要和你一起喊『默迪卡！』印度尼西亞默迪卡！蘇哈諾默迪卡……」然當獨立軍士官問他福爾摩沙是否也要獨立時，林逸平一瞬躊躇了再說：「福爾摩沙被殖民五十年，神經都麻木了，不像你們這麼年輕鬧獨立，在我的故鄉，兄弟們都為了回歸祖國而興奮著呢……」……「中國，你知道嗎。跟這裡的華僑一樣的祖國。」，頁 298。

未產生民族國家的主體意識。

　　因此，對於臺灣主權由日本移交中國，在民族立場上則是從異族（大和民族）回歸於到同一血緣的漢族。在這個歷史進程中，國民黨的中國政權並非是接替日本的殖民者，而是以「祖國」身份合理收回臺灣，臺灣對中國的關係仍未進入彼埃特思與巴域所說的反殖民鬥爭階段。這是從回憶錄真實歷史角度的解釋。

　　但真正令人感興趣的是，《活著回來》中的寫作年代集中於 1976-1983 年。當時臺灣剛經歷臺灣鄉土文學論爭，而之後在社會所演變的中國結與臺灣結糾葛，必須追溯至國民黨自大陸國共戰爭失敗後撤居來臺。臺灣在被視為反共復國大業的基地前提下，為鞏固正統中國政權，不惜以專權高壓統治貫徹在臺一黨專政。為剷除臺灣在五十年日治殖民時期同化主義政策下的「日本性」，全方位運作國家機器，推動臺灣在國民黨右翼政權系統下的中國國族意識形態。將所有左翼社會思想等同於叛亂竊國的共產黨同路人，徹底切斷臺灣的左翼文化論述與社會實踐。

　　而在接收臺灣時期發生的二二八族群（外省／本省）衝突危機，與之後不分族群以剷除異己者為主的白色恐怖，並透過所有意識形態國家機器與國家制度，建構右翼系統下正統中國（包括政治主體與文化主體）圖騰。在政治權力的運作邏輯與執行手段，均假借憲法之名以施行一人獨裁意志和國家機制暴力，與日據時期日本殖民政權任意扭曲法律之公平正義與同化政策如出一轍。因此，國民黨獨裁專制政權下

的右翼中國形塑過程，儼然如同日本殖民臺灣時期的同化政策。

　　就彼埃特思與巴域文化解殖理論發展論述，文化上的反殖民鬥爭，總會預期著政治的解殖，並為此開路；而在政治的解殖過程中，亦朝向獨立之路，並與多種不同反帝國主義意象結合。以非洲為例：民族主義、社會主義、泛非洲主義將集中一起，重新探討非洲人的真正本質──非洲民族本真論（African authenicity），而其中「尼格魯種性」（Negritude）是對殖民種族主義的回應。泛非洲主義則是結合區域性的政治團結運動與霸權統識運動中。前者以「種族」分類，後者與文明地域分類配合，同樣反映了帝國主義觀念的意象而轉向政治運動[20]。

　　但臺灣在反國民黨政府的官方論述同時，卻朝向分裂為第三世界社會主義立場與臺灣本土主義意識兩種路線發展。前者以回歸中國（左翼系統詮釋的中國）民族主義作為左翼文學論述，以陳映真代表；而後者則傾向以臺灣本土主義朝向獨立建國的政治動員，以葉石濤為代表。兩人的差異表現在對鄉土概念的不同認知，陳映真傾向於民族取向，認為臺灣是中國鄉土歷史的一部份，強調不分離主義下的中國民族性；而葉石濤則朝往土地取向，認為臺灣有別於大陸，應該建立臺灣本土特色。

---

[20] 香港嶺南學院翻譯系暨文化／社會研究譯叢編委會：《解殖與民族主義》，頁 111-114。

在八○、九○年代之後就一直與臺灣政治本土路線結合，逐漸演化為新一波去中國化的官方國族主義，臺灣民族國家的觀念於焉開始形成。因此，就這個現實寫作脈絡來說，陳千武先生《活著回來》中的反殖民思想運作，顯然未在現實意識與記憶歷史之中受到任何現實政治立場的干擾，做出反歷史的選擇性記憶詮釋，而是試圖以人道主義關懷，來作為其觀照「臺灣志願兵」這個特殊身份在日本殖民時代的歷史處境與歷史詮釋。這雖將使其超越政治反殖民意識上的中國民族本真論的民族主義思想或臺灣種性意識下的本土主義，但諷刺的是，殖民地人民的受殖意識卻讓這種原本只是認同人性純善的人道主義變得複雜起來。而當權力與身份交相置換其位置時，現代殖民主義對於殖民地知識份子的反殖民心理機制不可避免地產生了一種同質化世界觀的邏輯運作，形成了既是反殖民、又是自內殖民的雙重言說位置。

三、《活著回來》的殖民言說與反殖民控訴

卡謬（Albert Camus）曾這樣說過：「通過一場我們這個時代才有，而且耐人尋味的位置轉換，純真竟被召喚，要為自己答辯。」（"Through a curious transposition to our times, it is innocent that is called upon to justify itself."）蘭迪（Ashis Nandy）引用卡謬這句話，在於說明殖民主義對於殖民地所產生的心理影響與內在聯繫。他指出，現代殖民

主義之所以能大獲全勝，主要不是靠船堅炮利和科技卓越，而是殖民者為殖民地創造出與當地傳統秩序截然兩樣的世俗等級制度。相對於傳統中的封建階級劃分，近現代化社會結構所標榜的新秩序與近現代批判意識所講求的理性精神，無疑為社會中所有個體提供一個更具普遍意義的公平正義世界。

這個世界觀，將傳統中所建構的文明結構毀滅，取而代之的是對於現代優越性的模仿學習。最先，是透過西方中產階級傳教士、自由派、摩登份子、科學平等進步的信仰者的傳播，以一種粗糙的種族主義優越意識來開化這些野蠻人。面臨失敗後，接踵而來的是第二種殖民形式，這種殖民形式使得第三世界國家至少六代人民，被教導這是他們獲得解放的先決條件。這種殖民主義不單控制人們身體，還佔領人們的思想，它把被殖民社會力量釋放出來，徹底改變他們的文化（價值）優次列序。在這個過程中，它把現代西方的概念，從地理與時空上的實體，轉化成優越於傳統的心理層次[21]。

二〇年代臺灣新知識份子的啟蒙運動，和蘭迪所指稱的第二次殖民形式有極相似之處。啟蒙的意義在於除去傳統之中的黑暗愚昧，但卻也因此面臨將傳統封建階級轉換為現代思想階級的意義鬥爭，形成傳統與現代之間跨越連結的過程中，產生不可避免的對立斷裂與矛盾心理：文明與野蠻、進

---

[21] 香港嶺南學院翻譯系暨文化／社會研究譯叢編委會：《解殖與民族主義》，頁 89-90。

步與落後、開明與蒙昧、時代先知與愚昧群眾。這使得二〇年代之後的臺灣新知識份子無可避免以這種現代文明意識省視自我或他者的心理結構，造成新知識份子在文化意識上同時面臨殖民者與被殖者的雙重位置（double entender）。

　　也就是說，新知識份子變成殖民者在文明進步意識殖民形式上的共犯結構之一，但另一方面，新知識份子又是受害者的同胞盟友，擁有血緣意識上的共通情感。這種雙重位置的矛盾性，使其介處於理性進步上優越判斷與共通血緣上理解同情的心理結構中，既非能變成真正殖民者，又非是無辜的被殖者，尋找兩者之間既非關理性也非關情感的共通性，或許成為一種無意識解決下的可能出口。因此，正如卡謬所洞悉，人性的回歸，將使純真被召喚，為自己辯答。《活著回來》中的林逸平，正提供了這種因位置轉換後的反殖民與自內殖民矛盾心理結構例證。

　　陳千武先生在《活著回來》中所呈現的殖民結構，反映在「臺灣特別志願兵」的身份上，就種族而言，林逸平來自「奧郎・福爾摩沙的唐山福佬人（漢族系統）」，呈現了他對理性鄉土與族群血緣意識的雙向認同。相對於日本大和民族與南洋土著，臺灣本島人與南洋土著一樣，都是日本殖民侵略政策種族歧視中的被殖民者；就階級而言，到了皇民政策時期，他躍升變成了沒有權利、只需盡義務的次等國民，而成為日本軍隊制度底下的「臺灣特別志願兵」，並不和日本兵享有相同待遇；但對於南洋土著來說，卻是同屬為「頭安」的日本軍人，享有管理與控制南洋土著的權力。

　　在這個雙重的言說位置，林逸平都同樣清楚地感受到──既是日本掠奪南洋土著中的統治者、又是被日本殖民的臺灣本島人的矛盾性。因此，因太平洋戰役而遊走這兩種身份之中的他，既可能變成像日本小林兵長那樣只會欺侮弱小民族的同謀者，又可能變成像謝蜀般只會盲從日本殖民政策的愚昧者或是潛藏種性自卑情結的否定者。但林逸平都未曾如此，他選擇以一種相當自覺的純潔之心面對[22]。林逸平的純潔之心，與蘭迪引心理學家羅洛梅所說的「真誠的純真」不盡相同卻有類似之處。這種純真擁有孩童稚氣的一面，但卻不失洞察邪惡時鞭辟入裡，及其與邪惡「同謀」的一面[23]。

　　蘭迪認為，殖民帝國對殖民地的影響與殖民地後來的反抗，其實存屬於一體兩面的關係，殖民地將西方文明理性制度帶進殖民地中，對殖民地知識份子的心智運作產生深遠影響，殖民地的知識份子利用自己從西方學習來的進步思維與修辭，去抵抗殖民帝國主義下影響所及的社會文化；但是在這過程中，又因此用同樣於西方帝國殖民主義的邏輯建構了一個「官方樣板」的非西方（民族國家），並利用原先帝國殖民的外壓事實，衍生出延續性的統治合法化，而要打擊這種殖民主義下所產製的自內殖民影響，就是這種真誠的純真。這種真誠的純真與林逸平所堅持的純潔之心的相似之

---

[22] 在回憶之中，林逸平與京子的告別話裡，曾特別提及「想保有我自己身心的純潔，不要因為出征去參戰而被污染」，而在戰死與否的預測中，「誓以保持自己的純潔，不論死或活，都要以純潔貫徹崇高理想的林逸平」，不言而喻了純潔之於林逸平的重要性。《活著回來》，頁 61、66。

[23] 《解殖與民族主義》，頁 93。

處，就是在於將反殖民與自內殖民矛盾心理結構避免掉入再一次殖民複製的權力運作。

首先從修辭背後的意識形態來看，《活著回來》中，林逸平進入南洋地區，初次接觸到南洋土著（帝汶島）時的修辭是：

> 一群帝汶島的土民經過我們隊伍的旁邊去。**我嗅到另一種人種的怪異的體臭。**天已亮了。光亮使我們站在南回歸線上的密林裡，重新發現自己的存在。而在此地，又有另一種人活著，同樣具有情感可以親近的人類[24]。

從「我嗅到另一種人種的怪異的體臭」到「同樣具有情感可以親近的人類」，突顯了兩種不同意識形態上的修辭。前者透過感官修辭，提點出文明意識下將原始土民對立於「另一種人種」，並以嗅覺的抽象與無所不在，暗示出「我」的主體性意識到「他者」的客體位置，正體現殖民者與被殖民者的權力結構位置；但後者卻又復回於一種基有純真性質的心理修辭，將其觀察到的客體賦予人類共通情感下的主體生存價值[25]。

---

[24] 陳千武：《活著回來》，頁 51。

[25] 同樣的兩種修辭，幾乎成為林逸平對待帝汶島土著的主要基調，一方面以文明者的眼光介入帝汶島土民，以一種客觀修辭方式描述他們的形貌樣子：「林上等兵自從來到帝汶島，頭一次就近看到現地土人，不論男女，他們的褐色皮膚被陽光曬黑亮著。男人只穿一條丁字褲，包著重要且最難看的地方；女人穿短短的沙龍裙圍在腰部，大腿下和肚臍上都自然裸露著，而大部分的女人的乳房都下垂著，很難看。更難看的是，不論男女，

　　這兩種看似矛盾卻又並存的修辭現象，正說明林逸平在反抗日本殖民的同時，無可避免將這種文明意識自內殖民的心理認知，加諸於南洋土著身上，而在日本殖民統治印尼實施開墾計劃時，他更是因隸屬日本軍制之下，而使其成為執行殖民者權力結構的共犯者。在這個過程中，他被指派去監督土著工作，但只聽國王命令沒有法律約束觀念的土著，常有曠工情形發生，身為統治代表的他，必須與當地殖民為政者一起處罰這些逃跑土著，他的矛盾在於：既不願這些土著被視為犯人一樣看待，卻又下意識與當地殖民為政者如出一轍，以殖民者支配被殖者的本質論判準，投注在土著身上：

　　蹲在地上的土人們，都仰望林兵長，從他們的眼神能察覺愚笨、頑劣、懶惰的本性。耶洛達應該瞭解這樣頑愚的劣根性，必須怎樣處罰。

　　……

　　林兵長拿起耶洛達送給他的藤條，命令蹲著的土人一個個依序站起來，向褐色的土人背脊揮起藤條鞭打下去，雖然林兵長不願用大力量鞭打，但藤條的彈性打在皮肉的背脊，造成一條條蚯蚓型的傷痕……打、打，為了改

嘴裡含著檳榔，嘴唇紅虹地突出，很不衛生的感覺。原始的生活，以裸體表現野性的自由奔放，染有野獸的體臭，發散著一種難聞的味道。士兵們初聞到這種體臭，都差一點嘔吐，只一直忍耐著。」（《活著回來》，頁176）；另一方面，又突顯他們遠離文明與自然共存的天真善良：「帝汶島是個原始的島嶼；島上的住民過活，還停留在原始游牧的階段，距離文明的社會，隔著一段很長的人類進化的歷史。他們跟自然的永恆，共享了生與死、自由與純樸，和文明社會的生活不同。」（頁97）

正個人頑愚的劣根性，林兵長不停地一個個繼續打下去
……

二十三個人跪在地上，有的人垂頭喪氣，有的哭着，顯
出劣等人的諂媚姿態和無可形容的可憐相。耶洛達和蘇
利諾和蘇達兒們，好像也厭惡自己的同胞持有頑愚的劣
根性，很生氣地睥睨他們[26]。

即使如此，這樣的認知態度並不是林兵長的本性，而是
因為當下被迫隸屬於日本部隊中的一份子，必須執行部隊命
令。兵長的軍階身份使他不得因命令暫時置身於殖民者的權
力共犯結構之中，但是也正如之前論述所提及「真誠的純
真」與林逸平所堅持的純潔之心的相似之處，就是在於將反
殖民與自內殖民矛盾心理結構避免掉入再一次殖民複製的權
力運作。因此，林兵長的「臺灣志願兵」身份的雙重位置，
將使他不會成為真正的異族殖民者或與殖民者掛勾的同族統
治者，他會不斷逆轉至與南洋土著一樣被日本殖民統治的位
置，而純真總是不時被召喚著。誓在戰爭中保有純潔之心的
他，終必讓他以同情弱小民族的人道主義，回歸至人性之愛
的共通意識中，以這種心情活下去：

林兵長……看到土人們幾乎都留了眼淚，想挽留他的意
志那麼強，不無覺得心酸了。的確他是部隊的一份子，
一部機械裡的一個小零件，必須跟著機器，離開這個未

---

[26] 陳千武：《活著回來》，頁 215。

開化的殖民地，到別一個殖民地去。最後，他還是希望回到早被殖民著的故鄉，想繼續活下去。……[27]

從反殖民到自內殖民到真誠的純真，正如林逸平所預言：「我這一份生命，會忍得住戰火的悲劇，迎接和平與愛的光明時代」。對日本帝國殖民臺灣的反殖民思想與臺灣新知識份子所啟蒙的理性思維，讓他清楚看到皇民化政策的荒謬，但未曾讓他因被殖民的痛而作用成民族間的仇恨意識，即使在所難免經驗殖民主義對於殖民地知識份子所產生的自內殖民心理影響與內在聯繫，也終究是以一種雙重位置的修辭言說，透過回憶的真實性再次親證那已經逝去且少為人理解的歷史現場，既一面為日本帝國殖民主義的罪孽提供了不能遺忘見證，也一面為後人提點出一條可能走出再現歷史悲情後的光明未來。

---

[27] 陳千武：《活著回來》，頁 235-236。

第二篇　客家身份之於解嚴後的解殖書寫意義

鍾肇政《怒濤》中「客家的臺灣人」的歷史主體意識

　　我們堅信客家人亦為臺灣的主人，我們願意立足於我們這塊大地上，為尋回我們族群的尊嚴，也為爭取我們族群的權益而努力。

　　——鍾肇政〈發揮硬頸本色——臺灣客協二周年慶獻．會長的話〉

一、前言：從《臺灣人三部曲》到《怒濤》

　　《臺灣人三部曲》是鍾肇政相當重要的大河小說，以陸家人在臺灣的發展為主軸，並透過陸家的興衰起迭，見證臺灣在各個殖民階段所歷經的社會與歷史——從十三世祖榮邦公自原鄉廣東長樂縣渡臺開基，一百多年後至（曾祖父）天貴公來到海山堡大河邊內柵地方開墾，成為九座寮庄的大地主，陸家在此正式落地生根——其子孫從信字輩、仁字輩、綱字輩、維字輩、志字輩，在時代驟變的巨輪之下，每一世代都有其與臺灣總體命運相連相繫的可歌可泣故事。

　　第一部曲《沉淪》以信海老人為中心的陸家人，在甲午戰爭清廷被迫割讓臺灣給日本後，頓然從清廷帝國屬地的漢族的臺灣人，轉變為日本統治版圖之下的臺灣住民。陸家子弟以仁勇為核心、加上綱字輩子姪紛紛投入保家衛鄉的抗日義勇軍行列。

　　到了第二部曲《滄冥行》時，陸家因參與抗日活動而遭田地沒收而家道中落；日本以現代化與殖民制度全面統治臺灣，臺灣結束武力抗日，轉以知識份子的議會請願與文化抗日方式。敘述重心也漸次以維字輩等人身上──維棟是臺灣第一批接受日本國語教育的高等知識份子；維樑則是透過自學苦讀，接受新時代多元化洗禮的現代青年。

　　第三部《插天山之歌》則是透過志字輩子孫志驤的眼光，以個體之姿展現臺灣青年在日本高度殖民統治與戰備時期、以至戰爭結束的調適回應（祖國）能力。《怒濤》在人物的設計，延續第三部的陸家志字輩子孫，在時代背景的書寫上，則專注放在「日本戰敗」之後的「歷史如何真實回應」臺灣人重返祖國的嚮往期待。因此，《怒濤》可以說是第三部《插天山之歌》留下盼望之歌的後續發展，也是繼《臺灣人三部曲》之後的臺灣人最終曲。

　　與《臺灣人三部曲》相同的是，陸家子孫在「怒濤」的大時代中，繼續勇敢地見證臺灣歷史命運、並與之同起同落；不同的是，《怒濤》此次中、讓陸家子孫所艱困面對的歷史風浪，不只是比過去還嚴峻，也讓陸家子孫在凋零殞落過程，不再只是帶著繼承先祖與希望的家族傳統精神，而是

開始轉向反思歷史以走出世代認同之路的可能性。這個可能性展現出鍾肇政對歷史思維的思考痕跡，已從過去轉向未來，關鍵在於「現在」。

　　也就是說，《怒濤》的書寫歷史主體不再延續《臺灣人三部曲》中如何將過去以延續到現在的精神意識，反而逆轉性地只專注於「現在」發生了什麼。「現在」之於《怒濤》來說，並不是一個簡單的問題，而是具有多層次歷史意識的敘述複雜性：首先，就小說敘述來說，陸家志字輩子孫所經歷的驚濤駭浪是臺灣回歸祖國後在線性時序中所一一揭露的「祖國真相」——特別是「二二八」事件對臺灣知識精英份子所帶出的衝擊與選擇；陸家志字輩孫在小說不管是主動或被動所接受的歷史命運，作為小說敘述自身所帶出的家國寓言，又指涉臺灣主體發展在真實歷史敘述中的未來決志動向；而這兩者對於小說創作者鍾肇政的歷史時間意識來說，都不屬於虛構層次，同樣建構在個人絕對真實經驗的生命歷程中。

　　因此，從前述《怒濤》所展現的多層次歷史意識觀點來看，《怒濤》本身所指涉臺灣知識份子與家國命運的寓言性，可以從下列幾個向度來觀察：一、《怒濤》「現在的時空性」的小說敘述、與作者在創作過程「從當下回到過去」之間的對話辯證性為何？二、相較於鍾肇政始終如一的客家身份認同來說，小說敘述的「當下」歷史時序所發生的客觀性，以及就作者歷史時間意識的當下，從現在所回到的過去，在這兩者之間產生的對話張力，對於思考臺灣歷史主體

發展的建構性為何？三、《怒濤》的多層次歷史意識敘述，展演出歷史不再只是發生過的事實，而是事過境遷之後以現在凝視過去的見證，這個見證對於臺灣歷史主體意識的建立有何可能的啟發意義？

這些向度都指向《怒濤》不再只是從想像過去的思維角度來延續歷史線性時序發展中對過去的肯定，而是悄然地將作者自身的當下帶入過去發生了什麼事的反思。換句話說，《怒濤》所呈現「專注現在」的書寫特質，對小說敘述來說，作者隱藏在小說敘述背後的當下書寫存有時間意識，是一個（相對於小說客觀敘述時間）來自未來的凝視；這個特殊性使得小說歷史敘述的「現在」與作者生命歷史敘述的「當下」隱藏了一種存有式的辯證結構[1]。本篇希望能從這個存有式的辯證結構出發，探討「客家身份」認同在《怒濤》的書寫意義，以及對於作為建構臺灣主體的一種進路的未來啟發性。

二、《插天山之歌》與《怒濤》中的歷史書寫與「客家身份」認同

《插天山之歌》是鍾肇政《臺灣人三部曲》的第三部

---

[1] 本篇的存有概念來自於海德格，並受到《存有與時間》中，海德格以「存在者的時間性」提問現象與人之存有的本質關係啟發，而認為小說與作者之間的敘述存有一種存有的辯證關係。

曲，《怒濤》可以視為是《插天山之歌》之後的歷史後續發
展作品。對於臺灣知識份子而言，從《插天山之歌》到《怒
濤》，正是從日本殖民統治後期跨越到接受祖國統治初期的
歷史轉型期——以祖國的（國民黨）國民政府為中介點。
《插天山之歌》以一個從日本銜命回來宣揚抗日卻不得不亡
命在深山的知識份子志驤為敘述重心，而《怒濤》則擴大到
志駸、志麟、志鈞、志麒等志字輩堂兄弟等多元知識份子背
景，以一種接近平行的書寫視野，娓娓道出臺灣知識份子在
日本殖民政府與（國民黨）國民政府兩種國體之下的「國民
接受與轉換」、以及不同脈絡之知識份子如何面對與決志的
身心經歷。

　　因此，《插天山之歌》與《怒濤》的歷史連貫性，可以
「回歸祖國」為中介點，前後對照出臺灣在日本殖民統治末
期與回歸祖國統治初期的時代背景。但是，鍾肇政在處理這
兩部作品卻使用了相當不同的敘述視野，而這兩種不同的敘
述視野所對照的世界觀，弔詭地呈現出兩種強烈的對比性：
《插天山之歌》的個體知識份子（被迫選擇）的自我生命回
歸的消極性，以及《怒濤》的集體知識份子（必須共同面
對）的歷史命運的積極性。這是就故事情節本身所提供的客
觀性的小說敘述而言。

　　然而，有趣的是，鍾肇政對於這兩部小說之所以為何採
取不同敘述視野，卻從創作者身份提出他個人所面對的「當
下」的創作情境。鍾肇政的現身說法，直接為小說情節為何
如此安排與發展的客觀敘述性，提供了一個可資對照的作者

立場的意識敘述觀點，而這個意識敘述觀點在鍾肇政的創作脈絡中，是連結於他個人在所處時代氛圍的「當下」。創作現實中的「當下」歷史意識或以介入或以潛入驅動小說情節敘述，以至故事的完形。以這個切入觀點再回到《插天山之歌》或是《怒濤》，我們會發現這兩部作品具有一種共通的特殊性——即：小說中歷史敘述與作者當下歷史敘述互為一體兩面的存有結構。這個特殊的存有結構形成《插天山之歌》與《怒濤》中各自可相互參照的主—客觀歷史書寫系統。值得留意的是，《插天山之歌》的政治流亡的知識份子個體情境與《怒濤》的祖國回歸的知識份子集體敘述的強烈對比世界觀，鍾肇政在〈後記〉所留下的這兩部作品的「當下」創作現實情境，以及現實與小說敘述始終如一的客家身份，也耐人尋味。

在《插天山之歌》的〈後記〉中，鍾肇政曾自剖處理《臺灣人三部曲》題材與內容時所碰到的種種難處。除了處處不能碰的歷史禁忌之外，最艱難的地方莫過於當時無所不在的高壓政治空氣：

> 過了五年，忽然聽到有某刊奉命不能刊載我的文章之說，心中大起恐慌，想到這是出於某種誤會，極須澄清，乃決定寫一長篇在中央副刊發表，以證實個人絕不會有問題。匆促間，我就起筆寫《插天山之歌》，背景即放在戰時末期，恰與預定中的第三部雷同，心中只好下決心，就以這部書為第三部吧。記得當時，心中有所

恐懼，而且諸多資料又無法處理，作此決定雖是不得已，但心中痛苦，實在也是夠強烈，且是無可如何的。……尤其第三部，實在難免率爾操觚之譏。然而，如今悔恨已無補於事。修正工作進行到這第三部時，雖然屢屢生起重寫此部的念頭。也恨時光不能倒流，讓我從頭做起，但一切都遲了。……

第三部《插天山之歌》寫於民國六十二年、三年之間……[2]

　　民國六十二、三年間仍在反共戒嚴時期，作家不能自由處理政治與歷史議題，但身為作家又必須忠於自己的創作。如果從這個前提為理解角度，不難想像男主角的「抗日」勢必在不能觸犯當局禁忌、又要符合臺灣殖民日治末期歷史背景之下進行。也就是說，鍾肇政創作《插天山之歌》的「當下」所存在的反共戒嚴的限制，迫使作家不得書寫任何臺灣左翼歷史，但又必須能對應臺灣日治殖民末期的歷史背景；這意味著小說中的知識份子被限制在只能抗日、而不能有任何溢出當時國民黨政府立場之外的政治脈絡背景。因此，留日且參加抗日秘密組織且模糊秘密組織的政治立場的知識青年，確實是一個比較可以兼顧兩者、且為當局所接受的合理處理方式。

---

[2]　鍾肇政：〈後記〉，收錄於《臺灣人三部曲下》，桃園縣立文化中心，1999年。

　　值得玩味的是，小說敍述的情節自始至終就是處在一種「奉命抗日」與「不斷流亡」的矛盾張力中。這個矛盾張力也引發臺灣文壇與評論界的兩極評價討論[3]，李喬認為鍾肇政創造了一個寓言，將志驤的逃亡視為一種從政治立場回歸生命自然的自我成長的追尋過程。李喬的「啟蒙寓言」觀點相當值得注意，也側面點出《插天山之歌》以一個遭受殖民統治迫害、有生命危險的臺灣知識份子流亡於自己土地為故事主題，但實際隱藏了一個嚴肅的提問：臺灣知識份子是否可將追尋自我個體作為臺灣追尋歷史主體的一個進路？志驤被迫自我放逐山林、成為道道地地的農人的故事結局，不管從個體性或歷史性角度來看，都變得相當曖昧起來。

　　首先，從個體性而言，志驤放棄政治回歸山林，顯示志驤個人的臺灣認同是原始自然的土地概念，再來，志驤之所以能心安理得地接受認知轉變，與一位客家理想典型女性奔妹有很大的關係。不只是在私人的男女情感領域上，奔妹真正聯繫志驤、而使志驤發生從知識份子轉向農人身份認同的關鍵，與奔妹本身作為傳統客家女性承擔家庭、堅貞執著、純真勤樸的特質，息息相關。雖然客家身份並不是推動情節發展的重要線索，但作為整個故事無所不在的背景，點出志驤早已熟稔於心、慣習於身的客家族群生活、文化、歷史氛

---

[3]　彭瑞金即指出林梵與李喬在《臺灣三部曲》對談紀錄中呈現完全不同的意見。彭瑞金：〈《插天山之歌》背後的臺灣小說書寫現象探索〉，收錄於陳萬益主編：《大河之歌——鍾肇政文學國際學術會議論文集》，桃園縣政府文化局，2003年，頁221-225。

圍，才是他真正的意識核心。

　　從歷史性而言，《臺灣人三部曲》是鍾肇政一直孜孜在念的「一部五十年臺灣淪日史，也就是臺灣抗日史」。陸家子孫這一路走來，總是不出族群與土地的意識之外。《插天山之歌》中被迫逃亡的自我放逐，讓志驤回歸自然山林，李喬認為鍾肇政創造了一個生命啟蒙寓言；但貫穿三部曲，從擁有客家身份的青年知識份子如何挺身保鄉衛土，到理解同情農民處境而組織農民，到流亡後與土地形成緊密的生活連結關係。鍾肇政是否以一種青春自我的隱晦、去政治的方式，想像臺灣左翼知識份子的農民路線[4]？

　　「啟蒙」就是脫離自己所處的不成熟狀態，開始以理性態度面對自己或他人，而不成熟狀態就是不經別人的引導，就對運用自己的理智無能為力。小說中，志驤回歸個體、回歸自然生命的「啟蒙」的客觀敘述，事實上，也極有可能是作者鍾肇政個人面對當下扭曲創作環境的個人心境的投射。志驤在日本殖民統治被監控下的逃亡，與鍾肇政在國民黨政府言論管制的風聲鶴唳的膽戰，構成小說敘述中的志驤的客觀歷史與小說意表之外的作者主觀歷史敘述。然而不管對小說人物的志驤或真實人物的鍾肇政來說，不管所面對的歷史環境是什麼，兩者所共通的客家身份，以及優游其中而無意識發散的篤定敘述質感，似乎為作為《插天山之歌》續曲的

---

[4]　彭瑞金從「農民生存史」的角度注意到《插天山之歌》的以知識份子喚起農民覺醒的特殊創作敘述，反而無心插了柳柳成蔭地形成完整又美好的結局。陳萬益主編：《大河之歌——鍾肇政文學國際學術會議論文集》，頁 233。

《怒濤》，打開一個認識自我、也認識世界的可能性。

　　《怒濤》成書時代已脫離白色恐怖餘續氛圍與戒嚴令下的噤若寒蟬情境，鍾肇政一反《臺灣三部曲》中若隱若現的浪漫想像敘述調性，開始轉向 1945-1949 年的臺灣究竟發生了什麼事的寫實敘述調性，冷靜地細細道來。小說一開始就以被遣送返臺的「難民」[5]多元背景與平行的混雜（hybrid）語言的對話形式，揭開那個時代的序曲。鍾肇政在這段序曲中，藉著眾人沸沸揚揚對「叛徒」姜勻的批評討論，以及陸志鈞對此類「支那人」的不齒態度，讓我們清楚看到「臺灣的客家人」與「否認臺灣客家的支那人」兩種強烈對比[6]。而姜勻在船上對同鄉的略施小惠，更是引出眾人對日本殖民與「祖國」回歸之間可以等同視之的「統治謊言」：

　　　　同舟共濟？患難與共？熟悉的說法，但許多人都知道這
　　　　種說法的意思，無非是美麗的謊言，或者經過包裝的某
　　　　種企圖，尤其在這些歷盡艱辛的劫後餘生的人們更是心

---

[5] 「他們是即將被遣送返臺的一般人民，有被日軍強征而來的軍夫、志願兵、特志看護婦、通譯、農業挺身隊……顯示終戰以來一年多的他們的艱辛困頓與狼狽」鍾肇政：《怒濤》，桃園縣立文化中心，2000 年，頁 234。

[6] 梅縣指的是廣東省梅縣，是中國大陸地區的客家縣。姜勻謊稱梅縣人之所以遭到眾人的不齒，是因為他「是不折不扣的番薯，而且是我們客家的。可是他一直謊稱是梅縣人。好卑鄙的傢伙。……他隱瞞身份，自稱是梅縣人。他不是返鄉，他只是要到臺灣去看看。他連自己的老婆都瞞著……他是不折不扣的，而且是狡猾的三角仔。這些說法在傳開的當口，那個姓姜的人就成了個沒有資格回歸故里的敗類。」這些評價式的敘述說明眾人在各自的「祖國」經驗已具有來自「臺灣的客家人」的類原鄉意識。鍾肇政：《怒濤》，頁 237-238。

裡有數。真的，他們聽得太多了。什麼膺懲暴戾的支那，打倒蔣政權，然後是八紘一宇、建設大東亞新秩序等等，這是終戰前他們經常被灌輸的想法。然後，終戰像條清清楚楚的界線，把終戰前與終戰後畫開，換來的是世界四強之一啦，建設新中國啦，還有臺灣光復，重歸祖國懷抱，建設三民主義模範省等等……那麼遙遠的口號不住地響在耳畔，顯現在眼前——白紙上的鉛字。多麼美妙的前景！但是現實卻是殘忍的。他們只知道在舊秩序崩潰後迫在眼前的嚴厲事實：逃難、流浪、威脅、危險，外加飢寒……

……

只要返抵故鄉[7]。

　　這段情節敘述以既是「寓言」又是「預言」的象徵書寫，為我們揭開鍾肇政在《怒濤》中以「事過境遷後重回現場」的歷史記憶的曲折心路歷程。正如鍾肇政所言，戰後初期國民黨政府的統治模式與所引發的二二八事件，一直被壓抑在私人的青春歲月的真實記憶中，不得言說；一直要等到 1987 年解嚴後，才能在《怒濤》直面這段姍姍來遲的見證。鍾肇政在〈後記〉肺腑真言地提及：

　　——我確實乘著倒轉過來的時光之流回到往昔的日子，

---

[7] 鍾肇政：《怒濤》，頁 240-241。

那四十六年前的日子，那四十六年前的年代。

那也是我寫本書的最大目的。我是多麼希望能夠在筆下重現那個時代，以及那個時代的臺灣人，尤其是年輕的一代。說出來，真是個婆婆媽媽的，不過我仍然忍不住說，我就曾經是那個年代的年輕人之一啊⋯⋯

⋯⋯

然後某一天，我又忽然覺得可以寫了⋯⋯

那是一九九〇秋冬之際吧⋯⋯次年（一九九一）的五二〇起，我還頻頻陪著兩個會的同仁們上街頭嘶喊抗爭口號⋯⋯

《怒濤》小說敘述中的歷史記憶書寫與〈後記〉敘述當下書寫的歷史記憶交相對照[8]，可以看到《怒濤》之所以能以更貼近歷史「事實—真相」的正面書寫方式重構個人走過的歷史時代，顯示臺灣作家在國府戒嚴時期即開始進行的「大河小說」式的敘史創作，已在此時獲得較能有個體自由的創作空間。

《怒濤》的書寫背景已不若《插天山之歌》時的恐怖戒

8　鍾肇政口中、與為此走上街頭的五二〇，是指發生在 1991 年 5 月 9 日的獨立臺灣會事件。此事件緣由於中華民國法務部調查局幹員進入國立清華大學，拘提清大歷史研究所碩士生廖偉程；同日，逮捕國立臺灣大學社會學研究所畢業的文史工作者陳正然，民主進步黨籍的社會參與者王秀惠與傳道士林銀福，指稱上列四人接受旅居日本的臺灣獨立運動者史明的資助，在臺灣發展「獨立臺灣會」（獨臺會）。此事件被認為侵犯言論自由，引起臺灣「廢除懲治叛亂條例、反對政治迫害」的效應式政治抗爭，最後全案改判免訴，是為「獨立臺灣會案」。

嚴，因此，鍾肇政同輩作家得以直面追溯戰後初期國府取代
日本殖民統治的歷史經驗。這段歷史經驗就作家個體而言是
延遲書寫的歷史記憶，彷彿是潘朵拉的盒子，即使釋放許多
苦難的辛酸艱難，也因此時此刻的言論自由而保有希望。但
對當時方興未艾、躍躍已出的臺灣主體建構來說，諷刺的
是，這些歷史經驗所提出的日本殖民五十年所帶來的現代化
與大和魂的國族精神的正面影響，許多是相較於蔣介石集封
建—軍閥本質於一身所領導的國民政府統治而來的「後」發
現；因而，在解讀脈絡上，日本精神與中國文化的比較，很
容易消極地被視為是日本的再殖民現象。

　　另一方面，解嚴之後的臺灣歷史主體建構走向，因殖民
主義、後殖民論述等新興知識所帶來的殖民與被殖民的政治
自覺與反動精神，並未能有效回應臺灣社會、文化主體的
「混雜」特質，反而在挑戰中華民國在臺灣的國民黨右翼中
國的單一國族想像時，容易簡化或忽略臺灣左翼歷史的複雜
性與斷層發展、以及低估長期以來臺灣社會長期接受儒家漢
族倫理的血緣與文化（一體兩面）的認知慣性，過於從政治
鬥爭立場期待凝聚「統一而完整」性格與邏輯思維傾向的臺
灣國族想像發展。

　　鍾肇政在《插天山之歌》與《怒濤》有異曲同工之妙、
但截然不同歷史觀點下的存有敘述之下，雖然未曾直接處
理、或將此有意識地回答臺灣國族何去何從的立場，但這兩
部小說——包括其它相關的小說，都有一個共通不變的現
象：從不缺席客家知識份子與客家人。這說明了鍾肇政從戰

後戒嚴到解嚴——不管是在現實生活或小說書寫——一路走來「始終如一的客家人身份」，以及鍾肇政客家書寫敘述中表現以社會性、生活性、歷史性、文化性為核心的族群身份建構方式。這個原本即存在的特質與書寫方式，使得鍾肇政的《怒濤》作為臺灣後戒嚴時期的後殖民文本——特別較之於其他族群作家在從事我族歷史建構的敘述欲望與自由中的政治性主體，不能只從「再殖民」與「後殖民」的角度解讀，而必須從客家族群中心的敘史知識脈絡，才能更清楚評估《怒濤》對思索臺灣歷史主體的意義價值。

三、《怒濤》中更開放的「客家人」與臺灣身份流動

鍾肇政曾自述憑藉《怒濤》寫作而可「重返（那個時代歷史）現場」以期更多後來者能瞭解的真情嘆語：

然而，我明知在星移斗轉之後，那個時代，那個時代的年輕人，他們的心情，他們的想法，這一代的人，尤其是這一代的年輕人，究竟有幾個能理解呢？這也正是一個文學者，尤其像我這種力薄能鮮的文學者的悲哀。不為什麼，只因我無法把那些活鮮鮮地記錄下來[9]…

「那個時代的年輕人」在鍾肇政的《怒濤》中，當然不

---

[9] 鍾肇政：〈後記〉，收錄於《怒濤》，頁 658。

只陸家志字輩的子孫，但是，從「祖國」滿州回來的志鈞、已功成名就的醫學博士志麒、東京帝大醫學留日生（即將轉讀臺北帝大）的志麟、臺灣土生土長未曾離鄉的志駿，尤其是志駿，真實地反映了鍾肇政對自己青春時代的遲來的政治性的社會觀察視角與理解立場。

　　在小說的現代漢語敘述中，頻繁出現的日語、日常客家語、北京話、甚至英語等多樣化溝通語言形式，生動地保留了日本戰敗後、臺灣甫歸「祖國」的知識份子的複雜性，以及彼此之間可輕易溝通，如臺籍知識精英的日語對話；不想溝通與難以溝通，如中國籍高等知識女性小萍對其公婆與對其夫之間的英語對話；即使可溝通也有行為與觀點選擇而彼此不能認同，如志駿等人的臺灣——客家的雙重認同與對姜勻假冒廣東梅縣人的背叛臺灣……。多樣形式與不同認知所形成的語言溝通，象徵日本殖民之後回歸「祖國」之後歷史現象的複雜性，也提點「祖國」的國民政府其實根本無能掌握臺灣作為日本近代第一個海外殖民地，以及長達五十年之久殖民化與現代化一體雙面共存的統治系統影響。

　　國民政府對臺灣的無能理解、以及統治過程的類日本殖民形式但本質不同的統治結構，在《怒濤》一開始，就透過志鈞在滿州的「支那」徹悟，以及在臺受到日本殖民壓迫的雙重經驗表達出來。志鈞的滿州「支那」徹悟，相對於臺灣在 1945 年終止日本殖民統治、開始進入的「後殖民期」（post-colonial）的歷史階段，饒富深義。因為志鈞的徹悟提供了一個客觀的平臺，讓臺灣知識份子認識到自己的日本

133

殖民經驗，並不能全然只能從統治者─被統治者的外在壓迫
形式去理解，而是提供了一個正向的內在視野，重新反省自
己是如何被形塑為此時之自己──而非由歷史中統治者階級
所決定的被殖民者形象。這也是《怒濤》之所以是解嚴後重
要的「後殖民」書寫文本，而非再殖民的重要敘述基礎[10]。

　　更值得注意的是《怒濤》的延遲記憶表述的後殖民書
寫，不同於吳濁流《無花果》的當代即時性書寫；《怒濤》
的歷史背景是日本終止臺灣統治之後、歷經國民政府接收以
至二二八發生的「日本後殖民」時期。作者鍾肇政本人撰寫
《怒濤》是國民黨政府解嚴之後的 1990 年代，也是臺灣接
受國民黨右翼中國的「祖國」類殖民統治的「初解放」時期
[11]。對於鍾肇政同輩的人來說，這段遲來的個人的歷史正義
書寫，相當不容易；後殖民論述所提供統治者與被統治身份
二元階級結構的對立思維，之所也難以盡數概括的原因，與
《怒濤》本身作為「延遲記憶」現象的存有書寫意義結構，
不無關聯。「延遲記憶」對於書寫者來說，不只關乎消極地
再現歷史的過去性，還包含積極地重建歷史的未來性。

---

[10] 之所以有「再殖民」之疑慮，主要是從國民黨政府對日本殖民統治的國族
論述立場而來。但是，這必須回到作者的文本去檢驗，而不能從讀者立場
的特定意識形態或認知去評判文本。

[11] 陳芳明認為國府實施的戒嚴體制，較諸日本殖民時期的總督體制，毫不遜
色。從國家法律的現代形式，以至透過傳媒、教育體制、警政機關所建立
的強勢的國民黨右翼中國的文化霸權，以排除異己的方式打壓臺灣本土的
語言、歷史、政治、文化，相當不利於臺灣文化主體的建立。
詳參陳芳明：《後殖民臺灣──文學史論及其周邊》，臺北：麥田出版社，
2002 年。

　　這也回應吳濁流在《亞細亞孤兒》中為臺灣後起知識份子所留下的歷史選擇難題——臺灣主體命運應該何去何從？依附在政治父體（左翼？右翼）發展？回歸文化母體（中原漢族？中華民族？臺灣鄉土？臺灣本土？）還是尋求新的可能的現代主體？（從殖民、再殖到解殖的政治主體、文化空白主體、族群非線性歷史發展的社會共同體、公民意識的公民社會主體……）。

　　《怒濤》小說（回到作者過去歷史）敘述與作者（當下書寫歷史）敘述共依共存的特殊性，構成《怒濤》故事中一體兩面存有書寫結構。這個特殊性使得《怒濤》的歷史時間，將小說敘述（但作為有關書寫者年輕時代）的過去歷史，以非線性的方式連繫到書寫者的當下歷史。而知識份子作為歷史的時代見證者，透過小說敘述虛與實本質之間的書寫辯證性，或寓言或預言般揭示未來可能的想像，才是《怒濤》作為臺灣解嚴九〇後殖民書寫重要小說文本的歷史性潛力。

　　因此，《怒濤》小說敘述中陸家志字輩子孫的認知與決擇或決志，其實對於鍾肇政的當下書寫脈絡來說，也成為一種可檢視過去、省思未來的窗口。從這個觀點來看葉石濤對鍾肇政作品在《流雲》出現之前的「自敘傳」、「私小說」評語，固然有其對鍾能擴大格局、成為時代作家的期許[12]，但從小說歷史敘述與作者當下敘述存有結構而言，鍾肇政小

12　陳萬益主編：《大河之歌——鍾肇政國際學術會議論文集》，頁230。

說書寫一直難以完全擺脫的「自敘傳」與「私小說」性質，反而在後殖民書寫文本脈絡中，開啟「個體」如何以生活性或社會性的角度，「更切身地」近距離觀看自己與時代政治在不同歷史情境的真實再現與可能想像。當然，小說人物並不見得等同於作者或他的人事，但可以側面旁敲到作者是如何理解他所經歷、但須以小說敘述化處理的歷史時代。《怒濤》一開始最令人驚心動魄的就是志駛對志鈞與志麟置身大時代的對話、與他所在的位置：

> 交談那麼自然地轉到──也許是回到──志鈞、志麟兩人上面，志駛只有一旁靜聽的份。不過這種狀況倒更適合他⋯⋯
>
> 正如志鈞所說的：「⋯⋯如今想想，簡直像個傻瓜，無聊透了。」反觀自己，既無輝煌學歷，雖然也當上了兵，算是「皇軍」一員了，卻只不過在島內，既未在槍林彈雨中出生入死過，受到的苦楚也不過是日本兵營裡司空見慣的凌辱踐踏而已。故此，兩位堂兄的交談，越聽使他越覺自己的渺小與卑微[13]

志鈞與志麟在《怒濤》中，分別指涉當時兩種擁有「中國經驗」、但徹底失望的知識份子。志麟同志鈞一樣，都是日本在臺現代教育體制之下成長、並有留日背景的現代知識

---

[13] 鍾肇政：《怒濤》，頁 253-254。

份子，但際遇不同。志鈞有內地留學與中國滿洲客的雙重經驗，是一個正直、有熱情、有理想、具左傾性格的進步知識份子，對「祖國」有深刻的瞭解，二二八事件之後，為了爭取臺灣同胞免受盤剝欺凌生活、而加入武裝戰鬥行列，成為指揮隊長，在談判中被「野蠻」的國軍亂槍打死；志麟則是學醫、並避免政治立場的主流精英知識份子，日本戰敗後，對祖國的新中國懷有嚮往之情，回臺後，與大陸籍女子韓萍交往、婚配、最後離異收場。

　　志騤則以旁觀者的角度，透過與志鈞、志麟的互動，將志鈞在政治——（族群）社會的公共空間與志麟的私人生活——（族群）社會生活的兩種不同視野，一步一步地揭露日本與國民政府作為統治者的政治謊言，民間真實感受到「大和精神」與「中國文化」在內在精神與外在現象的對照比較，以及相對於美國的中國戰勝國真相與取代於日本進步的美國式西方進步等時代推移。

　　值得注意的是，志麟、志鈞各自的日、臺、中經驗交相參差的對照之下，志騤從其個體旁觀而來的注視，也有從己自身經驗的人性省思觀點，意識到普通百姓在「長山」政治氛圍下無可奈何的生存情境與即將面臨的臺灣命運決志：

　　在那種自從太古以來的羣山默默、森林寂寂的謐靜裡，
　　同樣也有一群人——差不多是每次都一樣的老面孔的一
　　群人，這一刻正在同樣地吃喝玩樂、高唱同樣的軍歌、
　　黃色歌、山歌……

然而，在那麼多的「同樣」之中，卻似乎隱伏著某種不同。……

是帝大生堂哥叫他思索這個問題的。原來，臺灣人也是卑劣的族類，與那些阿山仔、長山仔、豬、支那人，只是五十步與一百步而已。……眼前這些人……他們以前不是這樣的……這些人以前不是這樣的……這些人也必知道臺北出了事，並且情形好像還可能很嚴重。……

對，那個不同就是因為臺北發生的事件，給人們帶來不安之故，只是那不安在這深山還沒有十分表面化。[14]

小說敘述在如此詭異的書寫中帶出了志駟透過收音機與臺北返回的學生與小生意人的消息，知道發生二二八事件。二二八事件讓志駟重新檢視在日治時代時施臺灣徵兵制的過去的自己與日本戰敗後的日本謊言，以及「回歸祖國」後的祖國謊言。日治時代「臺灣軍之歌」中受到激勵影響的「大和魂」，在這個過程中被轉換為「臺灣魂」，志駟進而選擇與志鈞一起併肩作戰。志駟的臺灣意識並不是衝動的熱情，而是經過客觀的反省——臺灣人在日本與祖國的長山人權力之下有人性的卑劣者，也有人性的高貴者的「臺灣人」看法：

然而，有一個事實卻是經過這一番想像與思量之後，突

---

[14] 鍾肇政：《怒濤》，頁 525-527。

然地在腦海裡湧現的。好久以來，志馴就常常覺得臺灣人都是沒用的。長山人一到，把他們那一套惡劣的作法，如貪污、腐敗、搜刮、自私自利都帶來了，於是臺灣人很快地就學會了，日本時代那種清白、磊落、守法等等社會道德一下就扔光了，成了醉生夢死的敗類。現在──應該說是這次事件發生以來吧──先是從廣播裏聽到。然後回到故鄉又親眼看到，有這麼多的年輕人仍然保有那一分赤子之心。這些人，正在為同胞站起來……正準備與支那兵一決勝負。臺灣人之中，仍有高貴情操的人，還是不少啊……。[15]

諷刺的是，日治時代因家訓而遠離政治、選擇醫學專業發展的志麒，在日治時代相安無事，卻在二二八事件後遭到一名少將挾私怨的報復，在同輩有大陸經驗的堂兄弟協助之下，其父維林醫師驚覺到「中國天年的有罪無罪皆可花錢贖回」的封建落後與法治缺乏。志麒雖僥倖被贖回出獄，但整個人也變得沉默憔悴，成為陸家志字輩子孫中最無言的倖存者之一。另一個倖存的志馴，成為志鈞在二二八中武裝保鄉的歷史見證者，志麟則因韓萍的離去與未能保住胎兒，而領悟到「支那人是支那人，我們是我們」。

回顧《臺灣人三部曲》首曲《沉淪》〈楔子〉中，由陸家先祖自「長山」帶來熱情昂揚「原鄉」意識與其中子孫所

---

[15] 鍾肇政：《怒濤》，頁 574。

繼承的臺灣人精神[16]，到《怒濤》陸家志字輩子孫在「祖國經驗」中必然破產的「祖國意識」，以及重新正向審視殖民時期日本人對臺灣人內在的日本精神影響。這可以看到鍾肇政在臺灣解嚴之後，終於可以直視、省思自己與同輩人在青春時期所走過的「日、中政權轉移」時代。從日本謊言到祖國謊言，志字輩子孫在暢通無阻的日語溝通中，深刻認識到日本精神對他們這輩在開發臺灣人意識與主體時不得不面對的真實。對於鍾肇政與其同輩人物來說，這樣形態的認識與殖民政治的領悟不只是連結在一起，而是經過從戰後到解嚴長時間的歷史推移中完成。

在這過程中，從漢文化與血緣的原鄉到祖國意識的發展，都是日治時期抵抗日本殖民的重要精神資源。《怒濤》並未直接處理到中國大陸地區中國國民黨與共產黨以政黨革命形式爭取中華民族自由或無產階級民主的現代中國路線之爭、以及對臺灣知識份子文化抗日時期產生的影響，但很清楚地是，當祖國以「中華民國」的政治實體結束日本的殖民政權時，《怒濤》中所展演的外省族群、半山、客家族群的彼此互動經驗，確實顯示出族群之間在祖國認知中的不同矛盾。

在此互動經驗中，除了日本精神與中國文化精神的高下

16　「他們是一群冒險犯難的勇者──……定居在這蕞爾小島上。他們有了他們的歷史……為了生存，他們開疆闢地……為了生存，他們拋頭顱灑熱血……中華民族魂在等待著他們去發揚……他們就是──臺灣人。」鍾肇政：《沉淪》，頁 3-4。

對比，日本在臺殖民政治所形成的認知架構，又清楚地透過韓萍進入臺灣客家生活與倫理家庭時的態度與作為，提供志麟能從中悟出臺灣在進入日本後殖民歷史期間，外省族群如何微妙地在臺灣社會階層中，帶入類日本人與臺灣人的殖民者與被殖民者關係，形成戰後臺灣外省族群與臺灣族群在中華民國國民身份之下類日本人與臺灣人殖民統治階級的不平等結構。

這個複雜族群現象顯示鍾肇政與其同輩人處於歷史的戰後日本殖民政權終結的後殖民時期、但又在回歸祖國同時感受「漢族—中華民族」應該平等但又有不平等的詭異現象，臺灣社會對於這種詭異現象的不滿，終以二二八事件形式爆發。然而，隨著二二八事件之後，這段歷史記憶遭到國民黨政權的全面壓制與扭曲，直到解嚴後才有機會從民間個人或不同族群等各種角度重新探討真相，並全面檢視長期以來官方詮釋的偏頗。

《怒濤》相對於《臺灣人三部曲》來說，鍾肇政重新開啟自己在年輕時期走過的戰後臺灣歷史、二二八事件、以及臺灣客家人如何面對過去的歷史與再現詮釋，最大的不同在於帶有政治覺醒的臺灣人意識。《怒濤》的歷史敘述不再連結前日治時期的漢人原鄉情結與國民黨右翼中國史觀所容許日治時期祖國意識（即中華民族的國族想像），而是從解嚴後漸次開放的「言論自由」為書寫起點，透過客家族群間不同典型性的知識份子的觀察，讓那個時代的殉道者與倖存者共同提問了一個發人省思的問題：如果，戰後的臺灣知識份

子，都必須在「日本精神母國」與「中華民國政治祖國」共存的時代，繼續勇敢活下去，那下定決心到日本的志麟，與無法為理想殉死而必須暫時屈從現況的志駿，在未來的重逢中，從日本歸回與未曾離去的堂兄弟、妹，又會有怎樣的「臺灣」理解與對話？

小說僅僅留下一幅煙雨濛濛的送別畫面：「船吐著黑煙，漸漸地被與目吞噬了……一黑一花的兩把雨傘，在濛濛細雨中，像兩朵花一般開在碼頭上。久久地，動也不動一下……」[17]。送行人志駿、秀雲的站立與遠行人志麟的離去，對照《插天山之歌》志驤在插天山高唱「予科練之歌」[18]（海軍飛行予科練習生）、《冥滄行》維樑乘船前進祖國內陸的豪邁詩吟「巨鯨破滄溟……」、《沉淪》信海老人即使風燭殘年也要送行的「侵略者倒、還我河山」雄心。

---

[17] 鍾肇政：《怒濤》，頁 655。
[18] 即〈若鷲之歌〉，翻譯：戴闓永、葉仁炎
（一）年輕熱血　予科練；七顆鈕釦　櫻和錨；今日飛翔　伴彩霞；夢幻希望　衝雲霄
（二）燃起活力　予科練；腕是錨鐵　心火焰；成翼出師　越狂洋；敵前奮戰　直搗去
（三）仰慕前輩　予科練；屢聞戰功　熱血湧；必勝信念　練攻擊；大和魂今　本無敵
（四）不惜生命　予科練；勝利之翼　意志翼；轟沉敵艦　仗壯烈；想給母親　送相片
一、「予科練」名詞：太平洋戰爭後半期，日本軍部為加強制空戰鬥能力，招募十六至十七歲血氣方剛、不怕死、有志的青少年投效，接受短期速成飛航作戰訓練，名為「予科練習生」的簡稱，最典型為神風特攻隊。
二、「若鷲之歌」轟動一時，昭和十八年（1943）9 月發表為日本軍歌。引自網路資料：http://pinegarden.weebly.com/2751124180279632120532 00037636/2005011

　　這些小說敘事與結局，透過陸家人在臺灣歷史巨輪之下的歸與離，點出臺灣主體意識本就繫連於「人」在歷史時代推移的決志與未來行動。從這個觀點來看，從未遠離臺灣的志騄與秀雲的站立，含蓄地暗示了另一種臺灣主體意識在未來可能的發展核心：不管離與歸都未曾改變的客家人的個體性身份與連結於與土地共生的族群生命經驗。

　　雖然，客家族群身份的探討並不是鍾肇政《怒濤》的重點，但作為小說人物的關係網絡與活動背景，卻可看到以客家身份為軸心之於祖國的連結，是可以隨作者當下書寫的歷史情境轉化與改變，如「長山」在《臺灣人三部曲》中，從先祖來臺的原鄉記憶符號到相對於日本異族統治的祖國象徵符號，沒有被日本同化成功的客家人（與鶴佬人），也在「日本內地人」的概念下形成「本島人」或「臺灣人」的族群意識，在戒嚴時期，可以原鄉呼喚、祖國情感，與外省族群較為接近而形成保護色；到了《怒濤》，「長山」符號則實體化為「長山人」與「中華民國」，「祖國」以真相、本相、實相被重新認識之外，也對照出「臺灣人」透過自己與臺灣土地所發生的實質歷史的認識，進而建立起未來的可能性。

　　這個轉變突顯出鍾肇政小說敘述中的「臺灣人」，不只是透過殖民與被殖民的認知架構去意識到日本異族的他者或同為漢族的「長山人」的他者，還有從社會、文化、語言、人際互動的生活細節的觀察，辨識出長山人與臺灣人之間難以跨越、難以真正平等的認知脈絡與位置立場；值得注意的

是，鍾肇政幾乎每部小說中一定會出現的理想的典型客家女
性，以其純潔形象與情感提供客家身份與族群歸屬的穩定
性。這說明《怒濤》所指涉的臺灣人的主體自我認識，除了
公共言說場域的政治或社會關係的異己他者，還有一個常被
忽略、隱藏於背景敘述的同族我類的女性他者。

　　同族我類的典型客家理想女性的對立面是絕對他者的長
山女性。在《怒濤》中，志麟與韓萍短暫的婚姻關係建立在
感官身體上，而不是精神性的相互吸引，韓萍毅然離去與未
能保住胎兒，除了「命運的捉弄」，也說明志麟初陷情網時
的認識不清。這段臺、中戀似乎也指涉臺灣戰後知識份子對
中國認識不清，以及盲目、一廂情願追逐中國民族主義的自
我批判。志鈞與托西作為擁有與追隨日本精神的他者，被國
府軍隊亂槍擊斃，但又以靈魂引導志驤走向日本。這些以非
線性式此起彼落的他者敘述，說明《怒濤》中的「臺灣
人」，已跳脫《臺灣人三部曲》中循續著父祖原鄉意識而來
的中原客家論述，而漸次回到自己的經驗，並從各種他者的
存在中認識他者、也認識自己。

　　志鈞、志麟、志驤在戰後所經歷的一切，在小說敘述脈
絡中，「長山人」經驗讓他們辨識出自己在日本殖民經驗中
的政治位置與精神化認同，也強化他們在此經驗中省思臺灣
的未來性。志麟的赴日與志驤的在臺，都受到志鈞的啟發，
兩相對照出戰後一代臺灣年輕知識份子在共同失望的長山經
驗中，以既是客家人、也是臺灣人的身份走向未來。這樣的
自覺使得《怒濤》中援引日本精神對抗中國文化的文化自我

建構脈絡，並不能單純複製殖民主義中殖民者與被殖民者的對位交換的心理機制，進而理解為戰後臺灣知識份子世代在日、中統治政權轉移過程，如何從被日本殖民者的政治身份轉化到依附日本殖民者精神而成為對抗中國文化的（日本精神）再殖民者。這個理解顯然是單向接受中華民國的對日史觀，而缺乏戰後臺灣人對於外省族群在祖國接收臺灣立場展現出類日本殖民政權的「統治優越」的族群經驗理解。

再來，《怒濤》之所以也不是單純的後殖民文本，而是先備帶有解殖的積極性的後殖民文本的原因，在於《怒濤》中小說歷史敘述與作者當下歷史敘述雙重存有的特殊性，不只實踐後殖民文學論述從「自體」概念重新建構的書寫策略，還在這個過程中，動態地發展出一種不斷回到自體的歷史經驗的反省以確定自我認識的主體建構書寫。

相較於《插天山之歌》志驤的「予科練之歌」，《怒濤》所試圖建構的臺灣人，除跳脫「中原客家」文化論述中的原鄉與祖國意識書寫之外，志駿從認識不同他者到自我肯定的「既是臺灣人也是客家人」的雙重身份認同，並作為帶著志鈞亡靈意志的倖存者勇敢活下去路線，反而突顯出臺灣在戰後政治歷史經驗堆疊之下，通過客家身份表態的社會開放性的持續發展可能。

這個線索不只限於同為戰後第一代作家的時代同路人葉石濤所說：「臺灣人認同為中國人過程中的抵抗、受辱及挫折」、「把這認同感從高昂刻畫到低落，都用當時曾經在社會上發生過的現象的細微末節予以呈現，認同感的毀滅是基

於臺灣人對中國統治者冷靜而仔細的評估所產生的批判」，
而可以側面看到鍾肇政始終一如的「客家」身份認知，是如
何在不斷自我省視的過程始終能「有尊嚴」地回應臺灣人的
歷史經驗：「臺灣人」歷經清帝國簽署馬關條約的「棄
民」、日本帝國殖民的「支那人—日本皇民」、國民黨（右
翼中國）祖國的「中華民族的中國人」等歷史身份。從這個
觀點來看，《怒濤》作為《臺灣人三部曲》第四部曲，反映
出鍾肇政在解嚴後建構「臺灣人」的歷史主體，已漸次從
「漢族的客家人」思維漸次轉向為「客家的臺灣人」——而
非「臺灣的客家人」的視野。這說明鍾肇政文學活動中的歷
史書寫，客家身份才是主體認知的起點，但認知脈絡卻從漢
族中心思維的文化脈絡，將客家族群的自我辨識性作出優先
排序。這個現象顯示「客家身份」在不同歷史情境中相對於
他者的主體建構，本身就是自由的，自由提點出《怒濤》作
為九〇年「後殖民」文本的真正貢獻不是「反殖民」，而是
預告「解殖民」之後的未來性。

四、小結：客體歷史的後殖！主體歷史的解殖！
——客家的臺灣人主體與多元族群文化
平等互動的臺灣共同體命運

　　《怒濤》的小說歷史敘述說明臺灣解嚴之後對於戰後歷
史的遲來記憶書寫，這段歷史經驗對鍾肇政同輩人來說，有

其複雜與真實。正如他自己的告白「我是多麼希望能夠在筆下重現那個時代，以及那個時代的臺灣人，尤其是年輕的一代」。當然，戰後年輕一代於現在已經垂垂老矣。然而在《怒濤》中的陸家志字輩子孫所歷經的與日本與所謂的祖國的戰後關係，相較於先祖的原鄉記憶與傳承更加複雜。這個複雜與日本殖民臺灣五十年間的臺灣，有其從血緣——文化脈絡的原鄉中國、也有其殖民政治實體關係所展開的日本母國、更有其族群身份生活所凝聚的實質土地與臺灣社會生活實體經驗。

《怒濤》中的志鈞、志麒、志麟、志駺在陸家先祖對原鄉記憶的傳承中成長，也在日本殖民體制的現代教育體制長大，日語是他們這一世代知識份子的現代意識的起點，除來自家庭的客家母語之外，日語才是那個時代的知識份子的普遍溝通語言。《怒濤》中日語、客語、北京語、英語等多元語言形式，在可溝通與不可溝通、在瞭解與誤解、在決志與行動的各種與他者互動情境中，有省思、有批判、有可以解決，也有不可解決，較《臺灣人三部曲》中的臺灣人更具一種行動意志、而非希望想像的未來與開放性。

《怒濤》中將《臺灣人三部曲》中對日本殖民政權的抵抗意識與行動，透過祖國經驗的失望而轉向對日本精神內在化現象的認識與肯定，再與中國文化做出比較，這不是對日本殖民政權的再殖民精神複製，而是在祖國接收臺灣時期，外省族群進入臺灣社會之後所形成類日本與臺灣的殖民政治關係的心理抵抗機制。

　　因此，肯定日本殖民母國精神以對抗祖國的中國文化
「炎黃子孫」的神話，顯示臺灣人的選擇，不一定要從原鄉
記憶延伸以鍊結國民黨政府的祖國的右翼中國文化民族主義
路線，雖然，志麟的赴日象徵切斷與中國的情感與意志上所
有連繫，但也不必然說明臺灣主體發展必然要移植日本母國
精神，只能說明一種來自正視殖民母國同化歷史經驗後對於
殖民他者的自我再認同路線。這不是理所當然的再殖民，而
是經過決志後、帶有後殖民性質的再殖民肯定，然而在這個
決志中，臺灣又弔詭地成為志麟的「唯一原鄉」。

　　另外，志駿與志鈞並肩作戰的記憶與透過其亡靈所啟發
的臺灣人未來命運意識，也意外地將連陸家先祖來臺原鄉經
驗中的保鄉衛民的客家族群意識，轉化到戰後與九〇年代共
同存有的時代歷史脈絡中認識自己與他者的臺灣經驗脈絡
中。這使得鍾肇政《怒濤》文本所提供的臺灣主體建構，不
停留在殖民與被殖民關係的政治意識面向，而不顯性地將客
家身份轉為一種具有（社會語境下的）穩定性、非（政治語
境下的）本質化、可在時代歷史劇變之下不斷與他者相遇、
且能認識他者與自己的中介。這個不顯性、但又是鍾肇政小
說最能足以被辨識出的書寫面向，說明了一種從社會性建構
臺灣主體的可能：透過個體與族群的雙重經驗描述——包括
政治的、文化的、經濟的、生活的等多層向度，發展與臺灣
土地、與其他族群共存共生的命運共同體。

　　《怒濤》中所隱藏的「客家的臺灣人」的主體建構，既
不否定先祖的血緣——文化的原鄉想像，重新檢視歷史中的

祖國真相，也重新肯定日本殖民在臺灣精神系譜所留下的真實，更將臺灣人到底應以右翼中國的祖國實體或日本母國的精神主體為依歸的抉擇，開放到以客家族群視野所建構的臺灣的客家人身份，並以此身份認識自己、也認識他者，提點出主體的自由性是來自未來，而不是過去，也揭諸臺灣在未來命運意識之下，可與多元族群原生與土地共生的主體建構的可能性。

第三篇　　說故事的人與自然代償正義

論鄭煥短篇小說中的區域土地經驗、城鄉移動與人欲道德敘事

　　哪裡有正義，哪裡就是聖地。

—— 培根

一、前言

　　鄭煥出身楊梅高山頂，為臺灣戰後第一代作家，創作題材多以農業、農村、農民、農地的「四農」為主。鄭煥筆下的「四農」描述多圍繞在農業病害、農村窮困、農民堅韌、農地貧瘠等相關印象，高山頂、茅武督是他熟悉的土地也是小說故事最常出現的背景。鄭煥與其他同時代作家創作農民文學最大的不同，除了有修業於宜蘭農林學校所獲得的專業知識，他在 1956-1973 創作期間的實耕寫作所累積的生活經驗，也是其他作家難以項背。事實上，農家出身、農民為業的鄭煥，農村經驗並不只是作為寫作觀察的結果，而是生活其中、感受其中的真實發生。對於人與（貧瘠）土地之間的

151

依違與矛盾關係，鄭煥的體會是複雜而深刻[1]。

　　也因為鄭煥對農民與農村真實生活艱辛、以及人與土地之間欲捨不捨之中的深刻理解，鄭煥小說中的農家世界沒有謳歌自然田園的浪漫，也沒有不切實際的生活幻想，就是如實記錄早先農民的生存本身與生活樣態。鍾肇政曾指出：「在鄭煥筆下，可以說是真正農夫的人物經常出現。……真正的農夫，是土生土長，生於泥土，長於泥土，工作於泥土，也即將死於斯土葬於斯土的農夫，而不是透過知識份子的眼光所觀察、所體會，而後所塑造出的那種農夫。」[2]鍾肇政的評語說明鄭煥的農民作家位置是置身其中，而非觀看的他者。這可以解釋為何鄭煥小說總是出現許多「神秘力量」的事件情節；「蛇」與「死亡」是其中最常出現的兩種交相指涉力量。

　　彭瑞金認為鄭煥「做為農民文學的典範，鄭煥的作品卻很少直接描寫農民農市的辛勞和苦楚，他無意當農民的代言人，只是透過氾濫的死亡故事和毒蛇環伺的陰影，反映了農民生活本質的虛無」[3]、「鄭煥的虛無生命觀和顯現生命正

---

[1]　鄭煥曾對小孩們說到：「種田……絕對不給你們種田了，這太辛苦太辛苦了，這割稻時候，挑穀擔，挑穀擔回來，那個重得要命，……小孩全部趕到臺北，不要務農，農賺得少，一點錢，哪有什麼錢，沒有錢……心理不再做農夫，做農夫心裏在哭了，這個啊一定要脫離啊。」林丞閣：〈以鋤頭為筆，用小說蒔田：鄭煥──戰後第一代農民文學代表作家〉，《桃園客家 No.16》，桃園市政府客家事務局，頁 13。

[2]　彭瑞金：〈試論鄭煥作品裡的土地、死亡與復仇〉，收錄於《鄭煥集》，前衛出版社，1992 年，頁 274。

[3]　彭瑞金：〈蛇與死亡合織的農民故事〉，收錄於《鄭煥集》，頁 10-11。

義的死亡焦急在一起，結合成了他的復仇主義」[4]。彭瑞金很敏銳地注意到鄭煥在不同小說情節中反反覆覆、不厭其煩出現的死亡，以及死亡背後連結的罪與罰意識與道德批判；但是，卻忽略鄭煥出身楊梅高山頂的「事實」與「事實」本身對務農住民所形成的真實影響。也就是說，自然環境與土地條件對於居住世代的庶民而言，是具有形塑力量，特別是生活、生命作息一切依附自然天的運作的農、漁、牧民，除了敬天畏天之外，對於自然一切不確定的事物，保持敬畏恐懼。

　　「毒蛇」對於生活在貧瘠土地的住民而言，不只是雪上加霜，更是可以看到住民本身處在較原始或匱乏的「生存」條件──如未能取得可種稻作或其他相對較好收成作物的平地土地的靠山吃山的農民，或是幫忙地主種田、卻未能保證一家一年可足食的佃農……；而鄭煥小說背景中常出現的高山頂、茅武督，在日治時期本來就是未充分開發、人煙較少的山上，或是原漢交接之處的土牛溝聚落。這些山上地方偶有或常有毒蛇出沒，在當時都是自然的常態現象。但是，鄭煥小說中處理「蛇」的情節，卻從未以「自然科學」的常理去理解這些「蛇」，而常常化身為住民道德墮落之後的「天理昭彰」的中介性生物，履行人性惡行的爽快報應。彭瑞金認為這是鄭煥的復仇主義。「復仇」涉及正義問題，彭瑞金並未進一步指出大量出現在鄭煥小說中的正義情節／情結，

---

[4]　彭瑞金：〈蛇與死亡合織的農民故事〉，收錄於《鄭煥集》，頁 280。

其背後的「正義」與這些農民的關係為何？本篇的提問指出鄭煥小說的重點不是蛇與死亡的「復仇」現象，或是接受日式現代教育的知識份子對此「迷信」的著魔（Obsession），而是鄭煥作為小說家所不耐煩厭地推動、演繹「復仇」情節／「著魔」情結，背後所指涉的「農民正義」的世界觀從何而來、為何而來？對於戰後第一代「農民文學」代表作家的鄭煥，這樣特殊的書寫具有何種的意義與價值？正是本篇論評詮釋所旨。

二、鄭煥短篇小說中的區域土地經驗

鄭煥的創作歷程與其同時代作家戰後處境相同，必須放棄自己養成知識的教育語言──日文的國語，重新學習新的國語──北京話為主的現代漢語與漢字（即一般通稱的中文）。等到鄭煥能自由使用中文創作，開始投稿並刊登報紙副刊，已是 1956 年之後的事了。重要的中短篇小說發表包括，1965 年 10 月由幼獅書店出版第一本短篇小說集《長崗嶺的怪石》，收有〈長崗嶺的怪石〉、〈被淹沒的海灘〉、〈劍道教室〉、〈好望坡〉、〈渡邊巡查事件〉、〈八塊厝故事〉、〈天涯若比鄰〉、〈陣前飲恨〉、〈餘暉〉等篇；1968 年中短篇小說集《茅武督的故事》，包括〈茅武督的故事〉（中篇）、〈沖繩歸舟〉（中篇）、〈嗚咽的茶葉〉（短篇）；10 月由蘭開出版社出版《毒蛇坑繼承者》，收

錄〈蘭花的故事〉、〈八仙街〉、〈產科醫院〉、〈池畔故事〉、〈大崻崁的狂流〉、〈崩山記〉、〈溜池邊的防空壕〉、〈咫尺天涯〉、〈小窗的故事〉、〈山徑〉等；11月由臺灣商務印書館出版短篇小說《輪椅》，內容有〈泥濘路〉、〈山徑〉、〈砂丘之女〉、〈只那麼一霎那〉、〈閃爍的浪花〉、〈崖葬〉、〈昨夜多清淨〉、〈鵝山髻公〉、〈霧裡的木板橋〉、〈傷心碧山路〉、〈此情綿綿〉、〈輪椅〉等篇。1970 年代期間，則多在各大報副刊零星發表，或收錄於小說合輯的專書中，如，短篇小說〈重疊的影子〉、〈蛇果〉、〈黑潮〉、〈春之聲〉、〈異客〉、〈禿頭灣的海灘〉、〈小船與笛子〉、〈女司機〉；中篇小說《猴妹仔》等[5]。

　　鄭煥的小說創作高峰集中在 1960 年代到 1970 年代，《猴妹仔》可以看到鄭煥從山鄉向都市游移的跡象[6]。值得留意的是，從日治到戰後時期的鄉村移動城市過程，鄭煥仍以不變應萬變的素樸人性觀察與善惡果報邏輯。這兩個特質可以看到鄭煥對於透過書寫方式進行「說故事」的立場，以及「高山頂」土地印象所形塑的鄭煥的小說世界觀。

　　「高山頂」在楊梅偏遠地區，地勢較其他鄰近地區還高，留不住水，是標準的「看天田」，農民收成常年不佳，普遍貧窮，地區發展也相對落後。鄭煥回憶道，高山頂「三

---

[5]　鄭煥（編）：〈鄭煥生平寫作年表〉，收錄於《鄭煥集》，頁 288-291。
[6]　彭瑞金：〈試論鄭煥作品裡的土地、死亡與復仇〉，收錄於《鄭煥集》，頁 11。

年一小旱，五年一大旱」，「連電都沒有」[7]。 這是鄭煥成長記憶中的土地經驗。《長崗嶺的怪石》、《毒蛇坑的繼承者》可以說是鄭煥在 1960 年代的經典代表作，可以清楚看到鄭煥對區域土地如何形塑出世代居住農民的韌性、意志與情感書寫。

在〈長崗嶺的怪石〉中，阿隆伯世代務農，但因土地乾旱而貧窮，經歷了女兒惠珠出家、兒子阿清帶著妻小離開到街上謀生，留下一個附近讀小學的男孩年興陪伴阿公阿婆。這段悲傷的往事皆因源「長崗嶺」的貧瘠土地。鄭煥是這樣描寫這塊土地的總體印象：

> 這真是一塊貧瘠得可以的土地。
> 屬於第四紀洪積層的赭色土地。
> 廣袤的高原，平坦的略帶斜坡的全沒遮攔的土地。那好似人家的屋頂，當豪雨降下來的時候，什麼也留不住，沖下去，沖下去，沖得乾乾淨淨。
> 是一片乾乾淨淨的土地。
> 乾淨得連農作物都長得不好，就算是相思樹吧，種下去後也得等到好幾年才長到齊人高，彎彎曲曲的，毫無旺盛的氣象。這就是長崗嶺的寫照。

---

[7] 林丞閎：〈以鋤頭為筆，用小說蒔田：鄭煥──戰後第一代農民文學代表〉，《桃園客家》No.16，頁 8。

　　阿隆伯居住的這塊貧脊土地，就是典型的「看天田」——水源充足就有收成，反之則否。阿隆伯家世代務農為生，但到了阿隆伯這一代，連年的旱魃帶來這塊土地的詛咒，使得這塊土地越發不利農作——即使偶爾水源充足可以種水稻，但地勢地形的不利，也不利雨水的自然澆灌，後來就只能種些旱地作物，如甘藷、花生、香茅，然而，土地實在太貧脊了，可以賣得較好價錢的經濟作物香茅，也無法有好收成。縱然如此，阿隆伯就是捨不得拋下祖先留下的土地，寧願守住貧脊的土地，直到旱土成為饒田。這也是阿隆伯的祖父留下遺言與祝福。阿隆伯因而遵循先人遺訓，不僅僅認命守分，更因為土地的旱魃，而造就阿隆伯吃苦耐勞、堅忍不拔的生命底蘊與勞動素質，直到石門大圳扭轉了長崗嶺的土地命運，也實踐了阿隆伯祖父遺命時所留下來的土地願景：「你們……凡是我的子孫，不要離開這塊土地……長崗嶺終會變成富庶之地……」[8]。

　　阿隆伯的長崗嶺故事，可以清楚看到當時農民對於土地能種植水稻的寄望，以及水稻植栽作為土地帶來美好生活的期待。阿隆伯對先人遺訓堅信不移的精神，雖然表面上看起來是頑固、保守、不知變通，但事實上，更是透過常年「看天吃飯」的大量勞動生存，逐年累月所堆積的土地信念。阿隆伯反映在土地與先人遺訓的執著，正是一種與土地相互依

---

[8]　鄭煥：〈長崗嶺的怪石〉，《鄭煥集》，臺北：前衛出版社，1992 年，頁271。

存而生的客家「硬頸」精神。這種精神也同樣反映在〈毒蛇坑的繼承者〉的土地經驗中。

〈毒蛇坑的繼承者〉也是一個關於山林人家的故事。敘述者「我」（吳正雄）剛從農校畢業，正準備回到故鄉大肆整頓家中的私山農業，但卻遇到爸爸要準備賣山賣屋、媽媽不願意的困境。「我」娓娓道來所有的來龍去脈，主要原因有二：一、家中兄長阿明哥被雨傘節咬斃；二、柑仔園的黃龍病害。「我」在兩人之間的決定搖擺不定，但「我」對故鄉還是有所期待，直到「我」遇到農校同學張益，獲得了黃龍病的科學解決辦法，也遇到了昔日青梅竹馬葉菊妹的告白，因而恍然大悟，「我要留下來」、「我做一名頂天立地的生產者[9]。」

這篇小說中的「我」對「毒蛇坑」的描述，除了有〈長崗嶺的怪石〉中的直觀地景，還有從農業經濟上的價值評估，表達出「我」世代對土地繼承的理解向度，更有來自父親世代自然直觀對土地的情感。不同世代對土地所指出的不同視野角度，說明「高山頂」對鄭煥來說，不只是承繼父祖輩的祖地，也是成長的鄉土，更是盤根糾結於自己與家人共存的土地。「高山頂」的土地對於鄭煥來說，是一種關乎世代承繼與啟發共時共進的經驗互動，透過小說敘事，轉化為「毒蛇坑」的土地書寫：

9　鄭煥：〈毒蛇坑的繼承者〉，《鄭煥集》，頁 251。

山已經夠高了，但比這兒更高的山還多的是……我們的山和我們的家，交通也都不算太壞。

我們的山是向南的，種茶種柑橘最適合不過。

我們的山有一股泉水，雖然不算頂大，卻用之不竭，取之不盡，不僅解決了我們家的飲水問題，還能闢開幾坵梯形種植水稻。

電燈已經拉到香心堂來了，……，那麼我們家也有電燈了。

……

……最初，小徑沿著圓圓的山頭上。接著它沿著山皺，靠山的這一邊，左手，那有名的屬於我們家的毒蛇坑——一個相當雄偉的山谷就展現了。山谷長著不少矮樹叢，山土是濕潤的，這裏雖不是石頭很多的地方——大部分是紅泥土——，但山谷中卻也羅列著巨大的岩石。那岩石下面偶有一股山泉湧出，那裏一股這裏一股，也就逐漸匯成一股山澗，那也就是我家賴以生存的飲水兼灌溉用水了。小徑右邊，已不再是荒廢的山頭，陡峭的山也闢成一段一段的梯形植畦，栽著好幾百棵椪柑或其他菓樹，靠路的這一邊是會開紫色花朵的生籬笆。

「噢，這裏！」

……確實有些陰森的意味，從右手菓樹園裏高大的幾棵龍眼樹，枝葉扶疏遮蓋了半個天空。左手的山谷已經有一丈來深了。除了常見的灌木叢以外，也長了不少質地

鬆軟的雜木，那些雜木裏還纏著不少有刺的藤蔓，比如「鴨媽桔」或「馬甲子」等等，茂密的連插足的餘地都沒有[10]。

在這段三段敘述中，包含了第一段敘述者「我」對「毒蛇坑」的農業經濟開發的評估及未來即將可擁有的電化現代生活、與第二、第三段直觀的自然地景書寫，包括，第二段關於屬莊稼人的墾殖區域，第三段關於屬毒蛇的原始區域。這些關於土地的描述，可以看到鄭煥對土地的觀看與理解的世界觀，除了來自農校教育而來的計算式的理性思維；自然直觀的地景有露出紅泥土的先人墾殖開發區域，以及荒煙漫草、人跡罕至而毒蛇出沒的原始區域。「我」的家中自來臺祖公以來，人不會招惹蛇，除了人謹慎防備毒蛇誤侵誤闖至人類家中，甚至會在每年端午節時候隆重祭祀，提供蛋、小雞等食物，當作奉獻。人與蛇的相處都各自均安。直到阿明哥決心要剷除毒蛇，可惜一個不小心，被毒斃了。阿明哥的死造成「我」的父親決心離開先人之地。這可以看到「我」對於蛇的顧忌。

然而，「毒蛇坑」的土地經驗對於「我」來說，仍是有可為的農業經濟價值，但這塊土地仍有人與蛇爭的問題存在；至於與蛇爭，則有先人留下對「毒蛇」的畏懼之心，也有家中兄長阿明哥立志剷除的無畏行動。「我」在這兩種情

---

[10] 鄭煥：〈毒蛇坑的繼承者〉，《鄭煥集》，頁 240-242。

結之間搖擺，而「毒蛇」造成阿明哥的死亡陰影，也動搖「我」的父親繼續守住祖產土地的意志。「我」最後的「生產者」決心與自我定位形象，也在某種程度是繼承阿明哥的遺志，繼續捍衛、聲張人在「毒蛇坑」的生存權。小說結束於此。

讀者並不知道「我」是否能成功，但是，根據〈長崗嶺的怪石〉的阿隆伯的土地經驗，讀者能藉此瞭解小說敘事的結構邏輯——能守住土地的人，就是能得到土地祝福的人。這也是對於「有土斯有財」認知或信念的實踐方法與行動應用。在〈毒蛇坑的繼承者〉中，「生產者」之於土地而言，不僅僅是能得到土地祝福的人，而是繼承先人父祖之地的同時，也能自覺於農民身份與行動的實踐力量，展現出世代交替的土地生存意志。

「生產者」作為「我」在小說敘事中的自我形象與定位，相較於父祖輩的農民身份，又更多了現代形象的土地關係人的認同與自覺。對於敘述「我」來說，生產者也代表「我」對土地的思維方式，也帶入了現代農業經濟的視角。

值得留意的是「我」在這塊土地的評估過程，提到未來也有「電燈」的生活方式，透露出「毒蛇坑」進入現代化生活的願景與改變，也點出當時臺灣的現代化發展也從城市慢慢延伸到偏鄉地方。城、鄉之間的現代化差距與擴散，也吸引偏鄉地方的人不只移動到地方商業經濟活動較活絡的平地街仔，也開始吸引年輕人往人口更多、工作機會更多的工商化都市謀生。

三、城鄉移動的異化經驗

　　進入 1970 年代的鄭煥，小說書寫開始轉變，題材背景除了擅長的農村、山居，也漸漸擴大到城鄉故事格局。鄭煥的書寫題材與敘事風格的轉變，與 1969 年隻身北上擔任《臺灣養雞》雜誌編輯有關，這是小說家此生命運的轉捩點。總論 1970 年代之後的鄭煥，雖然創作不若 1960 年代量產，但創作格局與敘事觀點的多元化嘗試，則有更勝之勢。值得留意的是，鄭煥的小說書寫因為題材背景的格局擴增，小說開始挖掘農村發生的「黑暗」故事。如，〈狗尾草〉中因「擺腳」疾病而無法務農的「擺腳村」[11]。

　　小說對於「擺腳村」為何成為「擺腳村」，並沒有進行知識份子式的社會調查與批判，而是選擇一個只有國校畢業的年輕少女阿兔的視角，敘述她身邊發生與她所看見的事。小說敘事刻意將所有的故事都圍繞在阿兔身邊，但因為阿兔的年輕、不解世事，使得這個村子的許多大人事，並不是都有直接的答案，必須從阿兔看到、聽到的有限理解的片段敘述，慢慢拼湊出「擺腳村」的「墮落」命運，以及在此命運中無能逃脫自己的卑微生存。「狗尾草」既是小說題目，也

---

[11] 小說並未解釋擺腳病，但根據小說敘述，極有可能指的是「烏腳病」，正式醫學名稱為壞疽或脫疽，民間俗稱烏乾蛇。烏腳病早在日治時期 1920 年即有零星案例；1956 年臺南縣安定鄉「復榮村」傳出集體病症；1958 年媒體跟進報導，醫學界開始投入研究，組團下鄉調查；1960 年，芥菜種會創辦人孫理蓮、王金河醫師、謝緯醫師三人開始近 25 年的地方醫療服務，為臺灣早期烏腳病醫療貢獻良多。烏腳病的產生與飲用含有過量砷的井水有關，自來水普及後，烏腳病不再發生。維基百科 zh.m.wikipedia.org

是小說敘事核心的指涉與象徵。

在小說敘事中，小說家鄭煥以一貫貼近農民寫實的角度，指出「擺腳」病為擺腳村人所帶來的命運，村民們從來不會質疑「擺腳」從何而來，只能順命、認命生存下去，默默承受無法務農之後的不幸命運：

的的確確，擺腳村的人揹著別的村落的人不一樣的殘酷命運，生在擺腳村或活在擺腳村的人就得忍受那罪過，並且還無怨言的揹著那種殘酷的命運。

……發現了自己腳盤裏的黑點……那實在是種古怪的毛病，最初出現的是腳底，然後是腳盤，那個像烏雲一般的黑點或暗斑漸漸兒爬上來了，爬上小腿甚至大腿去了，於是先是成了個「擺腳仙」，而後來呢，根本變成廢人甚至走進墳墓裏去了。逃不過的，住在擺腳村的人很少能夠逃得過那個可怕的命運。

於是擺腳村的人窮困。

於是擺腳村的人暴躁。

為了疾病，為了生活，也為了想抗拒那種與生俱來的命運，擺腳村的人什麼事都敢做，村落本身像個毒瘤，慢慢把毒素傳播到鄰近的地方。

很少人同情他們，縱令同情他們也愛莫能助，提到擺腳病，大家都搖搖頭。

透過阿兔，讀者隱約瞭解阿兔爸爸得了擺腳病之後，無

法再務農，必須靠阿齋叔的盜牛與屠牛集團勾當，接濟家中生活；爸爸、媽媽、阿齋叔之間的曖昧奇怪關係；青豹受控於阿齋叔而成為犯罪集團成員；青豹撫養阿春哥長大的父子關係；阿春哥、江來老師在金門當兵時期險歷生死的同袍往事；阿兔對導師江來既愛慕又怨懟的少女情思……。這些片片斷斷的人際互動、因果關聯，構成「擺腳村人」的命運剪影。最後，阿春哥的腳底盤也開始出現黑斑，但他決意離開青豹、阿齋叔，接受江來老師建議，到他的醫生父親的巡迴醫療車當助手；最後，故事唯一的壞人阿齋叔，在一次拿刀威脅阿兔媽媽過程，因雙腳得了擺腳病而重心不穩，誤殺自己身亡。

　　阿春哥與阿兔之間的狗尾草對話是這個故事的敘事重心，所有人物的命運與發展也都圍繞在阿春哥對狗尾草的領悟，正如阿春哥總結阿齋叔的結局所說的一段話：「……反正狗尾草是清除不了的，狗尾草有狗尾草的世界與命運……」[12]。這些小人物各自有各自的問題，但就像狗尾草一樣，擁有極強韌的生存本能，也許貢獻不大，但就像俗諺說的，「一枝草一點露」，好死不如歹活。這是阿春哥的世界觀，也是鄭煥對「擺腳村」命運的農民寫實觀點。

　　鄭煥的農民寫實觀點，基本上是保持一貫客觀、冷靜的觀察，描述人物言行的本能反應。認命、順命而活是這些小人物的共同特徵，也促成阿兔一家人、青豹叔、阿春哥因著

---

[12] 鄭煥：《鄭煥集》，頁 209。

不同的理由被控制在阿齋叔手中，雖然，阿齋叔也是擺腳病的受害者，但是，他就像毒瘤一樣，不斷擴散自己的毒素，讓青豹、阿春哥、阿兔一家都在他的淫威下戰戰兢兢。然而，他自己也逃不出自作孽的惡果，終死於自己的刀下。

〈狗尾草〉雖然是「擺腳村」的哀歌故事，但已經透露出鄭煥個人對於人與土地之間較為特殊的理解向度——人的命運原罪與生存土地的天理救贖。這使得鄭煥的小說敘事對於人在命運中的「墮落」，也往往固執於惡人一定有惡報的結局。就〈狗尾草〉小說為例，「擺腳村」的人無由得知為何會擺腳，但對於擺腳而失去務農勞動能力的事實，只能視為不可抵抗的命運，為了生存，阿齋叔選擇盜牛殺牛的買賣勾當；阿兔爸爸淪落奉上自己的太太、讓女兒阿兔跟著青豹與阿春哥父子當阿齋叔的助手。這些人的命運都因阿齋叔而以不同的方式墮落，但最後，只有阿齋叔因擺腳而惡，也因擺腳而死於非命。天理透過擺腳命運展現了為惡的因果報應。

除了〈狗尾草〉關於農村墮落與命運的故事，鄭煥也開始注意到臺灣工商業化發展之下的城‧鄉的本質問題，開始嘗試描述城鄉移動所產生的「人」的墮落命運與救贖敘事。〈禿頭灣的海灘〉、〈炮仔樹〉即為此類典型故事。

〈禿頭灣的海灘〉的敘事者「我」（阿海）是一名留在家鄉捕魚的年輕男性，一日無意間巧遇離鄉一年多到城市工作的青梅竹馬美蘭回來；兩人敘舊聊天，分享彼此已知與現況；美蘭相當羨慕「我」留在家鄉，而「我」知道美蘭工作

的工廠汙染了禿頭灣的海水，也知道美蘭獲得總經理的賞識，但善良樸實的我並不知道美蘭在村裡已經人盡皆知的流言蜚語；故事的結局是美蘭投海自盡，留下老父阿坤伯的淚水。敘事並未直接說明美蘭的遭遇，但很巧妙透過「禿頭灣的海給化工廠污染的事實」，隱喻「美蘭被總經理染指的命運」。

鄭煥在這篇小說的敘事，一如他之前的敘事風格，盡量著墨於敘事者所看到的表象事件，並不多做心理或其他解釋分析，就讓故事自己說出「發生的事實」。值得留意的是，美蘭作為一個城鄉移動者，就像許多 1960-70 年代的鄉下女子一樣，畢業後到城市工作，但美蘭的不幸，根據故事中的兩人對話，可推論美蘭不幸的命運，一如當時保守社會中的社會版的角落新聞：年輕貌美單純的鄉下年輕女孩、被有婦之夫的總經理看上，也許被誘姦、也可能直接被迫失身於總經理，造成女孩的終身汙點，女孩最後回到故鄉投海自殺。這個故事最令人怵目驚心的是，無辜的受害者以死亡作為被玷汙的救贖，而死者的父親竟只能靜靜陳述他的看法，「那是命運……她要怎麼，落地時已經決定了，像這個小海灣，誰又有什麼辦法使她再乾淨？」

〈炮仔樹〉則是一則關於逃離家鄉、逃離命運，但終究失去一切的女子「她」——繡雲的「墮落」故事。繡雲出身農家童養媳，等著長大後嫁給養兄，但繡雲喜歡村裡另一個打魚人家的男孩阿明。不過，她在不知情的情況下，登上阿明家的新船，被阿明的父兄、船匠遇見，才曉得女人登新

船、會帶來新船厄運的（迷信）風俗。不幸的是，阿明家的
新船真的出事。結婚後的繡雲，後來跟著一個陌生男子離
開，當了茶室女。繡雲一直困惑自己是不是阿明父兄口中的
「賤貨」。又後來，繡雲逃離了茶室，跑到一家餐館當服務
生，遇到了年紀大她一倍的輪機長，跟了輪機長。一日，再
回到故鄉，正當她看著種滿炮樹的海灘，懷想往事，遇到了
阿明的哥哥阿雷，阿雷因丟船而神經失常；阿雷在憤怒中，
用手掐住繡雲的脖子，要求繡雲償還新船：

> 他加緊了他的握力，她掙扎，但毫不濟事，她不能呼吸
> 了，更不能喊叫了，她癱瘓的坐回炮樹下。滿天的火
> 星。她彷彿看到阿明的清秀的眼睛，但那不可能是阿明
> 的，因為這雙眼睛蓄滿了仇恨[13]。

繡雲最後看到的一幕，就是狀似阿明、實則為阿明哥哥
阿雷的仇恨眼睛，故事嘎然而止。讀者無從得知繡雲最後是
否能生還，但從鄭煥故意留下的結局敘述來看，繡雲被阿雷
掐死的機會很高。整個故事讓人匪夷所思的地方也在此，阿
明家新船遇上的不幸海難，真的是因為繡雲的緣故？從現代
科學的角度來看，女人是禍水的說法根本是無稽之談，女人
上新船導致新船「弄髒」，顯然是一種與性別有關的地方迷
信，但不幸的是，就是發生了！這是繡雲與阿明之間重疊的

---

[13] 鄭煥：〈炮仔樹〉，《鄭煥集》，頁 132。

不幸命運。在故事中，繡雲一直惦記與阿明之間美好的記憶，以致她離開了、又回來，最後可能慘死在阿雷手中。

繡雲的城鄉移動，彷彿是繡雲的命運地圖，始與終都與阿明有關。而繡雲離開家鄉，看似自主擺脫了童養媳的命運，但隨之而來的茶室女與包養命運，更像是順勢而自然發生的「賤貨」命運——這也是繡雲一直在心中疑惑的問題。小說敘事最後指向繡雲離開故鄉、再返鄉的果報——死於非命。

繡雲的死於非命在鄭煥的城鄉移動敘事，很值得探究。與〈禿頭灣的海灘〉的美蘭相比，繡雲相對更有主見與行動能力，但是，另一方面來說，她的命運也被阿明所牽絆——阿明不知就底邀她參觀新船、遇見父兄，接著阿明家失去新船、哥哥阿雷不堪打擊而神經失常……，最後還死於阿雷的索賠憤怒中。整個故事有一股神秘力量牽掣繡雲回到故鄉，因而，繡雲終究要為她無意間觸犯的民間迷信付出死亡代價，也作為離鄉之後的「墮落」的最終果報。

鄭煥這兩則關於女子的城鄉移動故事，不管是自殺、或是他殺結局，都很像是社會版角落新聞會出現的報導，而作為小說家的鄭煥根據人物事件，將之安排更多相關的因果細節。鄭煥將這些因果細節指向「死者本身的命運」，而命運的關鍵都扣緊了死者離鄉之後在都市遭遇的罪惡——被迫玷汙或自願玷汙，都是「墮落」行為，墮落的果報即死亡。不管是美蘭透過死亡獲得自我救贖，或是繡雲死於非命以償還「欠阿明家的」。這些故事的原型有可能是來自報紙的社會

新聞事件，也有可能來自鄉間里民的傳聞蜚語。但是，小說
家執著於命運與死亡的善惡因果敘事結構，有意無意間指向
墮落作為離鄉的必然發生命運，而死亡成為終止墮落命運的
終極命運──也是對於人物墮落命運的懲罰或救贖。這說明
小說家處理小說人物城鄉移動經驗的核心敘事，並不是為了
客觀陳述「可能」發生了什麼事，而是為了反覆見證小說家
對於「離鄉墮落、返鄉救贖」的信念。在此信念中，小說家
不僅僅分享了他個人從故鄉移居到城市所看到、所聽到的道
聽見聞，還藉由命運與死亡的敘事，殷切地與讀者分享他對
這些道聽見聞所能得到的深刻的善惡果報體會。

四、說故事的人與自然的代償正義

　　猶太籍德國文學評論家班雅明（Walter Benjamin）討論
俄國籍作家列斯克夫（Leskov），曾指出列斯克夫作為一名
「說故事」屬性的現代小說家，其小說書寫藝術已經不同於
口耳相傳時代的說故事藝術──雖然兩者都是向他人傳達故
事。主要原因在於兩者的發生經驗不同。班雅明告訴我們，
以書寫文字取代「說」故事本身，故事在講者與說者之間就
不再發生同步的交流經驗。在過去，小說尚未形成正式「文
類」之前，故事來自「口口相傳」，故事是否動聽來自「口
口相傳」的經驗累積，而能將故事書寫下來的人當中，只有
傑出者才能使書寫版本貼近眾多無名說故事的人的口語。這

些無名的說故事的人的經典類型，包括遠古時代的農夫、泛海通商的水手，到中世紀工商結構的專精某類技藝的工匠。農夫、水手並非壁壘分明，而工匠則將遠方遊歷者帶回的域外傳聞，帶給本鄉人將最為熟稔的掌故傳聞融為一體[14]。

從班雅明對列斯克夫列位現代小說家的書寫位置的察考，以其援引、類推於對鄭煥、鄭煥小說的觀察，可以發現鄭煥的書寫，除了來自故鄉高山頂的赭紅色的旱原高地印象，還有他的「遊歷」經驗——原漢相交的山地部落、街仔市鎮、漁村漁港、村落中人言傳聞的都市剪影……。就像班雅明指出西方世界中的農夫、水手、工匠等「說故事的人」的類型與屬性可能彼此重疊，鄭煥的「說故事」也隨著不同的敘事人稱，在故事題材上看到來自或本鄉、或本鄉之外、或兩者交融彙整為敘事者視野的各類「故事」，將他們所見、所聞的現場與發生，娓娓道來。但背後推動故事的進行，並不是他的世界經驗，而是小說家自述或轉述他的世界經驗時，所一以貫之的實用道德教訓。

因此，不管是描述本鄉本地默認監禁精神失控者、任其喪失行動自由的行為、如〈黑潮〉中被通姦的妻子與情夫誣陷為瘋子殺人而遭囚禁的茂吉；或是〈重疊的影子〉中宛如復刻現代都市版「鬼新娘復仇」的始亂終棄故事；抑或是〈禿頭灣的海灘〉中遠赴都市工作女子再返故鄉、巧遇青梅

---

[14] Walter Benjamin：〈講故事的人——論尼古拉·列斯克夫〉，香港：牛津大學出版社，1998 年，頁 78-79。

竹馬的變調故事；又或是〈渡邊巡查事件〉關於村里傳聞鼎沸的一樁家破人亡悲劇，卻內建暗伏以未經世事少年眼睛現場親眼目睹的祕聞敘事……。這些故事就像是會在報上看到的社會版新聞事件，除了事件本身的因果始末發生，這些傳聞事件也透過小說家的中介，被描述為特定人物視角的敘事，而敘事的終了往往指向兩種模式的死亡果報，一是對墮落的救贖，一是惡行必有惡報。

這兩種敘事可以看到小說家對於「說故事」的特定處理方式，已然不再限於傳聞事件本身的傳遞效果，而開始轉向對於自己親歷或從他人轉述而來的傳聞事件因果的「不證自明」。「不證自明」在敘事情節上來自人物自身的行為與結果，也指向小說家特有的世界經驗觀點——基本上反映了鄉村的貧困、純樸、無知與城市（相對鄉村）的富裕、險惡與複雜；但不管是來自鄉村或城市的人，都必須面對「天理」與「死亡」。天理幾乎是鄭煥小說一以貫之的實用道德原則，而死亡則是對實用道德原則的慣行實踐，再再指向小說家「特定」的「說」故事的世界觀與敘事立場。也就是說，「天理」與「死亡」既是鄭煥書寫故事、推動故事進行的敘事方式，也同時成為他的小說書寫中普遍出現的世界經驗，並指向他對故事被書寫的「道德」興趣，以及留存民間故事「勸世」的實用性質。

「道德勸世」一直是臺灣民間故事的重要特色，更重於常識傳遞的實用性，除點出民間對道德教訓實用性質的重視，也可以看到臺灣民間在進入現代社會結構中，尚未具有

現代法律概念之前的一種內在秩序建立與維護方式。「道德勸世」透過「故事」深植民心，也常常夾雜以不可思議的神明鬼怪力量運作其中。在鄭煥的小說中，較為特別的是對於女性情欲的處理，既入筆女性有情欲自覺的描述，但又常常伴隨因果相報的情節設計，特別是「蛇」在敘事中的多重指涉，如〈蛇果〉──「蛇」是實體物存在的毒蛇，也是小說女主角的人欲蠢動象徵，更是她施行報復的想像投射與實踐助力。整體而言，〈蛇果〉是一篇駭人聽聞的山村驚悚復仇事件。小說家從客觀寫實的視域，嘗試進入女主角的內在世界，揭發人欲一旦動心起念之後所遭遇的命運與結果。

〈蛇果〉的主要故事其實很簡單，圍繞在一個名叫阿玉的山村女子身上；而阿玉的命運一切起始於被離家到都市發展的丈夫阿河拋棄；丈夫拋棄她的理由很簡單，他在外面姘上了個女人。故事不尋常的地方在於阿玉對於丈夫拋棄他的「報復行動」──用蛇毒栽種了一棵果樹；她一邊公開等待丈夫回家，一邊秘密計畫給丈夫與他帶回的女人吃蛇果。小說娓娓道來，阿玉作為「山裡小妹仔」與「蛇」的不解之緣，包括少女時代被竹梢上的蛇嚇暈、擅長捉蛇的能幹父親在酒醉時候被蛇咬一口而後喪命、嫁為人婦後不敢吃蛇而被丈夫嫌棄不夠熱情、被丈夫拋棄後學會捉蛇取蛇毒養果樹、以及由蛇果而啟動與陌生人阿新的第一次見面談話，緊接著被阿新強暴，神奇的是，阿玉竟然被「燃燒」。最後的結局也有點出乎人意料之外，阿新吃了阿玉精心栽種的蛇果，也留了一只給她，她欣然而吃。兩人的最後對話揭露故事的真

相：原來阿新是丈夫阿河娣上女人的丈夫，阿新殺了兩人後，繼續報復阿河奪妻之恨而逃上山，以奪阿河之妻再洩恨。

「蛇果」始於阿玉的報復，終於冥冥之中人算不如天算人的「果報」。「蛇果」作為這篇小說最大戲劇張力的敘事設計，多次帶出「蛇」與人欲／人性之「果」相互指涉的象徵意涵，可以看到鄭煥對於當時文壇興起西方現代主義小說技巧的吸收，以及轉化到本土故事的用心。但故事終了於阿新知道自己逃不了被逮捕正法、卻毫不知情吃了蛇果的命運，而阿玉驚覺自己被阿新所莫名激起燃燒的情欲，在阿新自白上山真相後，也毫不猶豫張口咬下自己種下的蛇果。

這兩人吃下蛇果的動機不同，但一樣反映出小說家對男女情欲孽緣的「勸世」意旨——阿玉明明可以有自由選擇其他男人的機會，但她卻鍾情於一個第一次見面就強暴她的男人；阿新原本強暴阿玉是為了報復阿河奪妻之恨，但阿玉愛上他，持續兩人的不倫關係。這一切的「不道德」自有天理為人心因果作了結，死亡的命運透過「蛇果」，不證自明。而小說最不合理之處，在於阿新對阿玉莫名觸動的情欲關係，但也是小說最無須解釋之處——因為阿新的太太正是阿河娣上的女人，而阿河與阿玉之間的情欲，不過是重蹈阿河與自己太太的關係。

因此，「蛇果」作為四人之間因果命運的象徵敘事，也讓讀者在閱讀小說時，自然而然整理出整個故事的來龍去脈，以及隱藏在故事背後、驅動人物朝向最終死亡命運的

「墮落」。包括，阿河姘上女人的不倫墮落，始於離鄉行動；阿河的墮落導致阿河欠阿新一個交代，埋下阿新從阿河太太阿玉處討回的意念與行動；阿玉被阿河拋棄後，無從排解的怨懟，寄託於栽種蛇果；但阿玉最想要的報復，早由阿新之手完成；而阿玉以人妻身份愛上阿新、發生不倫關係的墮落，阿玉最後以自嘗其果方式結束。小說家揭開阿玉對自己的情欲察覺，但不試圖解釋人物的心理變化，一切交代於情節，情節的設計指向天理自在人心的因果運作原則。所有的故事核心指向小說人物的「墮落」行為與必然接之而來的「死亡」。這是小說家經驗世界的理解方式，也是小說家對臺灣民間「道德勸世」的故事書寫實踐。

鄭煥小說中以死亡作為墮落救贖與惡行果報的兩種敘事模式，除了可以看到小說家特有對人性行為的解釋立場，也值得由此探究鄭煥對於「故事」本身的書寫經營，並不是旨在刻劃或嘗試解釋人物的心理動機，而是藉由人物發生事件的客觀寫實，展演人物的命運發展與其帶來的深刻教訓——死亡。死亡是自然時間的重要事件，揭示生命的有限。小說家以死亡指涉人性行為的善惡命運，並終止「墮落」的道德敘事意向，成為驅動故事的重要敘事核心，顯示「天理昭彰」的民間正義觀點。

但是，「天理昭彰」的結局在民間故事不一定都是死亡，而是報應不爽的終極懲罰。這說明鄭煥小說中的死亡事件，浮於故事表面的意外，都不能視為是生命在自然時間中的終結；根據小說家精心設計的敘事因果，這些意外都關乎

天理對人性行為冥冥之中的引導與判斷——為了阻止生命繼續墮落，死亡發揮作用，「天理」不再是遙不可及的抽象存在，隨時可介入人性善惡生命，直接切斷自然時間對自然生命所預定的生死因果，而與人性互為因果，以命運方式，揭開「天理」的存在。這使得鄭煥小說中的死亡敘事帶有道德教化的成分——透過死亡，「天理」因此可被察覺；透過命運，「天理」因此無所不在。「天理昭彰」的民間正義觀點，轉換成鄭煥小說書寫中一個個怵目驚心的警世故事。

　　班雅明曾指出，敘事的權威來自死亡，因為每一個敘事者所能敘說之事物，最後的終點是死亡，包括他自己；死亡作為所敘說之事物的裁判，使得敘事者的故事指涉的是自然史，而不是其他。班雅明對「說故事」的欲望合法性追溯於死亡瀕臨每個生命最後一刻的一生回顧，用班雅明自己的話來說，「這是故事得以編織的材料——只有在臨終時才首次獲得可傳承的形式。恰如人在彌留之際其生平的意象在他心中翻滾湍流、展示種種所遭遇但未及深諳的自我，同樣，臨終人的表情和面容上無可忘懷之事會陡然浮現，賦予一生巨細一種權威，連最悲慘破落的死者也不例外。這權威便是故事的最終源頭[15]。」

　　班雅明的洞見提醒我們，小說家作為現代說故事的人，對於他所欲望要說的故事，（即使讀者不認同）一定有他覺

---

[15] 班雅明：〈說故事的人〉，《啟迪——班雅明文選》，香港：牛津大學出版社，1998 年，頁 86-87。

得不得不說的重要性與價值意義。從這個理解角度重新審視鄭煥對死亡的常態書寫，可以發現鄭煥對於天理與人性行為對應的執著，特別是城鄉經驗中不該發生而發生的悖逆常倫行為，違反道義原則，最後都會因「天理」而罪有應得。

鄭煥小說死亡敘事所指向的「天理」，從人物行為的有跡可循，到果報相應，可以說是不證自明。這固然是鄭煥作為現代說故事的人所經驗世界、理解世界的特有立場，但是，從人性行為與自然發展的故事布局來看，鄭煥小說的死亡敘事指涉的天理，既缺乏民間宗教信仰賞善罰惡的積極態度，也無關於儒家道德涵化的天人精神，而是純粹就人性行為的惡行或尋求救贖合理化小說人物的死亡。

鄭煥小說敘事所指涉的天理，更接近道家「天地不仁，以萬物為芻狗」的自然天理觀點，人在命運的因果引導下，要對自己的行為負責或付上應得代價。這是鄭煥小說不斷反覆出現的教化命題，也可以看到鄭煥小說死亡敘事所對應的「天理昭彰」，是融合自然天理與民間正義、對人性行為進行糾正、導正的一種自然特別力量，透過「命運」的因，隨時導入非自然常態死亡的果。鄭煥的死亡敘事因之反映出一種來自自然、對勸阻墮落、人性惡行的代價正義的履行力量，進而達到勸世警示效果。這個來自自然的代價正義的「天理」，與人的行為所構成的命運，相互呼應，互為關連，卻又彼此封閉，不對他者開放，因之，看似神秘力量，但卻是形成鄭煥小說敘事中相當特殊的經驗世界與思維方式。

五、小結

　　鄭煥從來未曾明言指出這類自然代償正義的經驗世界與思維方式從何而來，但追蹤小說家的敘事軌跡，小說家成長於斯、一生孜孜在念的出生之地「高山頂」，既是他最初說故事的源頭地，也是他經歷城鄉移動繼續說故事的對應之地，人性故事不管在「鄉」、或在「城」，小說人物的命運從來無關乎人的自主或自由意志，都被封閉在人性行為所形成的命運的輪迴中，以死亡收束果報，一切天理可自證自明。「認命」、「順命」而持續努力，是小說人物所能做到最好的回應天理的方式。這也是鄭煥小說中最令人動容的農民精神書寫，也可以看到出身桃園楊梅「高山頂」區域世代務農客庄人家的潛在而深遠的影響。

　　值得留意的是，鄭煥小說中因人性行為而天理昭彰所形成的自然化道德敘事，是鄭煥小說的經驗世界觀點，小說的「孤獨」書寫行為取代了口語傳播時代的說故事與聽故事的同步交流行為，小說家因之有可能因而更加執著於來自「高山頂」赭紅色高原區域的先人遺風，以及務農客庄保守民風的成長經驗與價值觀，而後在經歷城鄉移動，小說家的書寫並未轉向城市現代化，反而更加執著於城鄉經驗中所出現的墮落傾向的人性行為觀察心理。來自「高山頂」民間「口語傳聞」的人心教化與道德認知，進而被中介在小說敘事，成為來自自然力量的天理，介入人性與命運的運作軌道，並以死亡導正或懲處不良與不正行為者。

　　鄭煥作為桃園楊梅文學的前輩代表作家，其個人特殊的自然化道德敘事，極有可能源出於楊梅早期赭紅色高地區域所特有的自然環境，以及客庄保守民風教化風氣，進而衍生源出自然的天理的神秘力量，以命運因果主導人性行為的救贖或果報，形成極特殊的正義代價的道德世界觀。

第四篇　歷史的敗德與終結

蘇童小說中的死亡意涵

每個家庭關起門來都有見不得人的祕密與恥辱。

——蘇童

一、前言

1976 年四人幫的垮臺，正式宣告文化大革命的落幕，大陸文壇隨即進入「新時期文學」，中間歷經了悼念、傷痕、反思、改革、文化尋根、形式實驗、新寫實等主要階段，而在大陸新時期文學中，小說創作可以說是異軍突起，不管是量或質上，都有驚人成績，就發展歷程來看，至1990 年代以前，共有四個階段：第一階段從 1976 年的五四天安門運動到 1978 年「傷痕文學」出現之前；第二階段從1978 年「傷痕文學」興起到 1984 年「改革文學」浪潮衰退；第三階段始於 1985 年，是開啟「小說爆炸」與「小說熱」最具轉折性的一年，隨著改革開放，對中華民族文化總體檢討的「文化熱」、「尋根熱」亦伴之而來，促使小說創作新潮紛紛更起迭呈，尋根、紀實、通俗、先鋒流派凸顯了多元發展局面，創作路向也從傷痕、反思、改革題材轉到形

式實驗與新主題嘗試；1987 年，女作家方方、池莉先後發表〈風景〉、〈煩惱人生〉，以直視人生態度，書寫生活種種風貌為主，開始了「新寫實」、「後現代」浪潮。蘇童正是繼劉索拉、徐星、莫言、殘雪、馬原第一波先鋒派作家後，與余華、格非、洪峰、孫甘露……等，形成「第二批先鋒派」，其創作形式、主題的變化從魔幻寫實如〈一九三四年的逃亡〉、〈罌粟之家〉；後設敘述如〈水神的誕生〉、〈死無葬身之地〉；書寫歷史如《我的帝王生涯》；後現代的諧擬與通俗共進如〈妻妾成群〉、《米》、〈紅粉〉；到「新寫實」[1]，均有可觀之處。

　　蘇童不僅是個具有豐沛創作力與想像力的小說家，他的擅說故事更是其魅力之所在，他塑造了一種平靜如水、卻又耽溺自陷的敘述聲調，訴說著一個又一個頹靡、瑰麗的傳奇故事，「他引領我們進入一個共和國的『史前史』，一個淫猥潮濕，散發淡淡鴉片幽香的時代。他以精緻的文字意象，鑄造擬舊風格；一種既真又假的鄉愁，於焉而起。在那個世界裡，耽美倦怠的男人任由家業江山傾圮，美麗陰柔的女子追逐無以名狀的慾望。宿命的記憶向鬼魅般的四下流竄，死亡成為華麗的誘惑[2]」。蘇童營造了一個頹廢、腐敗卻又誘人的想像南方，透過種種宿命流轉與死亡表演，辯證了一個

---

[1] 施淑：〈大陸新時期文學散論〉，《兩岸文學論集》，臺北：新地文學，1997 年，頁 267。

[2] 王德威：〈南方的墮落與誘惑——評蘇童〉，收錄於蘇童《南方的墮落》，臺北：麥田出版社，1997 年，頁 11。

又一個的南方傳奇歷史，正如王德威教授所言，「蘇童筆下的南方墮落未必是歷史實相，卻是一種有關『南方』寫作形式的墮落。抽空了歷史駁雜矛盾的底蘊，蘇童的南方成了不斷自我重複循環的布景[3]。」傳奇不等於歷史，的確不言自明了傳奇本身的虛構性，但蘇童筆下所言訴的南方傳奇歷史，卻一再鬆動我們對南方認知的歷史敘述定論，蘇童的「南方想像」跨過歷史的傳統，橫越到共和國的人民生活紀實，從楓揚樹村的想像故鄉到香椿樹街的江南市鎮街道，再再顯示了一個屬於蘇童的完整南方變遷歷史的流動線路。

蘇童不僅是以小說敘事重新書寫南方的歷史，更是以傳奇形式一再論述南方的宿命。如果說「死亡」是蘇童小說「南方墮落與誘惑」的最後完成儀式[4]，那蘇童小說中的種種死亡紀事，則可視作一種象徵，寓寫了南方歷史論述的可能慾望原鄉與抒情想像；死亡不是結束，而是新的開始，輾轉借屍還魂地無限輪迴，歷史的前進力量於焉停頓，退化為一則則敗德、猥瑣、淫逸的傳奇故事。但，諷刺的是，當傳奇故事被演義成南方歷史傳統所未能言及或根本忽略的小傳統，甚至進駐顛覆中國傳統歷史敘述時，歷史的合理性與正當性因而被解消，除剩下歷史的嘲諷外，亦也意味虛構重建歷史的力量正方興未艾。蘇童的小說不僅虛構既真又假的南

---

[3] 王德威：〈南方的墮落與誘惑——評蘇童〉，收錄於蘇童《南方的墮落》，頁 15-16。

[4] 王德威：〈南方的墮落與誘惑——評蘇童〉，收錄於蘇童《南方的墮落》，頁 30。

方歷史傳奇，同時也建立既假又真的南方歷史論述。

作為生命它者（the other）的死亡，在蘇童小說中，從超越主體的存在，被抽空到傳奇歷史的表演奇觀時，死亡不朽與生命必朽的相對性，頓時失去了相對意義，人類在歷史中的生命實踐，不再如黑格爾所說「以死亡完成事業」，而將歷史變成一種「以死亡終結死亡」的社會性存在與宿命本質。

二、逃亡與退化的宿命
──楓揚樹村的家族史與鄉村史

楓揚樹村是蘇童小說裡的虛構故鄉，對於小說裡的敍事者我而言，這個遍開罌粟花的南方小鄉村，是身為後裔的他極力想介入的遙想故鄉：

> 多少次我在夢中飛越遙遠的楓揚樹故鄉。我看見自己在迫近一條橫貫東西的濁黃色河流。我涉過河流到左岸去。左岸紅波浩蕩的罌粟花地捲起龍首大風，挾起我闖入模糊的楓揚樹故鄉。（〈飛越我的楓揚樹故鄉〉，《傷心的舞蹈》，頁128）

對於他來不及參與的楓揚樹故鄉歷史，對於這些過往雲煙，他卻選擇以一種「現場」窺探者的方式進入所有歷史現

場：

> 一九五六年我剛剛出世，我是一個美麗而安靜的嬰孩。
> 可是在我的記憶裡，清晰地目睹了那個守靈之夜。（同
> 上，頁 133）
> 一九三四年祖母蔣氏又一次懷孕了。我父親正渴望出
> 世，而我伏在歷史的另一側洞口朝著他們張望。（〈一
> 九三四年的逃亡〉，《妻妾成群》，頁 20）

　　而在這個祖父輩生長、由童姓族人（或易姓為陳）以及
陳、劉姓地主家所組成的老家故鄉裡，總是瀰漫了一種難以
言喻的詭譎氣氛，敘述者我與陳姓、劉姓地主的家族歷史，
其實糾結整合出整個楓揚樹村的傳奇。其發展模式大多圍繞
著兩個基點上展開：一是逃離故鄉的男性長輩與墮落於故鄉
的地主家族；一是生殖旺盛的女性長輩，而她們共同的命運
交會點就是生殖與死亡，組合出一個又一個宿命式血腥與亂
倫的傳奇。

　　對逃亡異鄉的男性長輩而言，楓揚樹故鄉就像是一種宿
命的標誌，因為他們可以逃離故鄉，但卻無法抽換自己身上
的血液，死亡變成了楓揚樹血緣的最後宿命預言；像〈一九
三四年的逃亡〉裡的祖父陳寶年，連同楓揚樹一百三十九個
竹匠越過大江，進入南方繁榮城鎮，展開新興的製竹手工
業。陳寶年就是以精湛的竹器製作，在城裡開了一家蜚聲一
時的陳記竹器店，終生未回楓揚樹村。但在城裡的同時，他

不僅吃喝嫖賭，還匯集了十八個地痞流氓無賴的佼佼者，納為徒弟，形成竹匠幫，從事打劫事業，而陳寶年最後就是因為一個城南妓院棄嬰出身的好友小瞎子的陷害，落下暗病喪命。甚至這個神秘人物還藉著對狗崽——陳寶年在老家拾狗糞、後來尋父離鄉的大兒子的影響力，慫恿狗崽偷看陳寶年與小女人環子交媾，害狗崽被吊在房樑上一整夜，得到傷寒早夭。

而狗崽，這個性好養狗，因丟失存放銅板木匣後殘忍拷打弟妹、甚至為買膠鞋而擊打母親已懷胎七個月弟弟的腹部的十五歲少年，充滿楓揚樹男人潛藏的暴烈、殘酷、如狗般卑賤的性格靈魂，已經不能和〈飛越我的楓揚樹故鄉〉裡的么叔同日而語。〈飛越我的楓揚樹故鄉〉裡的么叔，是個像野狗一樣出沒在柴草垛、罌粟地、乾糞堆、肥胖女人中間、不思歸家的矮小結實黝黑的鄉下漢子，穿著祖父唯一送過的禮物黑膠鞋——一雙暗藏死亡詛咒的災物，全身赤裸地死在老家的河裡，腳上只剩一隻黑膠鞋。而么叔溺死的命運緊緊箍繞在他生前交密甚親的野狗與瘋女人穗子身上，野狗象徵了么叔旺盛的生命力，而具體的體現則是在瘋女人穗子每隔兩年受孕並於河邊掉生的嬰孩，這些身流么叔與瘋女人穗子之血的嬰孩，代表了楓揚樹故鄉最原始的生命力：

在楓揚樹河下游的村莊，有好些順水而來的孩子慢慢長大，彷彿野黍拔節，灌滿原始的漿汁。那些黝黑骯髒的孩子面容生動，四肢敏捷，多次出現在我的夢中。我恍

惚覺得他們酷似我死去的么叔，他們也許是死者么叔的
精血結晶，隨意地播進黑土地生長開花結果。（《傷心
的舞蹈》，頁 136）

但到了〈罌粟之家〉則更具體地向下退化成一種動物的
原始本能：

家譜記載演義是個白癡。你看見他像一個刺蝟滾來滾
去，他用雜木樹棍攻擊對他永遠陌生的人群。他習慣於
一邊吞食一邊說：「我餓我殺了你。」（《妻妾成
群》，頁 86）

演義的楓揚樹血液遺傳的墮落，主要是因為演義是劉老
俠──楓揚樹村的地主與姨太太翠花花野地媾和的收穫。
「鄉間對劉老俠的生殖能力有一種說法，說血氣旺極而亂，
血亂沒有好子孫」（頁 86）。相較於楓揚樹村另一個地
主──陳文治，同樣因酒色與人倫顛倒擾亂了楓揚樹人生命
歷史的正常發展：祖父陳寶年因飢寒交迫，將親妹子鳳子與
陳文治交換了十多畝水田生存；當了陳文治小妾的鳳子，生
下三名畸形的男嬰後，因男嬰被活埋發瘋而死。陳文治的地
主強勢是楓揚樹村的陰黑惡勢力：

楓揚樹人認為陳文治和他的先輩早夭是耽於酒色的報
應。他們幾乎壟斷了近兩百年楓揚樹鄉村的美女。那些

女人進入了陳家黑幽幽的五層深院彷彿美麗的野虻子悲傷而絕情地叮在陳文治們的身上。她們吸吮了其陰鬱而霉爛的精血後也失去了往日的芳顏，後來她們擠在後院的柴房裡劈柈子或者燒飯，臉上永久地貼上陳文治家小妾的標誌：一顆黑紅色的梅花痣。（〈一九三四年的逃亡〉，《妻妾成群》，頁32）

然而，陳文治最後也喪失了自然生殖力，只能靠著一個收有少男少女精血製成的白玉瓷罐維繫活力，提點出地主之家衰敗的必然結果。劉老俠則是衰敗前的最後強弩之末。劉老俠的富貴建立在他的無情與冷血，甚至對自己的親弟弟劉老信——離鄉到城市、最後一事無成染上滿身梅毒大瘡、離奇死在火堆的浪蕩子都是如此。他一手建立了楓揚樹村的鴉片王國，使罌粟逐漸和稻米一樣，成為楓揚樹村的兩種生存之糧。

罌粟從自然植物到人為鴉片，暗示楓揚樹故鄉的生命歷史動向正走在必然的退化路徑上，而劉沉草則是這種退化歷史的必然趨向。他和演義不同，演義是楓揚樹血液的原始回歸結果，但他卻是承繼了翠花花與劉老太爺、劉老俠、劉老信父子亂倫後、和長工陳茂雜交後的混種墮落宿命：

沉草從來不相信演義是他的哥哥，但他知道演義是家中另一個孤獨的人。沉草害怕看見他，他從那張粗蠻貪婪的臉上發現某種低賤的痛苦，它為整整一代楓揚樹人所

共有，包括他的祖先親人。但沉草知道那種痛苦與他格格不入，一脈相承的血氣到我們這一代就迸裂了。（〈罌粟之家〉，《妻妾成群》，頁 94）

但他卻在罌粟的奇香中，以其羸弱的身子對演義連砍了五刀，而後來劉老俠為了讓他避免土匪姜龍的報復，不惜以劉素子三天三夜的貞操交換；當他接過了象徵劉家地主發達歷史與土地勢力的白金鑰匙，正意味著接受沒有先祖庇蔭下的死亡預言：

白金鑰匙像天外隕石落到沉草手心。他奇怪那把鑰匙這麼沈重，你簡直掂不動它。沉草啊你的祖先在哪裡？到底是誰給了我這把白金鑰匙？黑暗中歷史與人渾沌一片，沉草依稀看見一些面呈菜色啃咬黑饃的人，看見鬼叔叔在火中嗶噗燃燒，而最清晰的是演義血肉模糊的頭顱，他好像就放在青花瓷盤裡，放在神龕之上。（同上，頁 120）

成為地主的沉草，在 1949 年陳茂帶回共產黨解放的消息中，與劉老俠一起被鬥；劉素子後來也被陳茂姦污，沉草殺了自己的親身父親陳茂；劉老俠、翠花花、劉素子隨著陳茂的屍體，一起燒死在楓揚樹村的蓑草亭——劉老俠的男性象徵處，而沉草這個末代地主最後也難逃共產黨革命者盧方的槍決。這些楓揚樹家族的男性歷史發展，就像楓揚樹村中

的祖父對孫子說的話：「……人的血氣不會天長地久，就像地主老劉家，世代單傳的好血氣到沉草一代就雜了，雜了就敗了，這是遺傳的規律。」（同上，頁 140），因此，不管是敘述者童姓家族的逃亡歷史或地主之家族的敗頹歷史，都在一種「種的退化」的宿命性歷史發展軌跡上，逐漸走向死亡。

然而，是什麼原因使得楓揚樹的男性不是走向逃亡就是朝往頹敗呢？陳寶年也給了我們很好的答案：

> 他說楓揚樹女人十年後要死光殺絕，他從蔣家圩取來的女人將是顆災星照耀楓揚樹歷史。……男人低沉地對他說：「你是災星。」那七個深夜陳寶年重複著他的預言。（〈一九三四年的逃亡〉，《妻妾成群》，頁 22-23）

祖母蔣氏是個帶有牲靈腥味、具有極強生殖能力的女性，這幾乎是一種楓揚樹女人的原始形象，不斷地受孕生子，但卻因為 1934 災年，使得五個孩子在三天內一一早夭，只有敘述者我的父親，因啜飲鄉村的自然精髓夜露而奇蹟式存活下來。這個韌性堅強的女人，原來是地主陳文治家獨特的女長工，陳文治總是躲在東北坡地黑磚樓偷窺她，就在蔣氏來到死人塘邊凝望死屍、沈思默想時，陳文治蹂躪了她。蔣氏的女性旺盛生殖力，既是楓揚樹村男人的生命源頭，也同時隱藏了死亡力量的陰影：

我發現死人塘與祖母蔣氏結下的不解之緣，也就相信了橫亙於我們家族命運的死亡陰影。死亡是一大片墨藍的弧形屋頂，從楓揚樹老家到南方小城覆蓋著祖母蔣氏的親人。

祖母蔣氏是串起敘述者家史與陳姓地主家史的楓揚樹傳奇的歷史核心，就像翠花花一樣，聯繫了劉姓地主家與長工陳茂的複雜興衰敗亡關係。所不同的是，祖母無法逾越長江，跨到城市裡，蔣氏的世界只有純粹的楓揚樹鄉村，這使得小女人環子得以帶著父親逃到城市裡落腳，成為逃亡成功的一支楓揚樹家族。但翠花花卻是一個在城裡長大的楓揚樹女人，旺盛的生殖力就只剩下騷貨的媚勁，與公狗如出一轍的長工陳茂生下了沉草，注定了劉氏家族的毀滅。不管是逃亡成功後裔的我，或是已經死亡的末代楓揚樹地主，都會在楓揚樹的歷史宿命裡以不同的形式輪迴著：

在我的逃亡之夜裡，一個瘋女人在遠遠的地方分娩出又一個嬰兒。每個人都將聽見那種蒼涼沉鬱的哭聲，哭聲蘊含著楓揚樹故鄉千年來的人世滄桑。我能在那生命之生越過左岸狹長的土地越過河流嗎？（〈飛越我的楓揚樹故鄉〉，《傷心的舞蹈》，頁140）

沉草好像睡著了。盧方把頭探到缸裡，看見沉草閉著眼睛嘴裡嚼嚥著什麼東西。「你在嚼什麼？」沉草夢囈般

地說，「罌粟。」……他把沉草從缸裡拉起來時才發現
那是一只罌粟缸，裡面盛滿了陳年的粉狀罌粟花麵。盧
方把沉草抱起來，沉草逃亡歸來後身體像嬰兒一樣輕
盈。沉草勾住盧方的肩膀輕輕說，「請你把我放回缸
裡。」盧方遲疑著把他又扔進大缸。沉草閉著眼睛等待
著。盧方拔槍的時候聽見沉草最後說，「我要重新出世
了。」（〈罌粟之家〉，《妻妾成群》，頁158）

　　楓揚樹村家族史與鄉村史的歷史發展，儼然一場男性與
女性原始生理情欲悸動下、有關生殖與死亡的辯證過程，生
殖是自然生命的正面終極力量，死亡則意味自然生命的負面
終極力量，這兩種終極力量相互糾葛纏繞，形成推動楓揚樹
家鄉歷史的基本原動力。但弔詭的是，生殖與死亡的發展方
式與結果，總是決定在一種冥冥注定的宿命軌跡。這使得楓
揚樹故鄉的生命時間，永遠只能在現在的時間中浮現過去，
失去了溢出宿命範疇的創造可能性的楓揚樹人，對於生命空
間的開展，就只能限定在逃亡與回歸、離鄉與還鄉的模式
中，宿命的軌跡使得歷史的正反原動力失去了辯證的整合力
量，退化的必然性成了蘇童小說中歷史詮釋的原型基礎。

三、墮落的城市
──敗德原點與香椿樹街史

　　在蘇童小說中，楓揚樹故鄉本身就擁有是一種透過血緣

遺傳的先驗宿命，只要是楓揚樹人，不管在故鄉或異鄉，都會與代表故鄉命脈的精華物聯繫成生命共同體，如〈一九三四年的逃亡〉的大頭竹篾刀之於陳寶年、狗崽、〈飛越我的楓揚樹故鄉〉的竹籤靈牌之於么叔、〈罌粟之家〉的罌粟之於劉沉草。

　　〈桂花樹之歌〉祖父種下的桂花樹之於童姓家族，不管是奇異靈性的竹子——楓揚樹村的特有產物、或具有強烈薰香的墮落根源的罌粟花、或是那「先人冷漠的方臉和黑鬍鬚全部開成花隱在一棵巨大的桂花樹」的桂花樹，全糾纏了楓揚樹人叛離或逃亡故鄉的命運，而這些叛離或逃亡故鄉的楓揚樹人，通常都會落籍在一條座落在城北地帶的香椿樹街道上，不同於楓揚樹的鄉村性質，香椿樹街在空間上是屬於城市的範疇，在時間上則從楓揚樹村的封建地主時代，跨越到中共建國史以後。

　　在蘇童的小說裡，關於楓揚樹人在異鄉城市的一生經歷，最具典型代表的莫過於蘇童的第一部長篇小說：《米》，講述一個青年五龍因逃荒而淪落到城市，被米店老闆收留，在城市人種種的輕蔑與目睹種種城市罪惡中，展開報復：密告六爺殺了阿保、當先後娶了織雲綺雲當了米店女婿、取代六爺成了城北一霸、最後因私藏槍械被漢奸抱玉——六爺養大的織雲與阿保的兒子——施以酷刑，死在回鄉裝載白米的火車上。五龍代表的是一個逃離天災、在城市墮落的楓揚樹人原型：

他又看見了楓揚樹村的漫漫大水，水稻和棉花，人和畜生，房屋和樹木，一寸一寸地被水流吞噬，到處是悲慟的哀鳴之聲。他看見自己赤腳在水上行走，黯淡的風景一寸一寸地後移。他在隨風疾走，遠遠的地方是白米組成的山丘，山丘上站滿了紅衣綠褲的女人。（《米》，頁93）

城市的罪惡在於見錢眼紅、利慾薰心、攸關人命的人心墮落，五龍的人性逐漸在這種惡劣的環境被扭曲，對楓揚樹故鄉逃難者的同情是他唯一僅存的一點善心，他很清楚知道城市是吸引犯罪的死亡集散地：

城市是一塊巨大的被裝飾過的墓地。……城市天生是為死者而營造誕生的，那麼多的人在嘈雜而擁擠的街道上出現，就像一滴水珠出現然後就被太陽曬乾了，他們就像一滴水珠那樣悄悄消失了。那麼多的人，分別死於兇殺、疾命、暴躁和悲傷的情緒以及日本士兵的刺刀和槍彈。城市對於他們是一口無邊無際的巨大的棺槨，它打開了棺蓋，冒著工業的黑色煙霧，散發著女人脂粉的香氣和下體隱秘的氣息，堆滿了金銀財寶和錦衣玉食，它長出一隻無形然而充滿腕力的手，將那些沿街徘徊的人拉近它冰涼的深不可測的懷抱。（《米》，頁270）

城市裡的罪惡誘惑完全不同於楓揚樹的粗俗缺乏秩序，

它本身就帶有一種壓迫和欺凌的成分，而五龍就靠著楓揚樹鄉村價值中最原始的生命與生殖力量活下去，這表現在五龍將米塞進女人子宮的性變態執戀上；米和性的原始動力，就是推動五龍在城市罪惡裡壯大自己勢力的生命源頭。但城市所寓伏的墮落，只是讓五龍在由盛而衰的宿命軌道裡發生連鎖效應。阿保的死是他在城市裡以城市方法所犯下的第一個罪惡，根據楓揚村的敗德歷史因果的報應與輪迴，阿保兒子的誕生，自然注定了五龍的滅亡。五龍發跡史的歷史走向竟與楓揚樹家史鄉史不謀而合。蘇童在此再一次藉著五龍血裡的楓揚樹的「往南」意識，在城市裡重新演繹了一次生殖與死亡辯證下的宿命遊戲。

因此，五龍的靈魂隨著時代的轉輪、種的歷史的退化原則，重新出世到文革時期，投生為以三只工業大煙囪為象徵的城北地帶的香椿樹街退學無賴少年：李達生。但到此時，已不復擁有五龍當年體內的楓揚樹原始生命，只剩下少年的暴戾之氣的苦悶，幹不了什麼大事業。而城裡的罪惡與敗德誘惑，也變成了一些無意義的少年幫派械鬥、窩囊的父子偷情風波、莫名發生的強姦少女、橫殺少女事件……。香椿街每況愈下的現況被譏笑為「爛屎」，唯一在乎的只剩下李達生，但心有餘而力不足。為了香椿樹街昔日的勇敢好鬥之名，獨自一人趕赴皮匠幫之約，被毆死在現場。

李達生是為香椿樹街而死，但「烏黑的煤粉遮蓋了死者衣服和球鞋的顏色，也遮蓋了他滿臉的血污和臨終表情。裝卸工人不認識死者，他們只是憑著閱歷和經驗猜想，一個死

在煤場的人，其原因大概也是不倫不類烏黑難辨。」（《城北地帶》，頁 265），歷史的諷刺莫過於此，李達生為了證明自己不是爛屎、是真正的漢子，但他的死亡卻在外人的眼裡如同一堆爛屎。而真正在香椿樹街變成英雄的少年，反而是最沒種、最被嗤之以鼻的小瘸子——小拐。

小拐舉發潛伏三十年、妄想復辟的特務老康——一個拾廢紙、頗有人性溫情的封建時代的藥店老闆，但真正的原因，卻是因為小拐前往竊取老康家物品時，無意發現他後來搬進的小屋裡的槍藥地窖。老康的枉死換來小拐的榮耀，老康成了香椿樹街的另一個鬼魂；與被強暴後受不了流言蜚語跳水自殺的無辜女孩美琪的鬼魂，一起遊蕩香椿樹街。而活著的李達生的母親、間接害父親弄蛇人凍死橋洞的寡婦滕鳳，發了瘋後，也如同鬼魂般行走於街道之上。香椿樹街變成了一個人鬼不分、陰氣瀰漫的南方市鎮。楓揚樹村的宿命軌跡，在此具體轉化成為死魂靈形式，再次對敘事者我預言「南方」歷史的發展本質——墮落與逃亡：

> 我認為金文愷是一個死不瞑目的冤魂，幾年後他會重歸梅家茶館，以另一種形式實現他的理想。或者就是現在，某個深夜，他悄然出現在香椿樹街上，挾著一只老式手電筒，冷不防對你說，孩子快跑。（〈南方的墮落〉，《南方的墮落》，頁 85）

蘇童藉著金文愷——梅家的易姓孽子，再一次地演繹了

梅家茶館的敗德家史，從金文愷八代或九代祖奶奶與和尚的勾搭風流到姚碧珍——金文愷之妻、李昌與紅菱姑娘的曖昧爛帳。這個足以代表南方風月春情、水鄉懷舊的梅家茶館，根據《香街野史》裡記載，其實還藏有婆婆捉姦、兄弟謀殺的歷史往事。最後梅家茶館在李昌謀殺紅菱姑娘、姚碧珍剁了李昌三根手指頭餵狗後逐漸破敗，現實的不斷翻演《香街野史》，使香椿樹街徹底成為一種「南方」墮落象徵。在這裡，敘述者我已不再是穿越歷史的隧道，而是直接「現身」揭露南方的敗德事實。

歷經文革的末代封建資產家金文愷，這個整天躲在陰暗緊閉的小樓沈思冥想、拒絕與人交談、拒絕與姚碧珍性交、每天只吃一頓稀飯和皮蛋的神秘茶館主人，正說明末代地主劉沉草在 1950 年後的「重新出世」。歷史的軌跡從中華人民共和國的建立，宣告封建時代的結束。到文化大革命肅清傳統中國文化餘毒的悲劇，從沒有在蘇童的小說裡取得真正的前進。

劉沉草這缺乏生命欲力的頹廢地主，不僅從罌粟薰香中清醒過來，還搖身一變，成為「香椿街獨一無二的隱居者」，就在文革結束的 1979 年正式宣告死亡。較劉沉草只留下預言更加嚇人，他變成了香椿樹街的死亡魂靈——蘇童筆下的「南方」，從楓揚樹村到香椿樹街，又得到了一種不同形式的永恆生命。而這個鬼魅的永恆生命，正如同蘇童歸納的「南方」公式：南方＝書院弄＝九十五隻蒼蠅一樣，我們也可順此類推：南方＝梅家茶館＝金文愷（包括他的鬼

魂）。蘇童就這樣進而輕易地將大歷史傳統敘述下的南方綺麗柔情證明成香椿樹街種種的敗德淫邪，他筆下的南方不見得是歷史真相，但絕對是一種腐敗而充滿魅力的存在。

　　鬼魅的姿態既然宣示了南方歷史宿命在現實與未來的重蹈覆轍，敘述者我的「現身說法」，又對應出了敘述者的香椿樹街的現實生活，發展至此，楓揚樹村祖父輩歷史變成了香椿樹街我所知悉的歷史。敘述者我也從窺探歷史到親身經歷，但香椿樹街所發生的種種死亡事件，則因此被埋伏到一種宿命式的神秘解釋圈套[5]。像〈小莫〉裡跳河溺死的詩鳳：「收購站裡的一個熱中巫術的女店員回憶出見詩鳳的情景說，她一進來我就猜到這個女人會大禍臨頭，我看見她的身後拖拽了一條紅光。」（《十一擊》，頁 37）；〈八月日記〉裡達生預謀殺了老朱的原因竟是「他還記得那天的落日晚霞非常瑰麗，整個世界都流淌著金黃色與桔紅的光色，而且他隱隱預感到，這個學會蝶泳的輝煌瞬間也許是他游泳生涯的最後時刻」；而〈紅桃 Q〉所回溯的一段關於謀殺的少年記憶，更是將尋找紅桃 Q 與被謀殺者作了一種無法說明的神秘聯繫（《天使的食糧》，頁 45-55）。

　　象徵南方的梅家茶館，終於在現實生活情境中逐漸失去

---

[5] 死亡書寫幾乎已成了先鋒小說家的嗜好，南帆指出死亡和悲劇在他們作品中，早失去社會學或心理學的深度，悲劇意義已轉成敘事層面，死亡只是一種敘事技巧的維繫，而王德威更進一步指出，宿命是蘇童一輩作家對於死亡的最好藉口，使揭開宿命底牌的詮釋（hermeneutic）付諸闕如，正如南帆所說，「他們所愛好的是死亡景象而不是死亡原因」。王德威〈南方的墮落與誘惑──評蘇童〉，蘇童《南方的墮落》，頁 30。

歷史的身影，只剩下一堆不斷因南方墮落宿命的潛意識運作而死亡的香椿樹街人；死亡的方式，除了敗德肆溢、橫禍亂飛外，還同時演化成了極具想像力的奇觀共欣賞：如〈刺繡〉中的簡少貞，以無數繡花針扎破了她的動脈血管，安靜地坐在一張已被磨出白光的紅木椅子等待血液流光（《南方的墮落》，頁 68）；〈徽州女人〉的啞老的胸膛插了一支常理推測不能置人於死地的銀簪子（《一個朋友在路上》，頁 180）；〈告訴他們，我乘白鶴去了〉的祖父，誘使孫子挖坑活埋了他（《天使的食糧》，頁 252）。

　　死亡的戲目就這樣以各種精緻的暴力、血腥在蘇童小說反覆上演，從如過往雲煙的頹敗流亡家史到歷歷在目的街道生活實況記錄，蘇童在敗德與死亡的想像與表演形式中，從窺探參與歷史到現身揭露事實，演繹了南方宿命歷史軌跡各種可能性的同時，不只是以小說虛構了歷史，同時也以傳奇抽空了歷史。

四、虛構的歷史傳統與傳統歷史
──從《我的帝王生涯》到《武則天》

　　從楓揚樹村到香椿樹街的家史、地方史建構，蘇童更進一步地朝向國族史邁進。這次他選擇以「自傳」形式，虛擬出一位廢帝對於過往宮廷生活的回憶紀錄。正如蘇童所自述，《我的帝王生涯》是我的精神世界的一次盡情漫遊。希

望讀者不要當成歷史小說來讀[6]。在這裡，他遊走於中國歷代宮闈軼事，將江山美人、垂簾聽政、兄弟鬩牆、閹宦弄權、藩鎮賈禍、后妃爭寵、瀛臺泣血的哀豔、燭影搖紅的詭譎、靖難之變的暴虐、南朝風月的頹靡、狸貓換太子的深宮疑案、乾隆下江南的微服歷險，通通敷衍在這位荒唐廢帝的往事回憶中，五花八門，高潮迭起，由登基到罷黜。他的問題不在於扮得不像，而是扮得太像了[7]。

蘇童不僅藉著一個廢帝的虛構國族史，諷刺了中國傳統的帝王史與政治史，又再一次將他的南方歷史宿命軌跡，貫徹到這位廢帝所象徵的帝王歷史傳統裡，透過他澄澈如水的死亡抒情敘述，展現了一種更深層對歷史本質與因果宿命的探索。

這個集頹廢、殘暴、昏庸、無能、懦弱、猜忌、無知……所有歷代昏君之大成的大燮國小皇帝端白，就在其師僧人覺空離宮時交予的一部《論語》與「少年為王是你的造化也是你的不幸」預言以及「苦竹寺在苦竹林苦竹山」讖語中，展開了登基後的帝王生涯。第一個晚上，他敏感地嗅到了宮女脂粉味和窗欄外植物秋蟲腐爛死亡酸臭──帝王宮庭亙古未變的氣息，暗示了繁華之中即已寓藏衰敗的「正反辯證宿命」的歷史軌跡，正悄悄在端白身上運作著。

---

6 蘇童：〈夢想中的夢想〉自序，《我的帝王生涯》，臺北：麥田出版社，　年，頁 3。

7 王德威：〈「扮皇帝，我在行，我作皇帝比人強……」──評蘇童的《我的皇帝生涯》〉，收錄於《聯合文學》，1992 年 12 月，頁 174-175。

　　而在虐殺盡忠駐關將領楊松與其兄太醫楊棟後顯示的年幼殘暴，正證實了老瘋子孫信——另一個能洞悉歷史軌跡的前朝功臣的亡國預言，垂簾弄權的皇甫夫人死去後，真正取得帝王權勢後，他所做的第一件事竟然是以十一種極刑審問起義英雄李義芝。李義芝熬過後，臨死前留下「人不如獸，燮國的末日就要到了」咒語。

　　歷史果朝著預定的宿命軌跡行去。英明勇敢果斷的兄長端文政變成功，端白被罷黜為平民，帶著寵宦燕郎後離宮。諷刺的是，端文成為皇帝後，反而成為了真正的亡國之君。端白卻變成了王室唯一存活的局外人——戲班雜耍藝人走索王。歷史的宿命軌跡再一次地嘲弄了史學家對歷史現象的詮釋。而有趣的是，他的逃亡潛意識「往南走，也許現在只能往南走了。」（《我的帝王生涯》，頁 216）竟和五龍「火車是向北開嗎？我怎麼覺得是在往南？」（《米》，頁 296）同出一轍。最後在燕郎死去後，斷絕了與舊時代的最後一絲聯繫，他在僧人覺空為他準備「一畦王」的菜園和空寺中度過後半生。宿命軌跡的終點顯現了歷史本質的意義：

　　　　背囊中如今又是空空如洗，只剩下一本破爛的《論語》和一捲走索用的棕繩。我想這兩件風馬牛不相及的物件對我的一生是最妥貼的總結。……
　　　　白天我走索，夜晚我讀書。我用無數個夜晚靜讀《論語》，有時我覺得這本聖賢之書包容了世間萬物，有時卻覺得一無所獲。（《我的帝王生涯》，頁 251、

254）

　　蘇童在《我的帝王生涯》中所扮演的廢帝端白，以他一貫南方宿命軌跡的歷史論述顛覆了中國帝王傳統正史的神話。他出入稗官野史之間，將歷代宮闈事件有機組合起來，作了一場場死亡的即興表演。在挑戰了正史的合理性與合法性的同時，卻也因此抹去了歷史與事件本身所具備的時間意義與詮釋意義上的辯證可能。這意味他讓宿命解構了歷史中史實與史實之間彼此複雜演繹的深度，而他的小說總是順從宿命軌跡的發展模式，將家族地方的頹敗史鋪續成國族寓言的頹敗史。蘇童或許意識到了這一點，想更進一步用他的南方宿命軌跡的歷史想像，挑戰對正史的敘述詮釋，《武則天》於焉誕生。

　　《武則天》相較於《我的帝王生涯》遜色許多，正如王德威教授所指出：

　　蘇童想要持續「扮皇帝」敘事遊戲，一方面又要盉盉要歸回到史實記錄。他一方面告訴讀者一切的陰謀、情欲與權力都是空虛不足恃，一方面又要告訴我們歷史鐵證如山，由不得你不瞠目結舌。他敷衍女帝建國傳奇，卻又不忘預告男性王朝復辟的必然。……《武則天》一書顯示的是妥協多於創新，猶疑多於批判。或更進一步，以「南朝」的想像書寫、懷柔北方帝國的歷史，蘇童未能克竟全功。（王德威 1997.5，頁 29）

　　對於這位史上唯一攀上權力高峰的女皇帝，她的一生業績已成為歷史傳奇，而蘇童透過他的南方宿命歷史敘述，將這位女皇帝的成功，都歸納到一只神秘的紫檀木球的動向上，它暗示了武則天在歷史的契機，也呼應了星相家袁天綱對武氏君臨天下的預言：

　　武曌依稀記得她在夢境中看見過亡父之魂，看見亡父之魂潛藏在枕邊的紫檀木球裡，她記得紫檀木球在夢中是會吟誦的，吟誦的讖語恰恰是袁天綱在二十八年前的預言。（《武則天》，頁76）

　　宿命與預言的預設敘述模式反而使女皇的面貌變得模糊不清。對小說本身來說，無疑是種極大的致命傷。加上蘇童大量堆衍史料掌故，限制了他在歷史想像的發揮，所有關於權力欲望與女皇史實的交相辯證，完全被架空於一只紫檀木球裡。蘇童所虛構的傳統歷史，也因此失去了更具積極意義的敘述詮釋。蘇童在《武則天》的處理上，不管是對正統歷史的檢視，或是歷史小說敘述的可能突破，是否正如中國南北歷史發展規律所昭示：向來只有北方統一南方，而沒有南方成功反攻北方？

五、死亡與歷史的社會文化意涵

　　蘇童的家國歷史充滿了南方宿命的必然演繹，從原始生命的種的文明制約到城市罪惡向下沉淪的人性引誘，死亡的想像與實踐，一再成為蘇童樂此不疲的文字遊戲。南方宿命演繹過程的必然性「退化」，亦成為蘇童對歷史書寫的唯一運作軌跡，死亡意象在蘇童小說不再具有任何永恆的隱喻意義，而轉變為一則則的「奇觀共欣賞」。

　　齊格蒙・包曼（Zygmunt Bauman）從人類面對死亡的必朽經驗為起點，思考必朽與文化生命面向之關係，而析論出兩種生命策略：現代型與後現代型。前者在於「解構」必朽，認為退化觀是現代社會的一種普遍心理焦慮，表現在私人與集體的醫療公共論述，強調關心健康與防治疾病的積極治療行為，是現代人懼怕死亡的必然產物，而人體必然衰老與死亡的現象，終究證明必朽之真理。

　　因此，在現代精神的籠罩下，解構死亡的策略只能壓抑死亡恐懼。退化論被調適成現代社會人的不適性與不安感上，而轉化成對理性化的一種補償與輔助與科學概念，使人們拒看死亡真相，將死亡意識轉換到社會與公共領域的議題範疇，以各種死亡原因的憂慮取代生存焦慮。但這種現代性並未能解決死亡所帶來人類必朽的事實，只是把死亡放置在一個可被認知的位置，對死亡的恐懼投射在退化媒介與疾病媒介的上，致力將這些退化媒介與疾病媒介排除生命之外，以作為「殺死死亡」的象徵性替代行為，並轉向現代社會日

常生活中的深層意義來體現：

> （猶大）大屠殺還不是現代生活的日常事件。但它卻是
> 許多日常關懷與事件的原型和主要隱喻。它以各種不同
> 的象徵面貌出現……有時，它表現的面貌是對新犯罪手
> 法，或對其他「法律與秩序」的類似威脅的極度恐怖；
> 同時帶著新浪潮般的呼喊，希望對此種種施以更嚴酷、
> 更斬絕、更「激進」的懲罰。越多的笞刑、越接近（可
> 以指字面上或譬喻上的意義）死刑[8]。

從以上觀點來看蘇童小說的楓楊樹鄉村到香椿樹街城市
的流亡經歷，退化的歷史觀，提點出傳統農村進入現代文明
社會的不適應與人性墮落的必然性；死亡本能的趨力，潛藏
在生命的每個出路，屠殺—殺虐死亡的精神基礎，幾近成為
蘇童的創作精神原型。在現實世界裡，文革的瘋狂暴力與是
非顛倒，正是屠殺的一種精神變形，蟄伏在蘇童的創作潛意
識中。他所創造的各種人物的精緻死亡意象，使得死亡不再
是人類生存困境，而可以不斷被「推陳出新」地演練著。死
亡失去了必朽的向度意義，成為蘇童的歷史書寫的主要節
奏。

因此，歷史時間與南方空間的變化辯證被制約在宿命的

---

[8] 齊格蒙・包曼：《生與死的雙重變奏——人類生命策略的社會學詮釋》，臺
北：東大圖書，1997 年，頁 259。

反覆輪迴中，生命只是死亡必朽的一再重複，解消了瞬間與永恆的對立，正反映一種以宿命解構不朽的「後現代」現象。歷史記憶不再是人類的存有情境（being situation）的線性累積過程，死亡也只是消逝，也不是不可還原，一切都是遊戲，生命沒有認同（identities），只有變形（transformations）。死亡成為生命的另一種變形，在日常生活與歷史記憶中，反覆操練死亡的種種可能，死亡變得不再可怕，而是一種可以一再重複的精緻暴力享受。正如包曼引 Baudrillar 所言：「消失的事物都有機會重現。死亡在線性時間裡被摧毀殆盡，但消失則是跟一堆事物疊在一起。消失是種環形運動，它會多次重現……再也沒有什麼事物是因終結或死亡而消失。消失都是通過繁殖、持續、醺浸、透明，而消失……再也無所謂致命型態（model fatal）的消失，只有所謂的斷裂型態（model fractal）的消散[9]。」

　　時間不再具有終結意義，歷史的本質只是敗德真相與宿命隱喻，死亡則是以生命它者所對應的永恆性被瓦消為消失與再現的循環因果。蘇童是在失去歷史線性意義的創作世界裡，透過想像死亡的宿命軌跡與後現代心理機制的重複演練，抗拒退化觀點所帶來的現代社會心理焦慮，進而創造一個不再是歷史南方的南方歷史。

---

[9]　齊格蒙‧包曼：《生與死的雙重變奏——人類生命策略的社會學詮釋》，頁289-290。

六、結論

　　從楓揚樹村、香椿樹街到大爕國、武氏王朝，蘇童以一種南方宿命的歷史軌跡詮釋來論述家史與國史。死亡在蘇童的小說中，證明了歷史軌跡朝向敗德與退化的必然性，死亡不是結束，而是另一個南方宿命的歷史軌跡的重新開始，隱藏了現代社會與後現代社會的文化創作意涵。韓少功說：「作為小說的主題之一，既然尼采的『永劫回歸（永遠輪迴）』為不可能，那麼民族歷史和個人生命一樣，都具有一次性，……我們沒有被賦予第二次、第三次生命來比較所有選擇的好壞優劣，……所有『沈重艱難的決心（貝多芬音樂主題）』不都輕似鴻毛輕若塵埃嗎？……但是我們需要指出，捷克人民仍在選擇，昆德拉也仍在選擇，包括他寫不寫這本小說，……無法選擇的歷史又正在被確定地選擇[10]。」蘇童透過他的南方宿命歷史論述，建立了一種歷史敘述的「永劫回歸」，失去了選擇力量的歷史，就只能朝向必然退化的宿命輪迴軌跡走去，蘇童小說那些無以能選擇的家國歷史注定以敗德與死亡「華麗」收場。

　　蘇童以「宿命」書寫歷史，也因「宿命」終結歷史，而死亡究竟是開啟了想像南方歷史的宿命、亦只或是宿命的南方歷史所造成的終極想像，其實見仁見智，重要的是，蘇童的的確確是當代大陸最擅長以死亡說故事的傑出小說家。

---

[10] 韓少功：〈譯序：生命中不能承受之輕〉，《生命中不能承受之輕》，臺北：時報文化，1991 年。

第五篇　在神與人之間

以卡爾・拉納（Karl Rahner）的神學思想作為探詢阮慶岳《林秀子一家》的起點

> 萬物是藉著他造；凡被造的，沒有一樣不是藉著他造的。生命在他裡頭，這生命就是人的光。光照在黑暗裡，黑暗卻不接受光。
>
> ——約翰福音 1:3-5

一、「人該如何理解自己的生命境遇？」
——關於人的罪的墮落與救贖的尋問之旅

「人該如何理解自己的生命境遇？」—— 這是一個自我意識在實在界上活動所會提出來的問題，隨時隨地都可能發生，當然也可以自由地在文學、藝術、哲學、宗教、社會……等各種人類心靈活動的主、客觀論域的討論語言中，嘗試著描述出我們的觀察、思考、並指出所可能指向的答案。然而，當我們真正試著提問這樣的問題之後，卻發現：我們雖然能從個體的單向度開始作出提問，但卻很難只讓這個提問停留在個體的單向度層面上 —— 不管是透過個體向內翻轉的生命之自身反省、或從在外具現的人生景觀理出條件

規則、或遊走於兩者之間尋求一種茲茲在念的辯證過程──除非能以認同虛無主義為前提，否則這個提問終究會在一種要求意義完成或可以得到證成的欲望之下，不斷浮出。

因此，個體生命與個體生命之間的種種遭逢際遇，構成了人在生命向度中的自我理解與理解他人。但如何能走向意義追求的證成、甚至完滿，每個人所欲望或實踐的向度不會完全一樣。阮慶岳的長篇小說《林秀子一家》，正是這樣一則嘗試從提問「人該如何理解自己的生命境遇」、到完成提問的文學創作。

《林秀子一家》主要寫的是臺北住民林秀子與其一兒兩女的生命中種種看似離奇怪誕的經歷。林秀子一生坎坷。小時差點慘遭生父打死，後經外婆撫養至八歲，被母親帶回；成長過程受到母親恩人頭家的兒子國良所愛慕，但卻無由地總是拒絕國良的愛；而後嫁人、生了兩女，向來軟弱的丈夫毅然無由地拋家棄子遠走他處；在一次機緣巧合之下接手一家供奉「瑤池金母」的小神壇，至此開展她的神佛事業；扶乩託夢、卜卦收驚，甚至對外宣稱丈夫走後多年所生下的兒子凱旋是神佛送子的神蹟；她愛她的孩子，但只能眼睜睜看著自己的孩子離開母親的蔽蔭，走向每個孩子所必須承擔的命運──大女兒淑美在一次陪同秀子參加進香團的活動中，半推半就地遭人強暴，卻在往後與對方結下終身追隨不悔的不解之緣。小女兒淑麗活潑開放，專與洋人交往，不受傳統女性教養道德束縛，但也始終遇不到性靈相合的伴侶；一次國外冶遊歸來後染上怪病，在絕望中懺悔而自願捨出一條手

臂，以求身體其它部份痊癒；後來與失蹤多年的父親在南
部，共同經營一間神廟。獨子凱旋從小天賦異稟，個性純善
謙卑，雖不以神蹟來超渡眾生，但在超然於人間愛恨的無欲
無求中，因無法判斷人性，而逕自以無任何惡的動機的行動
完成惡行——透過自己對他人的替代性犯罪行為以消解他人
之惡念，證成自己的罪與存有。

　　正如王德威所指出：

　　林秀子供奉她的神佛，也靠祂們維生。她到底是信還是
　　不信，早就不可聞問。與此同時，她的三個兒女卻兀自
　　對信仰做出了不同的詮釋。……阮慶岳默默觀察這些人
　　物的怪誕遭遇，也藉著他們的遭遇，寫下一則又一則的
　　證道故事。但證什麼道呢？林秀子的家早已是神魔來
　　往，共昌共榮的世界。宗教與祭祀因此成為一種日常生
　　活方式。在此之上，阮慶岳則暗示可能還有一些更根
　　本，也更艱難的寄托——那就是愛；大悲憫與大感動的
　　愛，捨我就彼的愛。我以為他的小說最終要探討的，是
　　信仰與愛之間的辯證關係。有信仰的人不見得有愛的能
　　力，但能愛人的人卻必須有堅實的信念作後盾[1]。

　　在此，王德威擱置了阮慶岳筆觸背後可能（朝向或背

---

[1] 王德威：〈信仰與愛的回歸——阮慶岳與《林秀子一家》〉，收錄於《後遺
　民寫作——時間與記憶的政治學》，臺北：麥田出版社，2007年，頁286。

向）的基督宗教信仰立場，讓所有的問題都回到小說人物在情節中各自演繹的行動邏輯之中，直指阮慶岳所關切的正是人間的宗教性 —— 人在自己的生命境遇中，或開始作出思索、或直接付予行動，同時也開始意識到他人在自己生命中所形成的複雜性（亦或偶然性），以及個人在嘗試尋找答案或理出因果過程中的無能為力。這是林秀子一家的困境，也是我們在實在界完成生命的過程中，都會遇到的普遍困境。

因此，從這個現象重新思索林秀子一家在小說所各自演繹的生命困境與抉擇，並從宗教信仰的立場重新介入小說人物看似荒誕怪異的命運鎖鍊網中，我們會發現，幾乎所有的人物的未竟之處都關涉一連串很重要的提問 —— 什麼是愛？人能理解的是什麼？愛到底存不存在？以如何的方式存在？如果，愛的臨在是「人該如何理解自己的生命境遇」提問背後、所隱藏的深刻渴望或事先已預備好的答案，我們會發現小說情節在這些詭奇發展的路線中，似乎也隱若鋪設好一條超越性的思想路線：如果人的命運不能由個人的意志所主導，也不能從行動判斷出人性中的善惡動機？人的罪該從何定義起？什麼才是苦難的救贖？任何人都有救贖的可能？而能夠光照人之所未能竟之處的關鍵究竟是什麼？

這個隱而若現的思考路線在《林秀子一家》之中，引導出小說文本的脈絡發展是否是建立在一種宗教信仰立場的可能，並在此信仰的立場也預設了一種關於信仰的愛的存在，作為得到救贖的可能性，而臺灣庶民宗教所想像的種種人間性現象與駁雜強韌的生命力只是創作的素材，可能並非是阮

慶岳創作過程所茲茲在念的終極答案。

　　當然，阮慶岳並未在他的小說中直接預設一個絕對者（上帝）的存在，但是，值得玩味的是，他的小說人物都具有一種典型性，每一個人都在各自的典型性中，穿過「人該如何理解自己的生命境遇」提問，在其所稟有的存有條件上，各自演繹出對他們對這位缺席的絕對者的辯證過程。我們也在這個辯證過程中，發現小說虛構形式所承載的敘述語言，是具有真實力量，讓我們在理解林秀子一家的生命境遇中，見證人對信仰之需要、對愛之救贖之難以言喻的欲望。或許這不僅既是作者阮慶岳的敘事欲望，也是引導我們能解出阮慶岳林秀子一家之所未竟之處的關鍵——人究竟該如何理解自己的生命境遇？並在愛中完成救贖。

二、人為何必須傾聽上帝的聖言？
——一個以知識形上學邏輯論述所展開的信仰真理驗證之旅

　　「人為何必須傾聽上帝的聖言？」這個提問隱藏了一個關於基督宗教的實踐邏輯：上帝向人展現自我啟示真理的恩典與人從上帝接受啟示真理的救贖；以耶穌・基督為中心，開啟人在俗世的聖界體驗之門。上帝之愛是基督信仰的奧秘，也通向聖界的唯一真理。但，對於不是基督的宗教信仰者或生命意義的探索者，是否終其一生也無法得到救贖——

即使他們一生汲汲營營地投入在自己的生命境域中，不斷探索著，就像阮慶岳小說筆下的林秀子、淑美、淑麗與凱旋一樣。當然，小說的虛構人生不等於真實人生，但卻能提供一種思索——什麼才是人生的真實性的路徑。

信仰與愛是《林秀子一家》的敘述旨趣。從基督信仰的觀點來看，阮慶岳不以基督徒——而是試圖通過臺灣庶民生活中的神壇信仰題材的探討背景，討論什麼是人性的罪？人在信仰態度的抉擇是帶來救贖？還是墮落？以至小說敘述中，林秀子一家無能完成或被證成的人之所未竟之處，透露出如何的解讀信息與神學意義上的探討空間？

對基督信仰的人來說，人之能在終極意義上作出完成，必須從上帝之愛與人在恩典中所通往的救贖向度的雙向性思想與實踐；人之生命的孤絕本質是可以透過基督之愛被消解。這是神對人之存有的一種應許，但人必須對神作出完全順服的回應，依靠神的恩典，並活在基督中。這是基督信仰倫理與人文主義信念倫理的根本差異之處——人的所思所為都必須朝向神，以確保神人立約與彼此信實的關係動能。但那些未信主、未能識神的人，對於信仰與愛的辯證基礎是什麼？——亦或說，阮慶岳如果不在基督信仰的背景中提問信仰與愛如何而可能，《林秀子一家》在文學敘述中所指涉的生命思索與未竟之處，則相當發人省思。針對此現象，神學是否可以作出回應？

劉小楓指出「當代基督神學的基本處境是，如何對現代思想與社會的問題性作出反應」，不同的神學家也在這個脈

絡中，提供不同的理性知識化或信仰情感的論說樣式[2]。這個現象顯示現代基督神學的走向，已經不可能像啟蒙時代以前所保持的自在的封閉樣式，而更重視在多元文化脈絡之下的普世性的、理性的理解可能。不同的宗教信仰是否能對話？如何在對話的過程中保持信仰的理性堅定立場與統一的知識性，也成為基督神學家所挑戰的議題之一。天主教神學家卡爾‧拉納（Karl Rahner, 1904-1984，以下稱拉納）則是其中甚有影響力的一位。

　　相較於潘能伯格從神學與當代人文—社會學科的專業化對話模式的典範性，拉納則嘗試從形而上學的思想進路，提出神學的人類學觀點。神學是探討上帝自我啟示的一門人文學科，基督的道成肉身是信仰的基要核心。拉納的神學人類學的合法性，則從人之存有（being）與道成肉身的聖言之間所形成答應與應許關係來思想，認為上帝之言與人之存有具有本體性的內在關聯，提點出神人關係中，人作為「聖言的傾聽者」的意義所在，進而發展出他的形上學人類學的思想體系。

　　在《聖言的傾聽者》中，拉納從「宗教哲學」的立場展開他對問題的思考：人如何能夠具有對上帝啟示具有順從的能力？拉納認為這個提問可以從神學與宗教哲學兩門學科所能形成的交涉關係與統一基礎 —— 形上學人類學的思想層

---

[2]　劉小楓：〈中譯本前言〉，收錄於《聖言的傾聽者 —— 論一種宗教哲學的基礎》，香港：三聯書店，1992 年，頁 iii。

面，完成科學性的論證。拉納同意上帝是可以作為自由的未知者來認識，而人之所以可以認識上帝，是因為人本身具有一種先驗性的存有本質，讓人成為可以在自己的歷史經驗中，聆聽到上帝以人之言語形式臨在的啟示的精神存有者。這是拉納認為神學之可以「從下而上」的奠基理由，進而給出「人是上帝可能啟示的傾聽者」的本質性定義，建構出他的形上人類學思想體系，並加以完成其論證。這個觀點可以說是繼承他的另一本著作《在世間的精神》的其中一個重要結論：人常常是自我開放，以接受上帝的啟示[3]。

　　對拉納而言，人是具有超越性，使得他能聽見上帝之言。因此，人在先驗上就已經預備好有嚮往上帝的渴慕之心，以及向上帝開放的自由意志與知識行為能力。這種視人具有超越性的看法是繼承於阿奎那·多瑪斯，也是拉納神學的主要哲學基礎。

　　多瑪斯有關知識論形上學的思想，主要在《神學大全》與《駁異大全》中。多瑪斯認為，一切存在者都是真實的（Omne ens est verum），而可知性是對每一個在者的規定，主體在進行認識的過程中會回歸自己，並同時會對自己的存在有覺知的能力，因此，「凡是可能存在的東西都可能被認識」。拉納從這個命題出發，以海德格的存有學思想為基礎，將多瑪斯對實體存在的知識形上學轉換到主體意識的

---

[3]　溫保祿：〈拉內的神學人學：聖言的傾聽者〉，收錄於《拉內的基督論及神學人觀》，臺北：光啟文化事業，2004 年，頁 98-99。

存有知識形上學，認為人能認識上帝的理性範疇就是人之存有。因此肯定人的超驗能力，打破康德認為人沒有智性直觀，理性不能認識物自身（上帝）的限制，進而提出他的「反省性論證」：認識是存有者的自我反省，是由存有者的精神本質所構成，而且這種可知性只明確表述在其自身，構成存有者的「主體性」；這種能力並不只是自我主體的意向性的回歸，而是可以從存在與人之所可以覺知，作出本源上的規定。

從這個觀點而論，存有和認識之間具有同出一源（unius gereris）的關係。因為這種同出一源的關係，我們可以推論，上帝作為一切存在與存有之本源，人的認識是人之存有的一種本質結構，人之存有與上帝作為一切存在與存有的本源之間，本身即具有一種認識與被認識的內在從屬性關係，因此導出「人是上帝啟示對象」的隱含意涵。如此，人既是上帝啟示對象，也同時指涉人應該能認識上帝啟示的新命題。

拉納同樣從多瑪斯對揭示事物回歸自己的內在變化的知識形上學論證出發，指出：不管是認識純物質的客體或認識三位一體上帝的內在生命，都可以被包含在這個論證模式。也就是說，實體能被認識是因為實體本身所顯露的實性（reality），人以實體的實性現象作為其能認識到對象的條件。因此，認識的過程首先是透過確定掌握實體的實性，然後再返回到自身，並確立自己已經認識到這個實體。這個過程本身經歷了一種雙向進程：主體向外展開對客體的認識、

以及主體在掌握客體之後向內回返的自我確認。

　　也就是說，客體的實性是主體意識的覺在之處，但此覺在之處卻必須回返到主體意識本身之後才能被覺在。如果客體的實性存在是人在認識所發現上帝作為一切本源的光照所在，那以同樣的道理類推論，人的主體意識本身也可以是上帝作為一切存在本源之光照所在。拉納認為，從這個觀點思考上帝與人的關係，人在認知自己本身的時候，他既是諦聽者、也是理解者；如果按照多瑪斯的說法，客體的存在是表現覺在的地方，而主體意識的存在則是覺在的本質[4]。因此，人的精神本體是作為上帝可能啟示的主體所在。

　　但是，人作為有限者，而上帝作為絕對的無限者，人之在與上帝之在本身即有本質的差異，人的精神本體如何能作為上帝可能啟示的主體所在？拉納進一步解釋，人正因為其有限性與上帝無限性的本質差異，人的精神本體作為上帝可能啟示的主體所在，並不能從人的有限意識主體可以成為上帝的絕對意識主體層面思想，而是發生在人對「在的可問性」（Fraglichkeit）條件中。

　　這說明人在理性認知活動中可以自我回歸光照之源的第一個條件外，人必須還要具有接受上帝話語的開放性的第二個條件，使得人是以「在的可問性」為前提的存有者。拉納援引黑格爾的絕對精神與海德格的存有概念，作出人即精神

4　Karl Rahner: *Hearers of The Word* (New York: Herder & Herder. trans. 1968) pp.48，拉納：《聖言的傾聽者——論一種宗教哲學的基礎》，頁 63。

的宣稱，並給出人是精神性的存有定義，並認為人透過不斷發問的存有狀態，回到上帝存有之源。

　　至於人之所以會不斷發問，是因為人具有主動理智（intellectus agens）的抽象能力。對於人來說，人在認識的精神活動會有一種抽象能力，使得人在認識的過程中，不只是感官知覺所能掌握的個別單一實體，而是理性所趨使的普遍意義下的概念。因此，抽象是一種對寓於個別事物之特性的無限性認識；這種認識能力是基於人的主動理智的本質構成，不僅是對一般存在開放，也對絕對者開放[5]。

　　所以，人在發問的精神存有狀態，才能是在自我揭露的光照覺在狀態，回到認識與被認識的原初統一。但是，這裡會出現一個現象性的問題——既然人具有作為「上帝聖言傾聽者」的形上意義，以及存有者精神總是向絕對者開放的必然性，為什麼不是所有存有者都是接受上帝啟示的基督徒？在這個思想層面上，拉納從宗教哲學——而非基督教義或神學進路，為他著名的「匿名基督徒」理論作出預備。

　　拉納認為，雖然人的精神不僅對一般存在開放，也對絕對者開放，這是因為人為上帝所造之時即被賦予對無限絕對者的傾向性。他引述多瑪斯直接面見上帝的「天生嚮往」（desiderium naturale），指出多瑪斯已經看到人的精神性與對精神嚮往無限者的內在衝動，以及人之幸福直觀與這兩者

---

[5]　Karl Rahner: *Hearers of The Word.* pp.58-59，拉納：《聖言的傾聽者——論一種宗教哲學的基礎》，頁 75。

之間的關係。

　　他進一步論斷，這種人之精神與嚮往上帝之間的關係，並非產生於人直接面見上帝的那種事實上的、恩寵性的使命感，而是在此之前即已經存在，是屬於人的先驗性[6]。但因為人的有限性，使得人面對無限的絕對者時，是面對一個自由的未知者（The Free Unknown）。對於人來說，啟示是絕對者對有限者的精神的自我顯示，人所能理解的，並不是絕對者本身，而是絕對者通過「話語」形式所展現的道（Logos）。因此，在這個意義之下，人之作為上帝之道的聖言傾聽者，是上帝給人的恩典。恩典即愛。

　　這個觀點指涉出人作為存有者與上帝之愛所存有的關係，以及人如何完成自己的存有使命。前者為拉納形上人類學所開出的第二個命題：「人是在（上帝）自由之愛中，『佇立』（stand）於一個可能發生啟示的神之前的存有者」；後者則提點出拉納形上人類學的第三命題：「人是這樣一個存有者，這個存有者必須在自己的歷史中，傾聽神可能以人的言語形式來臨的歷史的啟示[7]」。

　　從人的向度來看，啟示來自上帝對人特殊的愛，是上帝在絕對自由意志之下無條件所賜予的恩典，而人趨向上帝的先驗性精神本質，則會自動引導人走向上帝，形成人的「宗

---

[6]　Karl Rahner: *Hearers of The Word*, pp.81，拉納：《聖言的傾聽者──論一種宗教哲學的基礎》，頁102。

[7]　蔡淑麗：〈卡爾‧拉內形上學人類學的思想體系與方法〉，收錄於《拉內的基督論及神學人觀》，臺北：光啟文化事業，2005年，頁142。

教」信仰向度——並非必然是「基督教信仰向度」。拉納對此，作出清楚的論述：

> 人對具有全然可知性的、其本身絕對照亮的在之超驗性，至少同時對上帝是開放著的。但是，這位上帝對人所採取的自由行動從人自身方面看卻是不可測度的。……從形而上學意義看，啟示即上帝的自由行動，後者總是而且必然是上帝對自己本質的揭示，但這種揭示超越那種通過有限精神的構成本質和所有一切包含著這種構成本質成份的東西而發生實證性的、實質性的揭示。因為凡是作為自由者佇立於「他者」之前者，他所表現的總是他自己，即與他面前的「他者」相對立的形象：幽閉自封或者自我揭示者。……啟示並非上帝在展示或者幽閉這兩者之間的自由抉擇，而是實際地揭開他隱閉的本質。……它本質上是自由的[8]。

拉納的論述跳出過去基督神學在基督徒與上帝之間的信仰倫理關係框架，而從全體人類的宏觀角度，肯定上帝是作為全體人類的上帝，也是愛著整體人類的上帝；全體人類在上帝絕對自由的愛與意志之中，一方面在精神結構的本質上，是作為先驗地向上帝開放的傾聽者，另一方面在意志行

---

[8]　Karl Rahner: *Hearers of The Word*, pp.92-93，拉納：《聖言的傾聽者——論一種宗教哲學的基礎》，頁 120-121。

動的現象上，又是作為承載自己歷史的提問者。因此，人所面對的是一個「可能啟示」的上帝，而不見得一定會是那位已經被基督所宣示在歷史中自我啟示的上帝；唯一能保證的是上帝全然自由的愛，以及人在面對上帝啟示所保持本質精神結構的開放性。

也因為人有自由意志，所以，即使在精神本質的內在結構即使是對上帝開放，也不能保證其行動的必然性，而成為人在其自身歷史處境之下所必須進行自決的倫理問題——雖然拉納肯定人在本質上必然是上帝啟示的傾聽者，而人對上帝啟示也有必然必須回應的道德義務；但人類的有限性，這個道德義務成為人類在自身歷史中、是否能對啟示順從作出存有生命的意志決斷。如此而言，因為人無法直接面對上帝、以及上帝對人的隱閉本質，這兩種來自於人自身的限制，使得人就只能在自己的歷史之中，對自己身上所發生的現實事件進行提問，並在自己所能理解的方式傾聽上帝的啟示。

從這個意義來說，正因為人在先驗本質就是一個必須隨時等待著上帝可能自我揭示的自由生命體。所以，人在自己的自由意志與行動中對存有的提問，同時即意味著人正傾聽著上帝的言說或沉默；因而，人會在自身的歷史脈絡中，傾聽上帝可能以人的話語形式的歷史啟示。從這個意義來看，這會發生在真正宗教所能提出的人神相遇經驗中。

拉納在這個觀點上，超越傳統基督教義從聽見福音而悔改信主才能得到救贖的設限，從人在精神本質具有通往上帝

的先驗性、領受上帝對全體人類自由之愛的佇立者，以及人類在自己歷史中通過聖言的抉擇者等三個面向，肯定上帝的絕對自由與「懷有無可估計的許多可能性」。

　　因此，在這個意義上，拉納從人的超驗性層面，指出匿名信仰的可能性。拉納認為，匿名信仰內含一股動力，賦與人一種責任，推動人使其實現，成為明顯信仰。假如不是因其過失，縱然他無法在生命中完成實現明顯信仰的歷程，亦可得救，但基督徒仍可稱為這樣的非基督徒，甚或無神論者，為「匿名基督徒」（anonymous believer）；一方面肯定基督信仰是得救的必備條件，一方面又同時肯定普遍得救的可能性[9]。

三、民間信仰在愛的救贖之旅
——林秀子一家的未竟救贖之路

　　阮慶岳在《林秀子一家》中隱而未現地為林秀子與其兒女們鋪設了一個以愛為救贖的預設之路，且每一個人選擇的路徑都不一樣——淑美因相信愛的緣份，而對當初半推半就強暴她的伯漢，追隨不悔，而終成眷屬之實；淑麗因為懷疑而缺乏對愛的信心，即使能懺悔，也是處於一種期待康復的狀態，最後與父親一起經營神秘的家神神壇；凱旋是小說中

---

[9]　黃錦文：〈拉內的匿名基督徒觀〉，收錄在《拉內的基督論與神學人觀》，頁247。

最能接近神思辯證的思想者，雖有異稟，卻寧願以他的虔誠謙悲，而不以神蹟，來超渡眾生；小說終局部份，亦是小說的高潮，即林秀子救贖的未竟之路。

林秀子在得知獨子凱旋傷人惡行之後，處於不知還能為凱旋付出什麼的悲痛之餘，想起童年中唯一真正愛過她的外婆，遂要求國良同行陪伴，探訪外婆當年埋葬之地。林秀子辛苦地一個腳步一個記憶地急尋著外婆的屍骨，但什麼都找不到，即使國良一直在她的身邊為她默默付出。小說是這樣描述的：

> 國良就立在林秀子的一側，無聲的滾流著眼淚。林秀子不停止的哭著，撫著外婆給她的戒指，忽然喊叫出：「外婆出來！外婆出來……」這呼叫聲傳得極遠，連在土城看守所裡的凱旋、木柵山上的淑美，與在南部某處的淑麗與男人，都清楚的聽見了。他們同時震顫的聽見林秀子哭泣般的叫喊聲：「外婆出來！外婆你出來……」[10]

阮慶岳透過一個經營神壇小廟女人林秀子的一生，讓我們看到一個驚人的敘述事實：林秀子在命運與自由意志之中的生命向度，即使是經營神魔往來、共昌共容的民間神壇信仰中，終究能夠指向的不是神魔的法力，而是救贖的可能

---

[10] 阮慶岳：《林秀子一家》，臺北：一方出版社，2003 年，頁 319。

性。民間宗教信仰的神魔法力究竟是超越或是怪力亂神，我
們不做評述。值得更進一步思想的是，人是通往直觀感知的
神祕經驗所完成的命運，亦或走向經由自由意志抉擇的命
運？人終其一生在自身的命運中所面對、並不斷能提問的是
什麼？阮慶岳通過《林秀子一家》的敘述，為我們提出了一
個最貼近描述生命真相的進路：不在（基督）宗教思維的生
命本質與神人倫理之下的愛之救贖，是可能發生的嗎？

　　王德威指出，阮慶岳所關懷的是人間宗教性而不一定是
宗教，並有意無意的，在歷經後結構、後殖民、後現代的衝
擊後，從民間日常生活中看出一種駁雜卻強韌的生命力量，
支持信仰與愛—與文學創造—的可能[11]。在這裡，暫先擱置
王德威從文學流變與創作互動的解讀觀點，而從阮慶岳在小
說中以「愛」為救贖之路作為探討進路。

　　對於大多數的宗教而言，救贖是相當核心的概念：在基
督宗教中，所指的是神人關係的恢復；印度教《奧義書》的
教導則是凌駕時間性，放棄確定形態；在佛教，強調的是修
為到達相無依恃之空洞、無內容之智慧、無意識之覺醒中，
並在此中消解自我。救贖意識的產生往往是與察覺生命的異
化與不完滿經驗有關，而救贖就是克服異化經驗、讓生命走
向完滿的一種可能建設。對於基督宗教而言，救贖除了基督
上十字架事件的歷史性信仰意義，同時也指的是以基督之愛
導向個體完滿生命的一個「途徑」。基督之愛是一種全然無

---

[11] 王德威：《後遺民寫作——時間與記憶的政治學》，頁 286。

私的超越之愛，但有承載人類所有的凡愛，是愛的意志，而非愛的情感。上帝自身即是愛成為基督信仰的核心價值。愛之所可以為救贖之途徑，是因為愛是生命之心，因而也是一切宗教活動中心，更是人心結構的本質部份[12]。

從上述觀點來看林秀子一家，其未竟的救贖之路則一一顯明：淑麗因為自我驕傲的罪而受到試驗，情節的安排如同出於《聖經・約伯記》裡的約伯——約伯因相信必須接受上帝與撒旦彷彿開玩笑似的打賭後的考驗，淑麗則是因為懷疑。小說安排淑麗與外國男友出遊回臺分手後，無緣由地得了怪病，全身開始潰爛，母親邀請三友探訪，但無能改變什麼，後來在一次身不由己的力量之下懺悔自己一向的驕傲與自負，並作出以一隻手臂為代償的承諾，而神奇似地漸漸康復。即使如此，淑麗始終懷疑。淑麗的懷疑，並非是拒絕相信愛的真實存在，而是因為相信真實的惡就存於人與世界中，以至於純粹的愛無法存活。在一次與凱旋的對話中，淑麗清楚地表達她的懷疑，而凱旋的純善與直覺，則點出她未能完成的救贖之路是拒絕去愛——因為拒絕去愛，即使出現神蹟，也無法相信：

「我已經不再相信完全康復這件事情了。其實並沒有真正發生過任何特別的事，我還是和以前一樣，僅僅是在

---

[12] Louis Dupre：《人的宗教向度》，臺北：立緒文化，2006 年，頁 514-518。

這段我個人苦痛的經驗過程中，我終於體會到某種以前
所不明白愛的真實存在。這種愛就像是一位親切的人，
臉上顯露出來的那種微笑，令人覺得十分熟悉卻沒人能
好好看見過，因此一直無法具體的敘述出來罷了。所謂
什麼是完全的康復，就和這種親切的微笑一樣，我們都
一直相信它的存在，卻從來沒有好好確實見過它的真實
存在，所以也其實一直在黯裡懷疑著。」

「為什麼要去懷疑它呢？你因為懼怕什麼而膽怯了
嗎？……」

……

「你沒有信心，所以你懷疑。你仍然對那不可見不可知的
惡，懷抱著懼怕的心理，因此即使惡並沒有意圖對你做什
麼，你自己就已經對尚未施加於你的惡先屈服了。」

「因為那是比我們所能瞭解更巨大的力量……，到底要
對抗或是先預防的避開來？……或是接受？我的確相信
純粹的愛的存在，只是我不相信這樣的愛可以在人間存
活，因為人不夠純淨，人因為自己骯髒，所以失去穿著
漂亮新衣的權力。人因此只能愛他們見不到的事物，如
果所愛的人露了面顯現出來，愛就會立刻消失無影
蹤。」

「因為恐懼嗎？難道愛不是真實存在的嗎？」[13]

---

[13] 阮慶岳：《林秀子一家》，頁 320-325。

　　淑麗拒絕去愛，因此只能看到人性之惡，而無法接受人性可以昇華的看法，以至於認為人與世界的關係始終保持在一種邪惡氛圍的張力之下，認為文明是邪惡，也無人得以純然善良。最後，因為小弟凱旋被捲入生父要求家神附身醫病所引起的事件中，毅然在自由意志的作用下選擇離家，決意要讓帶來惡與罪的生父道歉，但終了卻是和其父（及其所供奉家神）一起在南部另開神壇，成了神壇乩童，淑麗是繼凱旋之後的第二個犧牲者。這個的結局似乎也暗示淑麗對愛只具有認知判斷力，卻不能透過相信而發展為主體能動力，即使成為父親家神的「神意傳達者」，終究難以修成信仰正果。淑麗的自殘不只是自割舌頭，甚至走到真正的墮落——用自己的血舔紙做血符，晾曬乾了後折起來收著，讓人索買。

　　這個結局，似乎也回應淑麗出走之前所預告自己尋找「有詩的村落」的失敗，以及所聽到的神祕呼召：「你若是背朝著我一直走下去，不要回頭懷疑的張看尋找我，一直走下去……，必會在有一天又重投入我張開真正溫暖的胸懷裡」——淑麗在真正墮落之後，必將走向的救贖之路。

　　淑美的愛情則是從一段孽緣所開展：在一次陪伴母親的進香團活動中，半推半就之下被一個叫伯漢的奇異中年男子所強暴，之後，就和對方發展出長達數年、近似靈修的關係。淑美對伯漢的情感追隨，後來在相處的過程裡慢慢地被釐清。伯漢是個有慧根、但總是和俗世塵緣糾纏不清的人，原本想出家，當完兵後因遇到他的太太，且讓她懷了孕，最

後只好結婚、當了廟公，兩人唯一的孩子在十歲時，因發生車禍而身亡，太太接著也因故變成了半身不遂的癱瘓病人。伯漢在這些打擊之下，一方面認識到自己的無情性格，認為家人是他這世最大的仇敵；一方面不斷地參加進香團活動，希望能尋找解答，透過臺灣民間宗教形式贖罪。

　　淑美知道伯漢的人生故事後，也不嫌棄，始終就是相信著地跟隨著他。伯漢的拒絕雖冷情但並不徹底，之後，竟也接受淑美搬過去、與之同住。在此之前，淑美曾經相當猶豫、掙扎甚至害怕，想起之前被她從伯漢處移種到內溝溪邊的咖啡樹，奇異想著咖啡樹是否就是可以再打電話的徵兆，沒想到咖啡樹已經長出細小微微的白花，也湊巧地幫助一對母子認識咖啡樹，淑美因始終對伯漢保持願意相信並交付的信念，進而因此心生一種「自己其實一直特別被眷顧著，沒有一刻被遺棄不理的」感激之情。淑美因為相信，最後終和伯漢結成眷屬之實的果子。

　　從這個結局來看，淑美此世的自我生命似乎因求伯漢而有伯漢，而不需走向救贖之路，但小說敘事中對伯漢隱晦描述中所潛蘊的不徹底性格，恐怕才是淑美未來對女人處境的苦難開始。關於這一個隱藏在未來（但也可能是歡喜承受的）救贖之路，林秀子看得最清楚。阮慶岳雖然並不直接點破淑美未來可能重覆其母林秀子的人生際遇（其男人為求道而離家棄下妻小），但卻也隱約佈下此種可能性。林秀子是這樣用抱怨著的口吻，提點出淑美在未來可能遭逢的辛勞：

當初說什麼只是要搬去幫他顧咖啡店，還順便照顧他那
個殘廢了的妻子，想得太天真了吧。那個什麼伯漢的難
道還真的是羅漢下凡、絕對不沾女色的男人不成，這種
話我死都不會信的；但是反正一枝草一點露，各人有各
人的命，本來誰也顧不了誰的，淑美又天生死心眼，要
真鑽進了什麼坑裡，想要她退出來不要鑽，是想都不用
想的了……

……

但是，真正麻煩的……是到時候小的生下來，才是保證
要夠她忙，另外還有一個又老又病的還要人照料，淑美
那時候才是要真正麻煩的了。[14]

凱旋是小說中最特殊的人物，與其說是儼然是杜斯托也
夫斯基《白癡》裡借來的人物，不如說是以耶穌為原型所創
造出來的虛構人物，以至在情節邏輯的發展基調上，則是重
複基督的犧牲，使其在心理上、以至形體上被他所拯救的人
所摧毀，完成救贖須經由活人的靈魂之黑夜才能達成的命
題。

阮慶岳是否在創作過程中，嘗試將基督宗教的三一神概
念運用在人間糾纏的凡愛關係上，目前尚未能看到作者任何
自剖的親證之語。但林秀子男人、凱旋、國良——這三位男
性在小說情節所呈現的關係，是可以透過三一神之間的位格

---

[14] 阮慶岳：《林秀子一家》，頁 294-295。

關係說明，並投射出凱旋以人子之實、終難行神子之自我犧牲以救世人的未竟救贖之路。

基督教的三一神指的是具有聖父、聖子、聖靈（保惠師）三種位格、各有其職，但視之為一體的絕對者上帝。基督教認為上帝創世造人，因此展開對人類歷史裡的進程計劃。首先，按立以色列民族為其子民，與之立約；後將其恩寵擴大至其他外邦人，以愛子基督降臨於世，成為道成肉身之神子與無辜（沒有原罪）之人子雙重身份，並上十字架為世人贖罪，是為上帝啟示之真理。因此，基督是人類歷史的核心，也是世界的核心，並成為人之如何理解自己罪性與得神救贖的張力背景——但相對的，這個張力在小說敘述所呈現的凱旋意念與行動，隱藏兩層重要的思維邏輯脈絡：基督既是上帝為人所自我預設的救贖之路，人為何一定要走這條路；如果不走這條路，救贖之道在哪裡？

從基督宗教歷史來看，基督既是為上帝所揀選的人之子，也是上帝臨降的神之子，我們在聖經中所看到的耶穌基督形象是：自由意志上始終是順從父的神子，而人子僅是承載人性之善與情感的「肉身」；阮慶岳在小說中，則將此重新翻轉到人間性的理解，並作出了有趣的預設：順從父的子之代贖與子順從自己自由意志的子之代贖，究竟會有什麼差異？這個預設隱而未現的提問是：人性之罪真的可以藉由一次代贖就可以完成？人子如果可以己之自由意志代贖人性之惡，要付出的代價又是什麼？

小說是以這樣的情節鋪敘開展上述的預設：林秀子男人

在二十多年前離家之時，對林秀子承諾會再回來，兩人都知道會這件事一定會發生，但卻都不能這承諾是暗藏幸福的期待，還是不可揭曉的災難。凱旋則被林秀子視為與其離家男人在夢中交好之結晶，而對外宣稱是神佛送子的神蹟，與國良一樣，同是林秀子生命中最重要的男人。國良是從小青梅竹馬、長大後仍不離不棄地陪在林秀子與凱旋身邊的生命守護者。林秀子男人則是林秀子生命中最難解釋、但又極其弔詭地主導林秀子生命際遇發展的關鍵男人。

凱旋與國良、或與林秀子男人的特殊性關係，一開始是環繞在林秀子，而後陸續各自既獨立、又互可參照地發展。凱旋和林秀子男人之間的關係可以類比為三一神中的聖子和聖父關係，凱旋與國良則都是純善之人，國良彷若天使般地守護著凱旋。林秀子男人說不清是善是惡，離家多年後帶著自己供俸的家神回來，並要求凱旋為其附身開堂醫病。林秀子點出家神雖有法力，但會有自身劫數未能化解光的問題。國良憂心凱旋會被捲進惡之勢力中，但凱旋並不這麼想，事實上，他並不在意自己是不是林秀子男人的親生兒子，而總是隱約感覺與父親之間神秘的密感聯繫——父親對自己的召喚以及他對父親的承諾。

正如林秀子所擔心的，凱旋被波及到無能讓一個週歲小女孩遠離病魔侵襲事件（聖經則剛好相反，小女孩被神奇地醫好）。事件中，凱旋與家神——作為林秀子男人的絕對意志象徵——之間神祕的對話過程，我們看到家神法力不能（其實是不願意）干預生死的基本限制，以及凱旋純善天性

難以承受小女孩經其口而必亡的恫戰；凱旋的異稟權限能作的只是：讓小女孩無痛苦地離開人世。

　　然而，這件事卻讓凱旋被小女孩父親控告殺人罪嫌，移送法辦。最後，雖然無直接罪證顯示而被開釋，但是凱旋在此事件中已經了然自己必須承受（來自父親）的不幸命運；他在監禁期間，既以告白自我懺悔，也以詩尋求自我救贖；國良則以生命共同體的方式守護凱旋；林秀子男人在整件事過程中，都是隱匿消失的。

　　小說在凱旋第一次順從林秀子男人的家神事件終了，是透過凱旋的自我告白與詩形式的交插方式呈現，主題是關於救贖與懼怕，自我告白的訴說對象叫百易——人之自由意志；詩則是一種嘗試自我救贖的可能居所。小說真正的高潮是第二次的救贖事件——當人子以其自由意志代贖人性之惡時，人子的代價是什麼？第一次的無辜與第二次的無辜，代表怎樣的救贖向度？——同時，也隱匿一個很重要的提問：人性真正的救贖可能發生嗎？終極意義又是什麼？

　　小說邏輯是這樣繼續安排：凱旋無能辨識人性之惡的純善，讓他繼續一廂情願地走向希望所有人間痛苦一次一起集中在自己身上承受之命運，這一次是以虛無主義者形式所展開——看起來更莫名的代償他人犯罪之惡的救贖——無任何惡之動機的方式代行他人欲犯下的罪行。這使得凱旋的犧牲同時有了更複雜的罪的討論向度——沒有罪的墮落。

　　Louis Dupre 討論到黑格爾的沒有罪的墮落主題，指出黑格爾在原罪的探討上、很積極地分辨、並開發出亞當、夏

娃在神話中於墮落前後的處境：墮落是人走向反省的自由之突破故事。這個過程無可避免地造成失落無辜，這也是精神必然發生的事。為了成為道德的，人必須經驗善與惡；人走向自由，才能完成上帝所賜與的獨立性行動，但同時也是對上帝所安置的依賴性之反叛；無辜與墮落是人走向自由與真理的兩個必然階段[15]。

在小說中，凱旋的第二次代贖犧牲，也很巧妙地被安排在一種時間的偶然性所會發生的必然情境中：初識友人小高不斷陳述自己在命運困境下的犯罪衝動；凱旋則莫名直接以行動代替小高完成他的犯罪欲望，以至犯下「直接殺人」的形式之罪；被突擊的男人在當下竟也產生連鎖效應：直覺性的殺死對方行為；目睹一切的小高，反而在高喊「我不認識他，我根本不認識他」聲中昏了過去。

這段情節可謂是阮慶岳最精彩的神來之筆敘述，讓我們不得不去思想人類在人我關係脈絡與自由意志抉擇的罪與無辜、以及是否隱含救贖可能的辯證關係到底是什麼？但在這裡，我們只從凱旋的立場提出一個屬於神學性的、而非法律性的提問：如果，犧牲與代贖他人之惡是罪行的動機，到底算不算是真正的罪？而無惡之動機的法律之罪行是否可以直接宣判為人之墮落？此項沒有罪性的自由意志究竟是指向墮落？亦或是即將走向預備好未來已然等著的真正救贖？──這是凱旋在一開始自覺要走向自己命運時，終究會遇到的核

---

[15] Louis Dupre：《人的宗教向度》，頁 276-477。

心問題。

　　阮慶岳並沒有給出答案，只是讓林秀子在找尋她的來時路時可能毫無所獲——但也隱約給出一條林秀子在未來可能會走上的未竟救贖之路——真正能結合聖界之愛與凡界之愛的信仰之愛。至於這個信仰之愛到底是什麼？阮慶岳在小說中並未直接給出明確的答案，只作出人在面對命運時候所能擁有自由意志選擇，然後就是等待（或放棄）未來之救贖到來。

　　但是，從拉納的神學思想來看，阮慶岳對其小說人物林秀子一家的安排，讓他們都像是拉納理論中的「匿名基督徒」一樣——處在「問的存有狀態」下，依循著個人的自由意志，或蒙昧、或自覺、或積極、或隨波逐流……、以各種不同姿態面對自己已知或未能知的命運，一步一步走向未竟的愛之救贖之路——在拉納的預設中，不管他們知不知道能自我揭露，只要是在問的存有，就是接受上帝的自由的真理啟示。

　　依照拉納對「人作為上帝聖言傾聽者」的本質定義而論，傾聽上帝聖言因之是人的道德義務，而人也可因其存有之問、在神之存有中，蒙受上帝之恩寵。所以，根據拉納的理論邏輯而走，我們可以很輕易地直接作出回應，並給出一個確定的答案——這些小說人物的未竟的愛之救贖之路，將是朝向上帝的基督真理信仰之愛。因為，基督的真理信仰之愛是拉納在其神學思想中，為匿名的基督徒所預言在未來可能走向的未竟救贖之路，也是此世背負傳達福音的基督信徒

的終極使命。

不過，這裡也會出現一個問題：究竟阮慶岳為其小說人物所埋下的愛之未竟之路究竟會不會指向拉納所宣稱的上帝之愛，其實還值得再深入探討。因為阮慶岳在《林秀子一家》中，一直潛藏著他試圖透過人之自由意志對抗上帝是否真實存在的幽微矛盾向度。關於這個問題，我們在無能得知身為小說家阮慶岳對基督信仰的看法，也沒有必要從小說家的生平遭逢作出猜測，而不妨從阮慶岳到底會不會讓「愛之救贖」的未竟之處的終點，走向是拉納所宣稱的上帝之愛——這恐怕也是身為小說家的阮慶岳，不斷在創作的「問之存有」的未竟之路。不過，身為小說家的阮慶岳並不見得要像神學哲學家的拉納一樣地給出真言——因為給出真言從來就不是小說家的道德責任，而卻是神學家或哲學家的義務。

四、神學中的人學提問與文學中的神學提問

正如我們在閱讀《林秀子一家》時所預設「人該如何理解自己的生命境遇？」、以及「人為何必須傾聽上帝的聖言」的提問為起點，我們會發現阮慶岳是用文學語言（小說敘述）來尋問人的罪的墮落與救贖是什麼，而拉納則是用哲學語言（形上知識論的邏輯論證）給出人作為「上帝聖言傾聽者」觀念命題的理性驗證；前者透過「說故事」的方式描述出人在生命境遇的各種可能發展向度，後者則是展示「詮

釋性語言的形上論證語言」以驗證其真。

　　從前述觀點來看文學與語言的跨界對話在阮慶岳《林秀子一家》與拉納《聖言的傾聽者》，除了究竟在內容所呈現──文學中的神學提問與神學中的人學提問──之外，在形式與內容的關係上又能對話出怎麼樣的意義？我們可以嘗試從哲學與文學的知識道德性思考作為起點。

　　神學家的拉納以哲學的邏輯語言作為他證明人之存有即包含在上帝存有之源，並證實人作為「上帝傾聽者」的形上意義，而吾人在個人的歷史經驗中發問，就是透過自己的存有精神聯結於上帝的人類世界歷史精神之中。因此，當人處在問的存有狀態就是在「傾聽」上帝的啟示聖言。這是拉納建構他的形上人類學的主要論述架構。我們可以發現拉納的論述，其實是以「人是上帝傾聽者」為命題、並論證其為真的過程。在這個過程中，拉納採取的進路是邏輯推論形式，可以將其思想簡化為以下層序性的三段論證：

隱含前提：上帝對人的愛是發出聖言啟示

（一）定義人

　　　　問是人的精神存有表現

　　　　人皆會問

　　　　──────────────────

　　　　所以　　人是精神性存有

（二）人與上帝

　　　　人是精神性存有

　　　　上帝是一切受造物（人與世界）之源

————————————————————————

所以人的精神存有之源是上帝

（→推論：人之精神存有在上帝存有之中）

（三）上帝愛人

　　1. 人的精神存有在上帝存有之中

　　　　上帝存有是愛

————————————————————————

　　　　所以人的精神存有在上帝的愛中

　　2. 人的精神存有在上帝的愛中

　　　　問是人的精神存有表現

————————————————————————

　　　　所以人在問就是在上帝的愛中

　　3. 人在問就是在上帝的愛中

　　　　上帝對人的愛是發出聖言啟示

————————————————————————

　　　　所以人在問就是在上帝的聖言啟示中

（拉納詮釋：經過自我揭露——已明確接受上帝真理啟示⋯⋯

　　　　　基督徒

　　　　　未能自我揭露——仍是在上帝絕對自由的真理

　　　　　啟示之中⋯⋯匿名基督徒）

五、從關係定出真言：人是上帝聖言的傾聽者

　　從前述的推論過程，我們可以看到拉納神學思想所採用的哲學語言，是透過邏輯語言形式的推理作出命題的真假值判斷，這個過程顯示邏輯語言是哲學家表述思想的一個重要語言技術，而透過此項技術，其哲學思想命題至少獲得了形式之真的保障。我們可以說邏輯是哲學表述其真理的語言技術；哲學家或神學家的工作則是透過邏輯的語言技術，對自己理解的真理內容作出其為真的判斷或宣示。從這個意義上來看，哲學語言在形式與內容上都有追求其為真的一致性是相當肯定的。如果文類的語言可從形式與內容的一致性為其「道德」判斷基準，哲學語言在這個定義上，是可被視為相當「道德」的一種語言。

　　如果說哲學家的工作就是追求真理、表述真理；神學家則是追求「上帝」的真理、表述「上帝」的真理。那阮慶岳就像是大多數的小說家的工作一樣，就是「說故事」──即小說家的「職業性演出」。至於這個故事會不會是一個「故事」、或是怎樣形態的敘述方式與內容之間的各種可能演繹關係，是現代主義文學理論所關切的範疇，並不是本篇論述的重點。本篇所關注的是作為小說展現「真理」的技術──敘述。從拉納的神學思想來說，因為上帝的自由啟示之故，我們可以說敘述也是上帝「聖言」之一個隱匿所在。

　　但是從文學的角度來看，文學的真理會不會構成像哲學真理的道德性，使之能在本質上具有接近上帝聖言之光照的

傾向，則相當值得玩味。因為，小說語言在形式與內容並不需要具有一致性的規範限定或傾向。這可以從小說家與小說的關係來說。

小說是創作者的構造物，而這個構造物之內的所有物對其身而言又是真實存在。也就是說，小說世界是虛構的，但對小說人物而言，小說世界卻是其真實的存在之所。所以對於小說家與閱讀者而言，都能同意小說是一個以虛構為本質的文字敘述世界，但這個敘述世界一但被小說家建構出來之後，同時也具有排除小說家與讀者之外而自成其真的獨立性。

因此，在這個層次來說，小說家正如戈德曼的理論所言，是「隱匿的上帝」；小說家與其小說是具有「上帝和其受造物」的比擬關係存在，小說家對其受造物（小說世界）是享有絕對的意志與絕對的自由。雖然，小說人物是小說家的受造物，但對一個好的小說家來說，當小說人物一但被塑造出時，小說人物會漸漸發展出相當於自己性格、個人背景的情感思維與行動邏輯，引導出事件情節的合理發展。從這個觀點來看，小說人物相對於小說家，彷彿像是也有了自由意志，可以對抗小說家的絕對意志。小說家與小說世界在創作過程始終會保持這種張力，直到作品完成[16]。小說一但完

---

[16] 這個觀點是延伸自中國極優秀的一位現當代小說家余華自剖其近作《兄弟》的創作經驗而來：「起初我的構想是一部十萬字左右的小說，可是**敘述統治了我的寫作**，篇幅超過了四十萬字。寫作就是這樣奇妙，從狹窄開始往往寫出寬廣，從寬廣寫出狹窄。……」余華：《兄弟·後記》，臺北：麥田出版社，2005 年，後頁扉記。

成，則脫離作者，等著讀者的閱讀接受。

　　從符號學的觀點來看小說與讀者閱讀接受之間的關係，我們會發現小說的意義會不斷蔓延出去。因為小說語言符號在運用過程中，能指（signifier）與所指（signified）的必然分裂，使得敘述在創作結束之後形成最原初的一套語言符號世界，會在讀者的解碼過程，依循閱讀者的各自經驗脈絡，使得小說的原初敘述與閱讀世界開始產生分裂狀態。

　　但是，小說在形式上一開始即定義出它的虛構性，意謂著小說家並不需要為其所建立的小說敘述世界內容，作出任何保證真假或道德的承諾，也在這個意涵上指出小說家的義務在於虛構，而他所虛構世界一但完成，也有了自己的完整與獨立，等待讀者隨時隨地的閱讀介入；閱讀的過程中，小說敘述的文本意義又會隨著閱讀者的介入，讓小說敘述的語言符號的所指總是不斷擴延出去，形成只要有閱讀存在，就沒有意義完成的終點。

　　對於小說家來說，讀者的解讀或探求並不重要，小說家不需要與此產生有任何關聯。小說家的責任只是在於提出與描述，至於意義是什麼？可能是米蘭・昆德拉給出「生活在遠方」的真言智慧答案，也可能只是一場場不同風格樣貌的語言遊戲；或甚至如後設小說直接暴露出作者作為「隱匿上帝」的位置。哲學卻不是這樣，從一個命題假設開始到一個命題結束，總是有條有理地（似乎一個細節也不放過地）檢驗著每一個語言承載思想的痕跡，以證成真言。

六、結語：文學的未竟之路

神學家的真言究竟會不會是小說家問之在之的終點？從前延討論來看，關於人的罪的墮落與救贖的尋問之旅——在拉納處會變成是：人的救贖提問出發終極意義如何能將自己的生命向度轉向上帝為人所預設救贖之路、同時也能認知是在恩典之愛中？拉納透過哲學的真理技術為我們給出真言的答案：人在自己的歷史經驗中不斷問著自己、問著世界的同時，就是「聽」到上帝的真理——上帝的真理存在人之中、也存在世界之中，人唯有意識到自己作為是上帝聖言的傾聽者的存有意義，才能避免人的另一個隱藏的精神向度——也是虛無主義所定義的人的孤絕本質。

所以，拉納終其一生總是很奮力地對無神論者作出對話。拉納用他的形上人類學論述回應他對上帝之愛的奧秘，也在形上意義層面上肯定人的存有精神本質向度是：人作為上帝真理的傾聽者是優先於宗教的信仰者而存在；但只有作為可以「揭露」上帝真理啟示的傾聽者，才能將自己的歷史存有意識連結到上帝的世界歷史進程中——除了人的歷史性存有，也同時被包含在神之歷史性存有之中。這是拉納運用海德格存有論架構，但又以「神—人—世界」的世界觀，修正海德格人與世界的經驗互動之下的歷史性存有的限制。

拉納的神學思想確實在這個意義下點亮了一個明燈：人在世界中的任何發問與尋找，總是向著神；而作為上帝聖言啟示的「傾聽者」，顯示出我們和上帝的關係是處在一種

「我和你」的狀態——這是拉納透過哲學表述真理的技術所層層揭露的所竟之處。

但是，小說敘述的形式虛構本質定義，一開始就消解小說家必須保證內容真假的道德性規定，使得小說家在小說世界是作為「隱匿上帝」的絕對自由者；但小說內容所構成的符號世界，其原初存在就是能指與所指分裂的不穩定狀態。小說家的阮慶岳在文學中展開人的罪的墮落與救贖的神學式尋問之旅，在小說已然完成，但是它在文學中所展開的神學提問，已然離開小說世界的阮慶岳，以及決定進入小說閱讀世界的讀者來說，才正各自剛剛啟程。

作為專業文學評論家的王德威給出了他的期待與勉勵：「文學的路並不好走，阮慶岳半路出家，卻走得執著。我盼望可有一天，他自己一個人走著走著，終能『穿過緬甸、中國、西伯利亞，最後到了巴黎』」。[17]至於神學家的真言——「人作為上帝的聖言傾聽者」，讓身為小說家的阮慶岳，會不會在《林秀子一家》之後，「自己一個人走著走著，終能穿過小說敘述的虛實曖昧，最後到了『詩』之真理所在」；這將是另一場豐富的神學與詩文學的跨界對話，我們不妨拭目以待。

---

[17] 王德威：《後遺民寫作——時間與記憶的政治學》，臺北：麥田出版社，2007 年，頁 290。

第六篇　從外在到內在

試以郭德曼（Lucien Goldmann）的「世界觀」析論蘇偉貞小說中的「流離」經驗

> 一個尚未命名的生活，我們暫且就稱它為旅行吧。
>
> ——蘇偉貞《單人旅行》

一、關於郭德曼的世界觀

郭德曼（Lucien Goldmann, 1913-1970）——羅馬尼西亞裔的法國哲學家、社會學家及文學批評家——是繼盧卡奇之後最重要的西方馬克思主義文化理論家之一，其主要建樹在於哲學、歷史和文化藝術方面，重要著作包括有《人類的共性和康德的宇宙》（*Mensch, Gemeinschaft und Welt in der Philophie Immanuel Kant*, 1945）、《人文科學與哲學》（1952）、《哈辛》（1956）、《隱匿之神》（1956）、《辨證的研究》（1959）、《朝向一個小說的社會學》（1964）、《精神結構與文化創造》（1970）、《馬克思主義與人文科學》（1970）、《哈辛批判的境況》（1970）、《現代社會中的文化創造》（1971）、《盧卡奇與海德格》（1973）。影響他文藝思想的，除來自康德、黑格爾、馬克

思主義的辯證傳統外，還可追溯於盧卡奇（Georg Luk'acs, 1885-1971）早期的著作《歷史與階級意識》（*History and Class Consciousnss*）、《小說理論》（*The Theory of the Novel*）等，以及著名瑞士結構主義心理學家皮亞傑（Jean Piaget, 1896-1980）學說的影響，並從後者發展出「發生論結構主義」（genetic structuralism）的文學批評方法。

他認為研究者並不必要求助於作品之外的事實，只要能掌握作品的「內在」意義，便足以能認識作品的意涵結構（structur signify-cative）。不同於當時其他的文學研究方法，如傳記方法、語言學結構主義方法、心理分析方法、主題方法、實證社會學方法等[1]。他認為研究人文事實，必須有一個兼具社會學與歷史觀的方法，奠基於知識的科學和實證的社會學上，最後達到對一般人文現實的辯證研究。

何金蘭以為郭德曼的「發生論結構主義」是建立在五個重要前提之上：

（一）社會生活與文學創作之間的基本關係與作品內容無關，而與「精神結構」有關……同時組織某社會團體的經驗意識和作家創造的想像世界。

（二）精神結構……不是個人現象，而是社會現象……是一群為數眾多的個人所聯合活動的結果……構

---

[1] 這些方法一一均被郭德曼所批判，他在《精神結構與文化創造》一書序言中強調：一如他二十年來出版過的每一部書，他的研究與分析都是從對文化創作，特別是文學傳統研究方法的質疑出發。詳何金蘭：《文學社會學》，臺北：桂冠，1989 年，頁 76-84。

成一個有特長的社會團體，曾經長久且密集地經
歷過整體問題，並為此努力尋找具意義的解決辦
法。

（三）……社會團體經驗意識的結構與決定作品世界的
結構之間，會有一種嚴密的對應關係，但通常也
是一種單純的具意義關係。……

（四）……構成作品的一致性、美學特徵和文學性質
的，就是支持這一類文學社會學的範疇結構。

（五）支持集體意識並且在藝術家想像世界中被轉換的
範疇結構……既不是有意識，也不是被壓抑的下
意識反應[2]。

　　這五個前提說明作品本身並非是作家個人的意識產物，
而能反映社會階級或群體意識與社會現實。也就是說，文學
作品與其主宰其產生的社會經濟背景與階級或團體意識形態
是息息相關。作家在作品之中所創造的文學現象，本身就是
一種社會特性的反射。

　　郭德曼曾提出「內容之形式」（the form of the content）
的概念解釋，認為形式被含括在內容之中，指的是既能統合
某社會階級或團體，又能統合作者在所創造的想像世界的精
神結構與心理範疇。作家在作品所呈現的想像世界與對這個
想像世界的看法，來自於其所存處社會或時代的集體意識形

---

[2] 何金蘭：《文學社會學》，頁 87-89，亦可參考瑪麗・伊凡思《郭德曼的文
學社會學》，臺北：桂冠，1990 年，頁 51-52。

態。作家的世界觀，基本上並不能完全獨立於作家自身的直接經驗事實，而是一種理解作家表達背後整體觀念所不可或缺的概念性前提。包含作家想像世界的結構，個體不能單獨於社會而存在，作品也是如此。

因此，作家所創作的作品結構中，隱藏了一個可以與特定社會群體的世界觀結構相對應的脈絡，這也意味文學創作與社會歷史、現實背景之間，可以在作品的世界觀中，找到一個特定社會群體相似經驗與彼此的關聯性。郭德曼對於這種社會群體、世界觀、作品自身之間所形成的關聯性結構，稱之為「異體同構」（homologous structure）。因而「從作品本身的意義去瞭解作品」是可被接受且能理解的。

二、以郭德曼的世界觀解讀蘇偉貞

郭德曼的文學批評理論所提出的「世界觀」，所指涉的是作家在作品中想像世界的呈現與現實社會特定群體或階級的對應性結構。這個意識結構是優先於作家的想像個體存在，左右了作品人物的行為發展與其因應處境的互動關係，不管是政治關係、性愛關係或情感關係，都可能顯示出作品人物與社會群體世界觀的結構性，並不必然一定是作家自己的親身經歷。當然也可能是，作品與世界觀之間的內在結構本來就相當具有辯證性，並非單純將作家背景與作品直接對號入座，但作家的身世背景卻可以作為一種補充說明。

　　從這個理解進路來看臺灣 1980 年代重要女性作家蘇偉貞的小說，她的外省第二代、眷村成長、政治作戰學校畢業、入軍旅服務八年的個人史，很輕易地在她的小說〈袍澤〉、〈生涯〉、〈重逢〉等窺探端倪，但蘇偉貞真正重要的是關乎女性對愛情、愛欲的繆寥與探索。王德威曾指出，蘇寫部隊生涯、眷村歷史而自成一格的作品與其愛欲作品形成一種陽剛純粹的精神性對話張力關係，從眷村聖戰使命馴化（domes-ticated）的潛移默化到革命軍人親愛精誠、貫徹始終的人格特質審美，在其最好的情愛小說，也有極陽剛、軍事化的精神貫注，蘇將兩種原無交集的敘事、論述形式——軍隊與私人、大愛與小愛、禁欲與多情——悄悄結合起來，而她在眷村兒女的角色裡，尤其彰顯此一特徵，日後的《有緣千里》、《離開同方》等作，都循此模式繼續發揮[3]。

　　蘇偉貞這種「以愛欲興亡為己任，置個人死生於度外」的書寫弔詭，可從文本與現實的對應關係找出其清楚的流動脈絡。在〈袍澤〉中的老士官長江龍與傅剛，同樣都是具有純粹人格品質的好軍人，但卻因為分別屬兩個不同的世代，各自所歷經的時代歷史大不相同。江龍是歷經國共戰爭動亂、民國 38 年隨國民政府來臺的外省第一代，而傅剛則是在臺出生、安定環境長大的外省第二代。對傅剛來說，生命是貼近自己所經歷的現實人生，而江龍的一生意義卻是被決

---

[3]　王德威：〈以愛欲興亡為己任，置個人死生於度外〉序論，收錄於《封閉的島嶼》，臺北：聯合文學，1996 年，頁 14-16。

定在時代動亂所造成的國仇家恨上，兩代的生命情境與人生步調已因此迥然相異：

> 是這原因江龍不願意離開部隊？是部隊更像一個家庭，更適合一個想家的人駐足？原來「部隊即家」不是一句口號，是多少人的經驗、親身擠壓出來的感受。他們這一代軍人很難瞭解的，他們大多只有國仇沒有家恨，不過一名純粹的軍人而已，肩上並無其他負擔……
>
> ……面對江龍種種，他經常會興起「風義兼師友」這話頭，因為江龍比起他們這一代軍人，更見義氣、更把部隊拿來當家、更固執死守；江龍那一代是停住腳步，望著前面、等待後來。他們則註定繼續要往前走，而且經過江龍等等[4]。

雖然兩代之間生命調性已不大相同，但江龍與傅剛之間惺惺相惜，江龍是基於軍人本色，傅剛卻是因為理解。這顯示眷村出身、外省第二代的傅剛對於第一代的江龍，在精神上是傾慕、嚮往，然而在小說現實上，已是各自在所屬時代的轉輪上運作。第二代對第一代的命運已然在承繼的關係之中，早存有著因認知而保持觀望距離的必然性，江龍的家恨國仇與反共大陸的堅持。在小說中卻又以江龍為完成所託任務與而死亡作為解決之道。對於江龍來說，是死得其所，但

---

4 蘇偉貞：《封閉的島嶼》，頁 80-82。

因而刺激傅剛對江龍：「在臺灣，就部隊這個家了。棺前無子，捧靈的子嗣遠在他岸。多恨哪。」的認知，但轉瞬之思卻是，「就為了這理由，也要當一輩子軍人！」

第一代的家恨再次強化了第二代的國仇，兩代之間精神層次與現實生命之間，隱然存有一個矛盾：外省第一代在時代之中所背負的國仇家恨記憶，必然會有形無形地影響第二代，但第二代畢竟有自己要面對的時代歷史，在小說中，是以傅剛與江龍的革命軍人背景與軍人報效國家之責協調了這個矛盾。

而有趣的是，從軍眷女性的角度來看，蘇偉貞也存有同樣的這種傾向，在〈生涯〉中的安幗在父親退休與續絃後，因未出閣而與其父與後母所組的家庭繼續一起生活，透過後母王阿姨——也是一位軍眷身份再嫁的女性的身影，重疊了對亡母的記憶。軍人的調動性高，又必須常待在部隊，軍人的妻子角色並不是容易扮演的，但兩人卻都十分安適滿足於這個角色，尤其是不解王阿姨，為何要一再嫁給軍人。她卻因為小時父親在家庭生活的經常缺席，而希望她的對象是平平凡凡就好，對於這樣的想法，她也有比較上的困惑：

> 安幗從周定遠的肩上望到牆面，她母親一逕笑著，無生無死。她從沒聽母親抱怨過，似乎一直很滿意父親。王阿姨的前夫也是軍人，現在又嫁個軍人。是她這一代的

人變了嗎？那麼挑剔職業，又那麼怕不安定[5]。

但最後的情節安排卻是，安幗因為父親的軍人純粹性格品質與父親期待她嫁給軍人的「安心」──不是放心，而默許了父親私下詢問老友的秘密相親計劃。從反對到認同，父親的期許與理解，使安幗自然作了最後願意見見對方的決定。小說末尾以「像父親一樣」作結語，提點出安幗下嫁軍人的唯一理由。這可看出安幗之所以選擇與其母同樣的歸宿──軍人之妻，除因為基由父女私情外，還有作為一個軍人兒女對父親軍人性格的認同。

這樣的因素，排除了「自我」──女性情感中最重要的因素，自我與父親之間並未形成矛盾的原因，在於自我的完全被排除，安幗是傳統女性，這無庸置疑。但從外省世代角度來看，外省第一代的父親對第二代的女兒是從精神影響她的決定，而多年置身軍眷家庭，亡母與後母的軍人之妻的性格普遍性，是造成她傳統性格的重要原因。但同第二代的女性，也同第二代的男性一樣，最終都必須面對自己的時代背景與建立自己的歷史。關於這一部份女性情感自我從傳統到現代的「流離」過程，將在本篇的第三部分處理，此先不論。

在蘇偉貞的小說中，眷村外省第一代對第二代的集體記憶影響，除了國仇家恨，最具體不過的就是眷村家庭的特殊成長背景，而外省第一代的父族母輩終將老去，歷史時代所

---

[5]　蘇偉貞：《封閉的島嶼》，頁 56。

造就的復國聖戰，也隨著兒女在臺長大成人而成為一則神話。面對外在訊息變化萬千的花花世界，眷村人事就算滄桑破滅，也使得眷村兒女總還惦記依戀著這村裡的團結與溫情。

在《有緣千里》中的高方、震風、管任……，即使選擇了不同的人生道路，終究是要回來的。因為這不只是他們精神上的故鄉——「什麼都變了，什麼都沒變」；也是實質上的故鄉——有親人埋葬的地方，上一代與對岸之間的國仇家恨再怎麼地不共戴天，最終是要在這個島嶼安身立命。因此，到了《離開同方》，則從《有緣千里》的直接回歸，輾轉到捧著亡母骨灰罈，奉亡母遺命回到「同方新村」。所有關於「同方新村」的糾葛人事記憶再次被召喚，然而這次的記憶，卻已經正如亡母的骨灰罈一般，再如何的**轟轟**烈烈，也終究是亡靈的寄所之處。

因此《離開同方》演繹成一部關於臺灣外省第二代紀錄成長生命中置身眷村時的世代傳奇故事，風流好色的袁伯伯與神秘的全如意／李媽媽之間的曖昧關係；席阿姨、段叔叔、小佟叔叔的三角情仇；方景心與小余叔叔的叔姪輩不倫；阿瘦——太保老師的學生妻子與狗蛋——立志當神父的敘事者弟弟中游存著勾引的誘惑力……。在記憶的真實與想像的虛構之間，蘇偉貞將之還原於傳奇自身，以死亡、瘋狂、恣意暴虐的愛，重新演繹臺灣眷村的生活史，將外省第一代與第二代在臺四十年的社會生活觀察，排練成因封閉而高潮不斷的詭異愛恨情仇。

　　這使得當年落戶的「同方新村」，失去了探究眷村外省自成族群的歷史文化背景深度的可能，而眷村兒女的離開與回歸，畢竟是懸繫在其所歷經的人情事故。「離開」說明現實人生的滄海桑田，而「回歸」卻不經意透露出其對眷村原鄉式的精神嚮往。蘇偉貞筆下的眷村世界實際是以小兒女之情仇愛恨，規避臺灣眷村外省的邊緣社會政治地位。

　　從郭德曼的世界觀論點來看蘇偉貞軍事與眷村系列小說，蘇偉貞筆下的臺灣眷村外省族群，是臺灣相當特殊的一個社會族群。這個族群以軍人與軍眷為主，隨國民政府撤遷來臺後，因國民政府的臨時撤臺與反共大陸政策，將其依軍種單位組織為一個個的村落形式，各自命名，總體稱為眷村，並以竹籬笆隔離了臺灣其他本土族群村落。在生活方式與感受上，仍保持原居大陸省份的風俗習慣。因此政府的隔離政策，使得這些外省族群在臺灣的生活，普遍形成臺灣島上的小中國，又因在政策的執行上是緊密與政府與軍隊結合，不同於村外的「老百姓」們，使得眷村在自我定位上，形成一種文化的「想像的中心觀」。

　　眷村從政府「反共抗俄」復國大業的精神號召，堅信臺灣只是暫居之地，到不得不接受在臺定居的事實。因此，眷村外省族群，逐漸有了更多接觸臺灣本土族群的機會，尤其是第二代，更在成長的過程中，為了爭取工作機會或受更好教育，亦或是為了逃離父母輩落難於臺、無法落地生根的危

機意識與窒息鬱悶的氣氛[6]，興念離開眷村，幾乎成為眷村第二代成長過程的一個普遍事實。這是第一層潛伏個人成長生命的「流離」意識。

而隨著臺灣經濟社會的變遷，當年「眷村」組織的臨時性與隔絕態度也逐漸突顯其不合時宜，至行政院核定通過國軍老舊眷村改建條例後，眷村面臨拆解的命運，居民不得不搬離原居眷村，眷村村民開始大量散佈到臺灣社會的各個角落，成為臺灣社會的少數族群。而從臺灣政治權力與社會經濟結構性的演變來看，眷村組織型態的瓦解，使得這些散落在臺灣社會的眷村外省族群的位置相當尷尬，從 228 事件造成的省籍對立情結，到臺灣鄉土意識的萌芽，至 1988 年蔣經國總統的逝世、臺灣解嚴、第一個臺灣人總統李登輝的繼位、代表蔣氏舊勢力的俞國華與郝柏村相繼失利，臺灣本土路線逐漸成為主流意識。因此，眷村外省第二代在成長經驗所承繼一代的中國原鄉記憶與中國性，已然使得他們不僅瀕臨臺灣少數族群的弱勢，還必須承擔政治不正確指責的雙重困境。

眷村外省族群在臺灣社會現實與精神的離散經歷，在蘇的小說並未直接陳述，反是以眷村兒女情愛規避眷村族群的

---

[6]　朱天心〈想我眷村的兄弟們〉將眷村當作一則典故細細屬來，其中就提到眷村子弟因父母落難來臺，透過故事，傳述了他們的逃難史與故鄉生活的記憶往事，那種父母輩「曾經有過如此的經歷、眼界，怎麼甘願，怎麼可以就落腳在這小島上終老」的複雜心情，影響他們在青春期無法壓抑騷動的氾濫，與無法解釋的無法落地生根的危機迫促之感。《想我眷村的兄弟們》，臺北：聯合文學，1992 年，頁 73。

特殊歷史文化與政治社會背景，這種規避本身就反映出對眷村歷史身份「流離」的書寫過程。

就文類特質來看，蘇偉貞小說的情愛幻想本就具有通俗文學的特質，但在《離開同方》以魔幻寫實的精英文學技巧呈現，顯示出一種精英形式與通俗內容共存的弔詭性文學現象。與同是眷村外省二代朱天心的精英知識份子式書寫正巧相背而馳，朱在處理這些題材時，以書寫記憶召喚並再現從父親輩所承續的族群歷史與身份認同。但蘇偉貞卻是恰巧反映出其置身臺灣 1980 年代中產階級文學品味的影響。正如同她小說的傅剛之話──他們則註定繼續要往前走，而且經過江龍等等般，更貼近屬於她自己的世代。

而在小說之中世代之間的對應關係呈現裡，第二代對第一代在精神層面──包括歷史、信仰……的認同，與現實層面──繼續往前行走、不同於第一代的個人意識，形成蘇偉貞軍事與眷村系列小說的世界結構。因而，眷村第二代的回歸，從個人與同儕（眷村子弟與本省青年阿草──族群因個人情誼的和解象徵）的直接回歸（《有緣千里》），到帶著亡母的骨灰罈、再次追溯成長記憶的精神性回歸儀式（《離開同方》），則顯現蘇偉貞所代表的眷村第二代，終將出走於第一代外省眷村族群所遺留的家國歷史的集體記憶，更理所當然直視個人在其世代所面臨的時代與社會處境。《離開同方》不言而喻，從家國到個人，這是蘇偉貞軍事與眷村系列小說，在規避眷村歷史記憶與外省族群政治身份後的外在流離路線。

因此，眷村的集體記憶註定流離到臺北都會的個人意識之中，以都會女性情愛小說為主要書寫對象。

三、愛情、流離與時代女性自我型塑

張誦聖曾指出：1980 年代主流媒體中盛行的都市中產品味小說（ middle-brow fiction）給臺灣文化圈帶來一個空前的繁華盛世景象[7]，蘇偉貞以女性情愛小說起家，1980 年時即以〈紅顏已老〉拿下聯合報中篇小說獎，《陪他一段》則是她第一部短篇小說集，蘇偉貞擅寫臺北都會女性在世間情愛中的愛嗔癡怨。在她的情愛小說中，女主角大多是清新脫俗、敏感淡情、但卻對所愛一往執著的白領中產階級女子。

像〈陪他一段〉的費敏，在報社工作，與一個「我需要很多很多愛」的年輕雕塑家相戀，年輕雕塑家自有其眷戀的舊情人，費敏的無條件付出，卻只能在這段三角關係中，因為不懂得要又不忍放棄，最後終於自殺。而在《世間女子》中的唐甯，也是一個在雜誌社當編輯的獨立女性，淡泊恬靜、乾乾淨淨，夾處於余烈晴對男朋友段恆糾纏不清的過去戀情中，只是更多了份對世俗的通達與豁然。對於余烈晴因段恆的選擇，更加咄咄逼人，但唐甯已有她應戰之道。好友

---

[7] 張誦聖：〈評蘇偉貞〈倒影小維〉——兼及前作《沉默之島》〉，《中外文學》，1997 年 4 月，頁 43。

程瑜的逝世後，反而以強大的信念重返紅塵俗世的情愛糾纏。正如她所認知關於她所處的這個時代：「他們所接觸的人生裡沒有戰爭、離別、癲沛；大時代兒女在兩情相背後的見面，也算是一種時代故事了。」[8]，脫離了父親輩的戰爭、離別、顛沛時代，就只剩下自己與自己的時代與歷史了。

　　蘇偉貞情愛小說中的女性們，一再排演著臺北都會的各式愛情故事。每一個都會愛情故事，與一般通俗愛情小說不同的是，蘇偉貞的情愛小說以敏銳清澈的文字風格，展現了女性在愛情對象與他者之間的自我思考。小說行文中不經意帶著的評論者哲思性措詞，顯示女性在愛情之中追尋自我的成長省思。而對於女性書中男女人物之間糾葛不清的愛恨情仇，愛情與婚姻不盡然美好，自有其千瘡百孔。

　　到了《陌路》中，唐閔在未娶沈天末之前就與黎之白發生關係，黎之白與殷子平結婚後仍繼續與唐閔外遇，天末後與就學時同窗的男友沈中碩相遇，之白也隨後尋找難以忘懷的舊情人郁以淮。這兩人已經成家，心理對於昔日戀人的介入生活而掙扎不已。唐閔出車禍後，天末繼續留在唐家，之白結束與以淮的舊情，顯示出 1980 年代以後臺北都會空間人際關係的複雜、不確定性與空虛，婚姻與愛情已不再涉及社會道德與規範，純以回到情欲愛戀與當局者關係之自身舊論。即便是在外遇或多角或婚姻關係中，「陌路」顯示出臺

---

[8]　蘇偉貞：《世間女子》，臺北：聯經文學，1983 年，頁 53。

北都會男女在婚姻關係所形成的常態，外遇顯出都市人婚姻家庭架構的空虛，而多角戀情顯出都市人在愛情中的焦慮不安。

到此，蘇偉貞筆下女性閉鎖式的敢愛敢恨與自虐式的瀟灑淡情，從眷村「流離」到繁華冷漠的臺北都會，從未婚年少到已婚中年，經歷了更多的人生經歷。蘇偉貞小說中的女性不斷在都會生活中創造與被創造情愛傳奇，最後終歸要面對現實人生在時間歲月考驗裡必經的殘酷。這些都會女性終究是不同於母親輩因時代動亂養成的堅韌與實際，遇到再多的愛情，終究必須回到自我：

> 她母親那一代的豁達是她學不會的！她索性站起身踩到落地窗邊探望外面的冷清。當然學不會，她沒有那個時代的環境，才知道是「學」不來的，祇能在遭受後，由內心激發出一種潛能[9]。

回到自我，除了與父母世代所經歷的動盪歷史脫序外，亦顯出現代社會結構中的個人意識。這與母親世代以家庭為主的傳統認知已大不相同。從家庭到個人，這是蘇偉貞情愛小說女性的流離路線。婚姻家庭是母親世代安身立命之所，卻不見得是現代都會女子的終極歸宿。而小說中的不穩定愛情人際關係，與《離開同方》所描述的封閉與瘋狂因子的愛

---

[9]　蘇偉貞：《陌路》，臺北：聯經，1986 年，頁 171。

情傳奇相較。前者顯示出都市人在現代社會快速節奏生活
中，人格結構與心理狀態的不安全感與不信任，都市的開放
性空間顯示外在秩序的混亂；後者則是因女性被限於眷村的
封閉空間，所引發內部秩序的失控。兩者同樣牽涉到女性追
求自我主體的抗拒。

　　因此，《離開同方》的李媽媽終究出走，因記憶全失，
而從「母親」身份轉成「女性」身份的全如意也是如此。遺
忘與出走，在蘇偉貞都會情愛小說中，不僅是常出現的兩個
主題，也隱藏了小說女性對愛情變質的不確定性焦慮──包
括婚姻關係中的愛情，像〈離家出走〉的仲雙文，默默承受
家庭主婦與職業小主管的身份，但對於現代婦女圍限於家事
與工作瑣碎而無自我思考空間的困境，在出走離家後，其夫
儲永建追蹤雙文留下另一個失蹤老人陳橋高──蓄意失蹤的
線索，雙文與老人的失蹤，都互相留下難解之謎；而在〈迷
途〉中，則指出了一個關於尋覓「自由」的線索，〈迷途〉
是說一個懷孕的已婚婦女，離家後失去記憶的期間，遇到一
個年輕男子，這個女子以感官記憶聯繫忘記的過去和與男子
發生的現在，這名男子教她作愛──直接的方法、包含愛的
全部，開始一段關於身體記憶、生活形式與感情本質之間的
辯證性探索與冒險：

　　　　不知如何是好的一具身體。其實跟誰都可以。……她想
　　　　過要給自己一次機會，到一個完全不相干的地方去，那
　　　　裡最好有強烈的地域色彩，不那麼現代化，她什麼也不

帶，在那地方一針一線一桌一椅開始佈置一個自己的住
處，她佈置的家和當地居民的生活有頗大的距離。她周
遭的人是活下去比較重要，她則活個樣子比較重要，她
在那裡可以親眼觀察自己的生活的形狀，而且她獨自看
見，思考對她完全不重要，生活就代表她的思考
……

她沒說打電話給誰，她知道他內心了然。她出竅般朝他
奔癲投宿，流浪者彷彿可以穿透他由這條路直接回到終
點……[10]。

諸如此類，小說總以非常精神性語言書寫有關愛欲、生
活、身體的想像與思考，甚至潛意識的夢，而最後這名女子
回到原來的生活之中，但體會到心底深處的一句話：「自由
乃是對必然性的一種體認」。溢出原來禁錮的生活（包括婚
姻），以身體為情感的純粹性作見證，因為他們這個世代的
人與父母世代不同的是：「只有感情能分離他們，不是時代
或動亂，現代人因情感遭遇嘗受流離之苦」，點出日後蘇偉
貞對女性情欲探索的一條路線。從臺北都會的眾多紛擾、惹
人憐愛的故事情節到人物之間情欲、身體、時間、記憶、空
間……等等的流動性思考辯證。

蘇偉貞愈發傾向以向內注視的方式，鋪敘這個現代人情
感上的流離之苦，包括身體與生活上的對話，而在她重新改

---

[10]　蘇偉貞：《熱的滅絕》，臺北：洪範，1992年，頁105-107。

寫舊作的《過站不停》，隨情節脈絡穿插八封書信體的「潛情書」，形成了一部喃喃自語的懺情錄，即可看出端倪。到了〈熱的滅絕〉更是用一種對話式的書寫，省視了「我」與「你」之間既曖昧又真實的情感記憶：

> 我進入一種境地，聆聽你的聲音，觀察自己愛的身世，這是我的紀錄。
>
> ……
>
> 回想起來，那個時候，我們也祇有一種關係，情感的方式，那是愛……
>
> 我永遠會清醒的承認我們之間發生過的一切，雖然他已經變成了單獨的一種存在，不在我們現在。說來，人的感情彷彿出門旅行，到達遙遠的荒原，所謂廣袤足以將另一個自己留在家裡，他身受的一切，他去不到。自己跟自己的往事不再接合，鑿一條幽深隧道刻寫神秘的結繩記事，記事文上這麼寫著：這是兩個沒有名字的心靈，他們如今不在這裡，但是他們曾經嘗試通過一條隧道，他們行經處，以動物求偶的姿勢紀錄發生與心情為記號，其中以蛇的形貌最多而繁複；在隧道一生裡，洞口是否有光，他們因沒有去到而永遠不知道[11]。

從眷村流離到現代都會，從集體記憶流離到個人記憶，

---

[11] 蘇偉貞：《熱的滅絕》，頁 130。

女性到此就只剩下所歷經的情感記憶了。而不穩定的現代都會人際結構與愈發開放的世界結構，使得連情感的記憶都是一種流離性的存在。到了 1994 年的《沉默之島》的兩個霍晨勉說明了女性在身體、情感、生活的精神性流離狀況。

　　在形式上，《沉默之島》脫離寫實的傳統結構，以「二元對立」與「互補交叉」的原則，為小說人物與情節發展，構築一套既平行又對應的關係。兩組晨勉在空間的流動上，基本上是從「島嶼」到「島嶼」──臺灣、巴里島、香港、新加坡，隱喻了生命與愛情之間的自我完整性，以與丹尼──一個是德國人；一個是華裔美人的情慾探索為主，中間還分別間雜了與不同人塢的人際與情感關係：不同性別的多友、不同性別的晨安（晨勉弟）、鍾與丈夫馮繹、辛／都蘭／鍾／喬治與羅衣；到此，晨勉的身份認同早已跨國族、社會、歷史、文化所區隔的設限，對於臺灣社會既存的省籍情結，早因從事跨國行銷工作而漠然，流離以個人心靈的情感認同為生命基調：

　　……她是一個沒有土地認同的人，非常恐懼這種無變化的根殖……她同時認識了一些臺灣的「外省人」到大陸做生意，他們對她毫無好感，……有人對她說：「現在臺灣外省人根本沒辦法混，妳是本省人，有那麼好的條件，回臺灣撈錢嘛！一面說我們是既得利益者，排斥我們，一面到外省人的老家來搶灘，妳更怪，是臺灣人幫外國人到臺灣佔市場。」

> ……她自己這些年早已不是純粹的中國人了，不是臺灣
> 省或山東省；就像香港人，你問他哪裡人，他就是香港
> 人，他不說廣東人。
> 她想念她的島。她第一次發覺，新的歧視觀點，歧視你
> 是歧視你的籍貫，而不是出生，更不是你是個什麼樣的
> 人。……
> 她自己的社會價值從來是非分明；以感性接收，釋出頻
> 道才可以自我設限定[12]。

對於晨勉來說，生命與人生的意義是來自於由不完整到完整的過程，愛情同樣可在破碎的生活形式裡建立其完整性。但最後，一個晨勉決定生下孩子與同性戀辛結婚——重蹈另一個晨勉的生活形式，而另一個選擇墮胎，回到原來的生活秩序中。各種透過各種想像形式的情感與欲望到此停歇，又回到都會女性在婚姻家庭生活——一種禁錮女性生活形式的原點上，重新埋伏下一次生命情欲流動的可能性。

雖然晨勉經歷各種不同的情感關係與身體冒險，但就情欲書寫而言，《沉默之島》正揭示出：一場關於女性追求自我主體的分裂及統一的抽象思考過程，正如同「島」的暗示，生命終究是一座「沉默之島」。這樣的書寫方式，正如同〈熱的滅絕〉，在經歷了各種現代化都市生活之後，生命的主體終究是建立在自我、與內在記憶對話上，從不同身體

---

[12] 蘇偉貞：《沉默之島》，臺北：時報文化，1994年，頁103。

的歷練，到情感記憶的累積，到生活空間的轉換，最後到生命之自身，各種不同形式的流離。這使得蘇偉貞筆下的女性，終於在自己情欲想像上，找到了一種完整與封閉性的存在精神與書寫方式。而在《沉默之島》後的《夢書》與《單人旅行》，都是這種記憶書寫的延續。

四、結論

　　蘇偉貞的軍事與眷村系列小說與都會情愛小說所涉及到的精神世界，分別觸及到兩種流離經驗：一個是從眷村集體生活的流離失散記憶到世代交替後的個人歷史必然性；一個是以都會為場景，從愛情故事情節脈絡分明到指涉自我、內在記憶對話的曖昧性書寫語言。兩者顯示出作者從外省眷村第二代的外在政治與社會性身份，流離到女性內在性情欲與身體的記憶對話，這樣的流離經驗構築了蘇偉貞小說的世界觀，也不言而喻了置身國際都會中的眷村第二代女性的一種流離意識。

參考書目

一、作家作品

張愛玲

　　《傾城之戀 —— 短篇小說集一・一九四三年》。臺北：
　　　　皇冠文化。2010 年。

　　《紅玫瑰與白玫瑰 —— 短篇小說集二・一九四四年～四
　　　　五年》。臺北：皇冠文化。2010 年。

白成枝編，《蔣渭水遺集》，臺北：文化出版社。1950
　　年。

黃煌雄編，《蔣渭水先生選集 —— 被壓迫者的怒吼》。臺
　　北：長橋。1978 年。

王曉波編，《蔣渭水全集》（上）（下）。臺北：海峽學
　　術。1998 年。

吳濁流

　　《亞細亞的孤兒》。臺北：遠行。1977 年。

　　《亞細亞的孤兒》。新竹：新竹縣文化局。2005 年。

　　《台灣連翹》。臺北：前衛，1989 年。

　　《無花果》。臺北：前衛，1990 年。

　　《黎明前的台灣》。臺北：遠景，1977 年。

阮慶岳，《林秀子一家》。臺北：一方出版社。2003 年。

陳千武

　　《活著回來 ── 日治時期，台灣特別志願兵的回憶》。
　　　　臺中：晨星。1999 年。

　　《情虜短篇小說集》。南投：南投縣政府文化局。2002 年。

鍾肇政

　　《台灣人三部曲（一）沉淪》。臺北縣：遠景。2005 年。

　　《台灣人三部曲（二）蒼冥行》。臺北縣：遠景。2005 年。

　　《台灣人三部曲（三）插天山之歌》。臺北縣：遠景。
　　　　2005 年。

　　《濁流三部曲（一）濁流》。臺北縣：遠景。2005 年。

　　《濁流三部曲（二）江山萬里》。臺北縣：遠景。2005 年。

　　《濁流三部曲（三）流雲》。臺北縣：遠景。2005 年。

鄭煥

　　《長崗嶺的怪石》。臺北市：幼獅書店。1965 年。

　　《茅武督的故事》。臺北市：水牛。1968。

　　《毒蛇坑的繼承者》。臺北市：蘭開書局。1968 年。

　　《鄭煥集》。臺北市：前衛。1991。

蘇童

　　《妻妾成群》。臺北：遠流。1990 年。

　　《傷心的舞蹈》。臺北：遠流。1991 年。

　　《紅粉》。臺北：遠流、初版。1991 年。

　　《米》。臺北：遠流。1991 年。

　　《南方的墮落》。臺北：麥田。1992 年。

《一個朋友在路上》。臺北：麥田。1993 年

《離婚指南》。臺北：麥田。1993 年。

《十一擊》。臺北：麥田。1994 年。

《刺青時代》。臺北：麥田。1995 年。

《城北地帶》。臺北：麥田。1995 年。

《把你的腳捆起來》。臺北：麥田。1996 年。

《天使的糧食》。臺北：麥田。1997 年。

《菩薩蠻》。臺北：麥田。1998 年。

〈虛構的熱情〉，《兩岸作家展望 21 世紀中國文學研
　　討會大會手冊》。國家圖書館會議廳。1998 年。

蘇偉貞

《紅顏已老》。臺北：聯經，1981 年。

《陪他一段》。臺北：洪範 1983 年。

《人間有夢》。臺北：現代關係。1983 年。

《世間女子》。臺北：聯合報社。1983 年。

《有緣千里》。臺北：洪範。1984 年。

《歲月的聲音》。臺北：洪範。1984 年。

《舊愛》。臺北：洪範。1985 年。

《陌路》。臺北：聯經。1986 年。

《離家出走》。臺北：洪範。1987 年。

《流離》。臺北：洪範。1989 年。

《來不及長大》。臺北：洪範。1989 年。

《我們之間》。臺北：洪範。1990 年。

《離開同方》。臺北：聯經。1990 年。

《過站不停》。臺北：洪範。1991 年。

《熱的絕滅》。臺北：洪範。1992 年。

《沈默之島》。臺北：時報。1994 年。

《夢書》。臺北：聯合文學。1995 年。

《封閉的島嶼》。臺北：麥田。1996 年。

《單人旅行》。臺北：聯合文學。1999 年。

二、一般專書

文訊雜誌社主編，《台灣現代詩史論》。臺北：文訊雜誌社。
　　1996 年。

王文英，《上海現代文學史》。上海：上海人民。1999 年。

王宏志、李小良、陳清僑，《否想香港──歷史・文化・未
　　來》。臺北：麥田。1998 年。

王甫昌，《當代台灣社會的族群想像》。臺北：群學。2003 年。

王岳川

　　《後殖民主義與新歷史主義文論》。濟南：山東教育。
　　　　1999 年。

　　《接受反應理論》。濟南：山東教育。1998 年。

王潤華編譯，《比較文學理論》。臺北：國家。1983 年。

王德威

　　《眾聲喧嘩──三〇年代與八〇年代的中國小說》。臺
　　　　北：遠流。1989 年。

《小說中國——晚清到當代的中文小說》。臺北：麥
　　田。1995 年。

《如何現代，怎樣文學——十九、二十世紀中文小說新
　　論》。臺北：麥田。1998 年。

古繼堂，《台灣小說發展史》。臺北：文史哲。1996 年。

司馬長風，《中國新文學史》。作者自印。1978 年。

呂正惠

　　《戰後台灣文學經驗》。臺北：新地出版社。1992 年。

　　《文學經典與文化認同》。臺北：九歌出版社。1995 年。

　　《小說與社會》。臺北：聯經出版公司。1995 年。

李有成主編，《帝國主義與文學生產》，臺北：中央研究院
　　歐美研究所，1997 年。

李瑞騰編，《中華現代文學大系‧評論卷》。臺北：九歌。
　　1989 年。

朱棟霖主編，《文學新思維》。南京：江蘇教育。1996 年。

何金蘭，《文學社會學》。臺北：桂冠。1989 年。

何寄澎主編，《文化、認同、社會變遷——戰後五十年台灣
　　文學國際學術研討會論文集》。臺北：行政院文化建設
　　委員會出版。2000 年。

吳伯仁，《拉內神學的靈修觀》。臺北：光啟文化事業。
　　2007 年。

宗守雲，《修辭學的多視角研究》。北京：中國社會科學。
　　2005 年

周英雄、劉紀蕙編，《書寫台灣：文學史、後殖民與後現

代》。臺北：麥田。2000 年。

周蕾，《婦女與中國現代性 —— 東西方之間閱讀筆記》。臺
　　北：麥田。1995 年。

周策縱等著、周東海大學中文系編，《戰後初期台灣文學與
　　思潮論文集》。臺北：文津出版社。2005 年。

林秀蓉，《從蔣渭水到侯文詠 —— 臺灣醫事作家的現實關
　　懷》。高雄：春暉出版社。2011 年。

林瑞明
　　《台灣文學的歷史考察》。臺北：允晨文化。1996 年。
　　《台灣文學的本土觀察》。臺北：允晨文化。1996 年。

林燿德主編，《當代台灣文學評論大系・文學現象卷》。臺
　　北：正中書局。1993 年。

花建、于沛，《文藝社會學》。上海：上海文藝。1989 年。

武金正，《人與神會晤 —— 拉內的神學人觀》。臺北：光啟
　　出版社，2004 年。

邵玉銘、張寶琴、亞弦主編，《四十年來中國文學》。臺
　　北：聯合文學。臺北：桂冠。1989 年。

孟樊、林燿德編，《世紀末的偏航 —— 八〇年代台灣文學
　　論》。臺北：時報。1990 年。

范燕秋，《疾病、醫學與殖民現代性 —— 日治臺灣醫學
　　史》。臺北：稻鄉出版社。2010 年。

封德屏，《台灣文學發展現象：五十年來台灣文學研討會論
　　文集（二）》。臺北：文建會。1996 年。

胡國楨（主編）

《拉內的基督論及神學人觀》臺北：光啟文化事業，
　　2004 年。

《拉內思想與中國神學》臺北：光啟文化事業，2005 年。

施淑

　　《兩岸文學論集》。臺北：新地。1996 年。

　　《文學星圖》。臺北：人間。2012 年。

夏志清著、劉紹銘譯，《中國現代小說史》。臺北：傳記文
　　學。1991 年。

范銘如，《眾裏尋她 —— 台灣女性小說縱論》。臺北：麥
　　田。2002 年。

高辛勇，《修辭學與文學閱讀》。香港：天地圖書。2008 年。

高偉亞，《世界通史》。文太出版社。1992 年。

陳平原

　　《中國小說敘事結構的轉變》。臺北：東大。1990 年。

　　《小說史：理論與實踐》。臺北：淑馨。1998 年。

陳芳明

　　《左翼台灣 —— 殖民地文學運動史論》。臺北：麥田出
　　　　版社。1998 年。

　　《後殖民台灣 —— 文學史論及其周邊》。臺北：麥田出
　　　　版社。2002 年。

　　《台灣新文學史》。臺北：聯經。2011 年。

陳永興，《臺灣醫療發展史》。臺北：月旦出版社。1997 年。

莊淑芝，《台灣新文學觀念的萌芽與實踐》。臺北：麥田。
　　1994 年。

戚嘉林，《臺灣史》。臺北：自立晚報。1989 年。

尉天驄主編，《鄉土文學討論集》。臺北：遠景出版社。
　　1980 年。

張京媛主編

　　《當代女性主義文學批評》。北京：北京大學。1992 年。

　　《後殖民理論與文化認同》。臺北：麥田。1995 年。

張誦聖

　　《文學場域的變遷》。臺北：聯合文學。2001 年。

　　《台灣文學生態：從戒嚴法則到市場規律》。江蘇：江
　　　蘇大學。2016 年。

張寶琴、邵玉銘、紀弦主編，《四十年來中國文學》。臺
　　北：聯合文學出版社。1995 年。

梁景峰，《鄉土與現代、台灣文學的片斷》。板橋市：臺北
　　縣文化中心。1995 年。

游勝冠，《台灣文學本土論的興起與發展》。臺北：群學。
　　2009 年。

彭明敏文教基金會編，《台灣自由主義的傳統與傳承》。臺
　　北：彭明敏文教基金會。1994 年。

黃英哲，《「去日本化」「再中國化」：戰後台灣文化重建
　　1945-1949》。臺北：麥田。2007 年。

黃慶萱，《修辭學》。臺北：三民書局。1992 年。

黃錦樹，《謊言或真理的技藝：當代中文小說論集》。臺
　　北：麥田。2003 年。

黃繼持，《現代化‧現代性‧現代文學》。香港：牛津大

學，2003 年。

楊照，《文學、社會與歷史想像 —— 戰後文學史散論》。臺
　　北：聯合文學。

楊澤編，《從四○年代到九○年代 —— 兩岸三邊華文小說研
　　討會論文集》。臺北：時報。1995 年。

劉心皇選編，《當代中國新文學大系・史料與索引》。臺
　　北：天視。1981 年。

劉再復，《放逐諸神 —— 文論提綱和文學史重評》。臺北：
　　風雲時代。1995 年。

劉亮雅，《後現代與後殖民 —— 解嚴以來台灣小說專論》。
　　臺北：麥田出版社。2006 年。

葉永文，《臺灣醫療發展史 —— 醫政關係》。臺北：洪葉文
　　化。2006 年。

葉石濤

　　《台灣文學史綱》。高雄：文學界。1987 年。

　　《走向台灣文學》。臺北：自立晚報社，1990 年。

　　《台灣文學史綱》。臺北：文學界雜誌社，1993 年。

葉朗，《中國小說美學》。臺北：里仁。1987 年。

葉維廉

　　《中國現代小說的風貌》。臺北：晨鐘出版社。1970 年。

　　《從現象到表現》。臺北：東大圖書公司。1994 年。

經典雜誌編著，《臺灣醫療 400 年》。臺北：經典雜誌。
　　2006 年。

廖炳惠，《回顧現代 —— 後現代與後殖民論文集》。臺北：

麥田。1994 年。

廖炳惠編著，《關鍵詞 200》。臺北：麥田出版社，2003 年。

劉紀蕙、周英雄編，《書寫台灣：文學史、後殖民與後現
　　代》。臺北：麥田。2000 年。

鄭明娳主編

　　《當代台灣女性文學論》。臺北：時報文化。1993 年。

　　《當代台灣政治文學論》。臺北：時報文化。1994。

蔡源煌

　　《從浪漫主義到後現代主義》。臺北：雅典。1987 年。

　　《海峽兩岸小說的風貌》。臺北：雅典。1989 年。

蔡淑麗，《卡爾‧拉內之形上學人類學裡神的定位探微》。
　　輔仁大學哲學研究所博士論文。2000 年。

盧建榮主編，《文化與權力：台灣新文化史》。臺北：麥田
　　出版社。2001 年。

蕭阿勤，《回歸現實：台灣 1970 年代的戰後世代與文化政
　　治變遷》。臺北：中研院社研所。2010 年。

薛化元，《《自由中國》與民主憲政——1959 年台灣思想史
　　的一個考察》。臺北：稻香。1996 年。

謝國斌，《族群關係與多元文化政治》。臺北：台灣國際研
　　究學會。2013 年。

簡政珍主編，《當代台灣文學評論大系‧小說批評卷》。臺
　　北：正中書局。1998 年。

三、原文與翻譯專書

Anthony Giddens

《資本主義與現代社會理論：馬克思‧涂爾幹‧韋伯》。臺北：遠流，1994 年。

Benedict Anderson

《想像的共同體 —— 民族主義的起源與散布》。臺北：時報。2010 年。

Daniel Bell

《資本主義的文化矛盾》。臺北：桂冠圖書公司，1994 年。

David McLellan

《意識形態》。臺北：桂冠。1991 年。

György Lukács

《小說理論》。臺北：唐山。1997 年。

《歷史和階級意識 —— 馬克思主義辯證法研究》。重慶：重慶出版社。1989 年。

John Bowker

《死亡的意義》。臺北正中。1994 年。

Louis Dupre

《人的宗教向度》。臺北：立緒文化。2006 年。

Mary Evans

《高德曼的文學社會學》。臺北：桂冠圖書公司。1990 年。

Michel Foucault

《臨床醫學的誕生》。臺北：時報文化。1994 年。

Robert C. Olub

《接受美學理論》。臺北：駱駝。1994 年。

Walter Benjamin（華特‧班雅明）

《啟迪》。香港：牛津大學。1998 年。

《說故事的人》。臺北：台灣攝影工作室。1998 年。

香港嶺南學院翻譯系暨文化/社會研究譯叢編委會

《解殖與民族主義》。香港：牛津出版社。1998 年。

Benjamin's Archive : Images, Texts, Signs, New York :
Verso, 2007.

Illuminations: Essays and Reflections, New York :
Harcourt, Brace & World, 1968.

岡崎郁子

《台灣文學 —— 異端的系譜》。臺北：前衛，1996 年。

秋吉久紀夫

《陳千武論》。日本：土曜美術社。1997 年。

尾崎秀樹

〈戰時的臺灣文學〉。《台灣史編叢(第一輯)》。臺
北：眾文圖書公司。1980 年。

近藤正己

〈對異民族的軍事動員與皇民化政策—以臺灣軍夫為中
心〉。《臺灣文獻》。1995 年。

Ashis Nandy

*The Intimate Enemy-Loss and Recovery of Self under
Colonialism*, Oxford   University Press, 1983.

Rahner, Karl

    Hearers of The World, New York: Herder & Herder. trans,
       1968.

    《聖言的傾聽者 —— 論一種宗教哲學的基礎》。香港：
       三聯書局。1992 年。

國家圖書館出版品預行編目（CIP）資料

敘事與探究：現代華文小說評論集/陳康芬著. -- 初
版. -- 臺北市：元華文創股份有限公司, 2024.09
面；　公分

ISBN　978-957-711-393-1 (平裝)

1.CST: 中國小說　2.CST: 現代小說　3.CST: 文學評
論

820.9708　　　　　　　　　　　　　113010477

敘事與探究——現代華文小說評論集

陳康芬　著

發 行 人：賴洋助
出 版 者：元華文創股份有限公司
聯絡地址：100 臺北市中正區重慶南路二段 51 號 5 樓
公司地址：新竹縣竹北市台元一街 8 號 5 樓之 7
電　　話：(02) 2351-1607　　傳　　真：(02) 2351-1549
網　　址：www.eculture.com.tw
E - m a i l：service@eculture.com.tw
主　　編：李欣芳
責任編輯：立欣
行銷業務：林宜葶
出版年月：2024 年 09 月 初版
定　　價：新臺幣 520 元

ISBN：978-957-711-393-1 (平裝)

總經銷：聯合發行股份有限公司
地　　址：231 新北市新店區寶橋路 235 巷 6 弄 6 號 4F
電　　話：(02)2917-8022　　　傳　真：(02)2915-6275